히말라야를 걷는 여자

히말라야를 걷는 여자

초판 1쇄 발행 2020년 5월 4일
초판 2쇄 발행 2020년 10월 20일

지은이 거칠부

발행인 김기중
주간 신선영
편집 고은희, 최현숙
마케팅 김신정
경영지원 홍운선

펴낸곳 도서출판 더숲
주소 서울시 마포구 동교로150, 7층 (04030)
전화 02-3141-8301~2
팩스 02-3141-8303
이메일 info@theforestbook.co.kr
페이스북·인스타그램 @theforestbook
출판신고 2009년 3월 30일 제 2009-000062호

ⓒ 거칠부, 2020, Printed in Seoul, Korea

ISBN 979-11-90357-24-1 (03810)

이 도서의 국립중앙도서관 출판예정도서목록(CIP)은 서지정보유통지원시스템 홈페이지(http://seoji.
nl.go.kr)와 국가자료공동목록시스템(http://www.nl.go.kr/kolisnet)에서 이용하실 수 있습니다.
(CIP제어번호: CIP2020014585)

거칠부 지음

히말라야를 걷는 여자

더숲

일러두기

1. 네팔 지명 및 높이는 Himalaya Map House에서 만든 GHT 시리즈 지도를 우선으로 함.

2. GHT 지도에 없는 지명은 Nepal Map Publisher에서 만든 지도를 참고함.

3. 파키스탄 지명 및 높이는 Karakoram National Park 지도 및 GPS 기록을 참고함.

4. 인도 지명 및 높이는 Hanish & Co.에서 만든 Ladakh & Zangskar 지도를 참고함.

5. 지도에 표시되지 않은 지명은 현지인 발음에 따라 영문 표기함.

6. 외래어는 국립국어원 '외래어 표기법'을 따르되 현지 발음을 우선함.

서른아홉,
히말라야에 가기로 했다

내 인생이 산으로 향한 건 스물한 살 때였다. 친구의 권유로 PC 통신 유니텔 '산사랑'에 가입했다. 나는 무작정 산이 좋았다. 산악회의 모든 산행을 따라다니면서 최다 산행을 하고, 등산학교에서 산을 체계적으로 배웠다. 독도법, 배낭 꾸리는 법, 야영, 암벽 기본까지 그때 배운 것들은 지금도 유용하게 쓰인다. 가끔 내가 산사랑에 가입하지 않았다면 지금쯤 무엇을 하고 있을지 궁금하다.

산악회 3년 만에 금북정맥(금강의 서북쪽을 지나는 산줄기의 옛 이름) 종주를 마지막으로 '독립'했다. 선배에게 3인용 텐트를 빌려서 처음으로 영남알프스에서 2박 3일 야영 산행을 했다. 그때 나는 혼자였고, 나뭇가지가 텐트를 긁는 소리에도 소스라치게 놀라던 20대 초중반이었다.

독립하겠다고 하자 어떤 분이 지리산을 추천해주었다. 나는 지리산에 들면서 우리나라에 이렇게 큰 산이 있다는 사실에 놀랐다. 1:25,000 / 1:50,000 지형도를 사서 산악회에서 배운 대로 지도를 접었다. 매일 그 지도를 들여다보면서, 겁도 없이 혼자 키만 한 배낭을 메고 지리산을 찾았다. 가방 안에 달덩이 같은 수박 한 통을 지고 오르기도 했다. 금요일이면 회사에 큰 배낭을 메고 출근했다. 그리고 퇴근 후 서울에서 지리산까지 매주 내려가는 생활을 이어갔다. 그때는 지리산이 멀다고 생각하지 않았다. 그저 산에 갈 수 있는 사실만으로 설렘이 가득했다. 그렇게 나는 20대 중후반을 몇 년간 지리산에서 살았다.

미국의 유명한 하이킹 코스인 퍼시픽 크레스트 트레일Pacific Crest Trail, PCT은 무려 4천 킬로미터가 넘는 길이다. 26세의 나이에 인생의 모든 것을 잃은 저자가 이 길을 걸으며 다시 삶의 의미를 찾는 과정을 그린 책《와일드》를 읽고, 나는 우리나라에 이와 유사한 코스가 있을까 고민하다가 백두대간을 떠올렸다. 첫 구간 10박 11일, 28킬로그램쯤 되는 배낭을 짊어지고, 지리산에서 덕유산 소사고개까지 걸었다. 너무 힘들어서 계획대로 할 수 없었다. 돌아오는 길에 뾰족한 산을 바라보며 어찌나 우울하던지. 하지만 곧이어 3박 4일, 2박 3일 식으로 계속 길을 이어갔다.

직장을 다니면서 5개월 반 동안 지독하게 몰입했다.

아주 큰 산이라 생각했던 지리산, 그 산을 품고 있던 백두대간. 이후 나는 전국을 다니며 야영 산행을 했다. 꼭 지리산이어야 하는 강박이 그제야 사라졌다. 어느 한 산, 한 줄기를 고집하기엔 산이 너무 많았다. 그때가 30대 초반이었다.

회사를 그만둘 생각으로 2년간 휴직을 하자마자, 나는 곧장 지리산 자락으로 향했다. 지인의 농장에서 매실을 따다가 우연히 인터넷에서 눈길을 사로잡는 사진 한 장을 발견했다. 네팔 무스탕이었다. 가슴이 뛰었다. 그 사진이, 내 인생의 방향을 이렇게까지 바꿔 놓을 줄은 그때는 상상도 하지 못했다.

어느새 휴직이 끝났다. 복직을 고민하지 않은 건 아니지만, 결단을 내렸다. 그렇게 나는 17년간 다닌 회사를 그만두었다. 아까운 마음도 있었다. 당시 월급을 고스란히 저축하고 있었기에 돈 모으는 재미가 컸다. 하지만 마음은 이미 산을 넘고 있었다. 17년 동안 급여의 70~80퍼센트를 저축했다. 목표가 있어서라기보다, 막연히 그래야 할 것 같아서였다. 명품 가방, 옷, 화장품 따위엔 관심이 없었다. 산에 가는 경비 외에는 돈을 쓰지 않았다. 회사를 그만두면서 이제는 나를 위해서 쓰고 싶었다. 내가 번 돈을 오직 먹고사는 데만 써야 한다는 사실이 서글펐다. 그게 여행경비로 1억을 쓰기로 마음먹은 이유였다.

서른아홉에 나는 히말라야에 가기로 했다. 한 번도 시도해보지 않은 90일간의 긴 트레킹을 계획했다. 대부분 혼자 걸었고, 그게 가능하다는 걸 확인한 시간이었다. 나는 어느새 네팔 히말라야 횡단의 3분의 1 지점을 걷고 있었다.

돌아온 지 석 달 반 만에 삭발을 하고 다시 네팔로 향했다. 떨렸고, 두려웠다. 네팔 히말라야 횡단의 나머지 구간에 드는 경비가 4천만 원이 넘었다. 이 큰돈을 한 번에 쓸 수 있을까? 아니, 이 돈을 쓰지 않으면 나는 이 돈으로 무엇을 할 수 있을까? 나는 과감히 나머지 돈을 쓰기로 했다. 인생에서 한 번쯤은 이 만큼의 투자도 필요하다고 생각했다.

2017년 7월, 우여곡절 끝에 2년에 걸친 네팔 히말라야 횡단을 끝냈다(필자는 높은 길인 하이루트의 80퍼센트와 그 밖의 루트를 섞어서 진행했다). 한국인으로는 처음으로 네팔 히말라야의 동쪽부터 서쪽까지 모두 이었다(이후 총 5명이 네팔 히말라야 횡단을 했으며, 그중 한 명은 하이루트를 완주했다). 하지만 실패해서 돌아간 구간도 있었고, 엄청난 바가지를 쓰는 등 사건사고도 많았다. 4개월이 넘는 기간 동안 혼자 모든 것을 감내해야 했다. 횡단은 끝났지만 나는 계속 걷기로 했다. 그 경험은 내게 히말라야에서 계속 걸을 수 있는 힘이 되었고, 이 모든 것이 시작이라는 것을 깨닫게 했다.

혼자 걷는 날이 많았던 히말라야에선 대개 말을 하지 않고 지냈다. 야영지나 로지(숙소)에 도착하면 지도를 보거나 일기를 쓰는 데 시간을 할애했다. 일기를 쓰면서 문득 그런 생각이 들었다. 여기까지 오기 위해, 히말라야를 걷기 위해 그토록 긴 시간이 필요했던 게 아닐까. 산을 배우고, 지리산에서 백두대간으로, 회사를 다니며 주말마다 한국의 수많은 산을 올랐던 건 모두 히말라야에 오기 위한 과정이 아니었을까. 그런 경험이 없었다면 나는 네팔 히말라야 횡단도, 오지 트레킹도 견뎌내지 못했다.

이 책은 나의 첫 책《나는 계속 걷기로 했다》이후 네팔 히말라야 오지 트레킹에 도전한 이야기를 담고 있다. 2018년 봄과 가을에 히말라야를 걸으며, 나는 그곳을 더욱더 사랑하게 되었다. 거센 눈바람과 비, 안갯속을 헤쳐가고, 때로 충돌하기는 했지만 산을 닮은 사람들과 함께 걷고 간식을 나눠 먹고… 히말라야는 나에게 아무런 말도 건네지 않았지만, 히말라야를 걷고 나서 나는 분명 많은 것이 달라졌다. 산 아래서 바쁘게 살아가느라 놓치고 있었던 인생의 소중한 가치들을 산을 오르며 다시금 절실히 깨달았다.

평범한 직장인이던 한 여자가 히말라야를 다시 찾으며 겪었던 소소하지만 특별한 이야기들을 이 책을 통해 사람들과 나누고자 한다. 더운 여름날 산을 오르다 만난 나무그늘처럼 이 책이 바쁜 일상에서 잠시 쉬어갈 수 있는 선물이 되기를 바라는 마음이다.

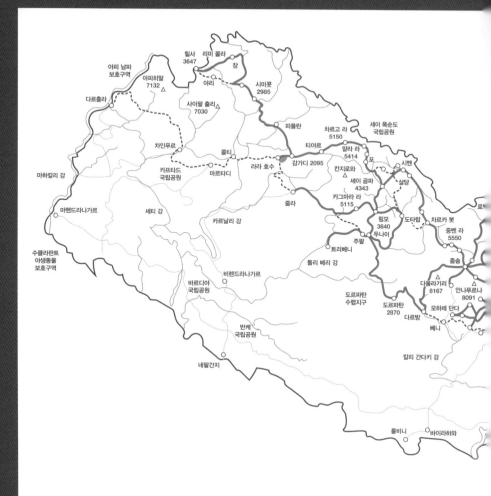

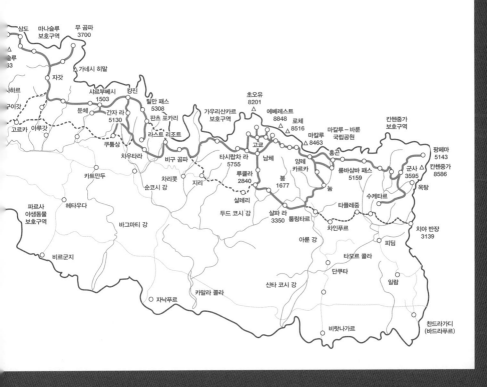

삼도
마나슬루
보호구역
무 곰파
3700
슬루
33
가네시 히말
자갓
하르
구이갓
샤르부베시
1503
캉진
틸만 패스
5308
초오유
8201
고르카
아루갓
둔체
간자 라
5130
판츠 포카리
가우리산카르
보호구역
에베레스트
8848
로체
8516
마칼루–바룬
국립공원
칸첸중가
보호구역
팡페마
5143
쿠룽상
라스트 리조트
마칼루
8463
홍군
차우타라
비구 곰파
타시랍차 라
5755
고쿄
남체
양레
카르카
룸바심바 패스
5159
군사
3595
칸첸중가
8586
카트만두
차리콧
순코시 강
지리
루클라
2840

1677
옥탕
파르사
야생동물
보호구역
헤타우다
살레리
두드 코시 강
살파 라
3350
툼링타르
타플레중
수케타르
치아 반장
3139
바그마티 강
차인푸르
피딤
비르군지
아룬 강
타모르 콜라
단쿠타
일람
자낙푸르
카말라 콜라
산타 코시 강
비랏나가르
찬드라가디
(바드라푸르)

거칠부의
히말라야 트레킹 코스

년도	트레킹	주요 정상(Ri), 고개(La), 베이스캠프(BC)
2013년 ~ 2015년 기타 지역	일본 북알프스 백패킹 종주 일본 남알프스 백패킹 종주 유럽 TMB 백패킹 남미 피츠로이 트레킹 아프리카 킬리만자로 등정 유럽 오뜨루트 트레킹 유럽 돌로미티 트레킹 일본 북알프스 오모테 긴자 백패킹	Kilimanjaro 5,895m
2014년 18일 266km	티베트 카일라스	Dolma La 5,630m
	네팔 무스탕	Nyi La 4,010m / Mui La 4,170m / Marang La 4,350m / Gyu La 4,077m
2015년 28일 309km	네팔 쿰부 2리 2패스	EBC 5,364m / Kala Patthar 5,550m / Cho La 5,420m / Gokyou Ri 5,483m / Renjo La 5,360m
	네팔 랑탕, 고사인 쿤드	Cherko Ri 4,984m
2016년 77일 884km	네팔 돌포	Numala La 5,309m / Bagala La 5,169m / Nagdalo La 5,350m / Mt. Crystal Dolma La 5,200m / Sela La 5,095m / Khoma La 4,460m / Shimen La 4,260m / Mola La 5,030m / Niwas La 5,120m / Jungben La 5,550m / Bhima Lojun La 4,460m
	네팔 다울라기리 BC	Thapa pass 5,244m / French Pass 5,360m / Dhaulagiri BC 4,748m
	네팔 가네시 히말	Khurpudanda Pass 3,710m / Pangsan Pass 3,830m

년도	트레킹	주요 정상(Ri), 고개(La), 베이스캠프(BC)
2016년 77일 884km	네팔 마나슬루 / 춤밸리	Mu Gompa 3,700m / Manaslu BC 4,400m / Larke La 5,135m
	네팔 안나푸르나 라운딩	Tilicho Lake 4,920m / Thorong La 5,415m / Lubra Pass 3,772m
2017년 118일 1,406km	네팔 칸첸중가 지역	Cinelaptsa La 4,640m / Mirgin La 4,480m / Sinion La 4,646m / Selele 4,480m
		Pangpema(Kanchenjunga BC) 5,143m / Nango La 4,776m / Lumbasamba Pass 5,159m
	네팔 마칼루 지역	Makalu BC 4,870m / Serpani Col BC 5,688m / East Col 6,100m 지점 / Keke La 4,170m / Khongma La 4,260m
	네팔 쿰부 살파 라	Salpa La 3,350m / Surke La 3,085m
	네팔 롤왈링 지역	Tashlabtsa La 5,755m
	네팔 랑탕 / 할렘부 지역	Laurebina Pass 4,610m
	네팔 돌포 지역	Nagdalo La 5,350m
	네팔 무구 지역	Yambur La 4,813m / Nyingma Gyanzen La 5,563m / Yala La 5,414m / Chyargo La 5,150m
	네팔 훔라 리미 밸리	Nyalu La 5,001m / Lamaka La 4,300m
2018년 194일 1,783km	네팔 안나푸르나 3패스	Kang La 5,322m / Mesokanto La 5,245m
	네팔 간자 라 / 틸만 패스	Ganja La 5,130m / Tilman's Pass 5,308m

년도	트레킹	주요 정상(Ri), 고개(La), 베이스캠프(BC)
	네팔 마칼루 몰룬 포카리	Molun Pokhari 3,954m
	네팔 마칼루 3콜	East Col 6,180m / West Col 6,190m / Amphu Labtsa 5,845m
	네팔 쿰부 2패스 1리	Lhotse South BC 5,100m 지점 / Chhukung Ri 5,550m / Kongma La 5,540m / Cho La 5,420m / Ngozumba Tsho 4,990m
	파키스탄 낭가파르밧 북면 BC / 남면 BC	Beyal Camp 3,550m / Rupal BC 3,550m
	파키스탄 비아포 / 히스파 빙하	Hispar La 5,150m
2018년 194일 1,783km	파키스탄 발토로 빙하	Trango BC 3,900m / Broad Peak BC 4,850m / K2 BC 4,980m / G1, G2 BC 5,156m / Gondogoro La 5,625m
	파키스탄 기타 BC	Rakaposhi BC 3,450m / K6, K7 BC 4,300m / Amin Braq BC 4,318m
	네팔 무스탕 테리 라 / 사리붕 라	Teri La 5,595m / Kyumupani Pass 5,297m / Damodar Pass 5,467m / Saribung La 6,042m
	네팔 안나푸르나 나문 라	Namun La 4,850m
	네팔 잘자라 패스 / 도르파탄	Jaljala Pass 3,414m / Phalgune Pass 3,915m / Jang La 4,535m
	네팔 하돌포 카그마라 패스	Kagmara Pass 5,115m
	네팔 고사인 쿤드 18호수	Laurebina Pass 4,610m

년도	트레킹	주요 정상(Ri), 고개(La), 베이스캠프(BC)
	파키스탄 심샬 패스	Shimshal Pass 4,745m
	파키스탄 스판틱 BC	Spantik BC 4,310m
	파키스탄 라톡 BC	Latok BC 4,500m
	파키스탄 탈레 라	Thalley La 4,876m
	파키스탄 이크발 탑	Iqbal Top 4,850m
2019년 145일 1,398km	인도 잔스카르 / 라다크 스피티	Prinkti La 3,750m / Yokma La 4,720m / Kanji La 5,250m / Pitug La 5,020m / Parfi La 3,900m / Pandang La 5,150m / Nialo Kontse La 4,850m / Gotonda La 5,100m / Morang La 5,250m / Hormoche 4,900m / Kyamayuri La 5,430m / Kostse La 5,380m / Yalung Nyau La 5,440m / Parang La 5,550m
	인도 시킴 라바라 / 그린 레이크	Lavala Pass 4,657m / Green Lake 4,783m
	인도 종그리 / 고에차 라	Jongri Top 4,171m / Goecha La View Point 4,500m
	네팔 마르디 히말 / ABC	Mardi BC 4,250m / ABC 4,130m
	네팔 코프라 단다 / 모하레 단다	Khopra Danta 3,660m / Mohare Danda 3,320m

차례

Chapter 1

17시간 30분 만에 눈 속에서 탈출: 안나푸르나 3패스

Chapter 2

낙석의 공포: 랑탕 간자 라 – 틸만 패스

Chapter 3

길을 잃는 즐거움: 마칼루 몰룬 포카리

Chapter 4

위험하고 환상적인: 마칼루 하이패스(3콜)

Chapter 5

가이드와의 갈등: 쿰푸 2패스 1리

Chapter 9

춥고, 배고프고: 하돌포 카그마라 라

Chapter 10

108호수를 찾아서: 고사인 쿤드 18호수

주요 인물
소개

쭘세 사장	네팔 여행사 '포시즌 마운틴 트랙' 사장이다. 2018년 5개월에 걸친 어려운 트레킹을 모두 순조롭게 준비해줬다. 정직하고, 정확하고, 일 처리가 빨라서 도움을 많이 받았다.
인드라 가이드	△ 안나푸르나 3패스, 간자 라 – 틸만 패스 정직하고 책임감이 강하며 인간적이다. 트레킹 내내 포터들을 잘 돌보며, 조심성이 많은 가이드다. 길을 보는 눈이 탁월하여 처음 가는 길도 정확하게 찾아낸다.
겔젠 셰르파	△ 안나푸르나 3패스, 간자 라 – 틸만 패스, 몰룬 포카리, 마칼루 3콜, 테리 라 – 사리붕 라 말이 없고 조용하며 자신의 일을 묵묵히 수행한다. 책임감이 강하다. 때로는 가이드 역할을 대신하며 트레킹 내내 믿음직스러운 모습을 보여준다.
라스	△ 안나푸르나 3패스 길을 찾을 때마다 앞장섰다가 몸까지 상하게 된다. 뮤직 비디오까지 찍은 배우로, 멋쟁이다. 헤어지는 날 사비를 털어 축복을 의미하는 카타를 우리에게 일일이 걸어준다.
서미프	△ 안나푸르나 3패스 라스의 친구이며 같이 길을 찾는 데 앞장선다. 대학생으로 야영 중에도 틈틈이 책을 보며 공부한다. 음악 없이도 기꺼이 춤을 추는 춤꾼이다.
라즈	△ 안나푸르나 3패스, 테리 라 – 사리붕 라 자상하고 총명하다. 대학생으로 방학 때마다 포터를 하며 학비를 번다. 안나푸르나 3패스에서는 아버지와 함께 포터 일을 하러 왔다.
라전	△ 안나푸르나 3패스, 간자 라 – 틸만 패스, 도르파탄, 하돌포, 고사인 쿤드 쭘세 사장의 처남이다. 훤칠한 외모가 돋보이는 친구로 말이 없는 편이다. 가이드를 꿈꾸며 열심히 경험을 쌓고 있다.

발	△ 안나푸르나 3패스, 간자 라 – 틸만 패스, 몰룬 포카리, 마칼루 3콜, 쿰부 지역 자상하고 조용하며, 한국어가 가능하다. 마칼루 3콜을 넘은 유일한 아리안족이다. 라전과 마찬가지로 가이드를 준비하며 다양한 경험을 쌓고 있다.
파상 가이드	△ 마칼루 3콜, 몰룬 포카리, 쿰부 지역 클라이밍 가이드다. 훌륭한 클라이머이지만, 트레킹 후반에 갈등이 생긴다. 손님보다 포터들을 더 챙기는 바람에 자주 서운하게 한다.
체왕	△ 몰룬 포카리, 마칼루 3콜 애가 다섯이며, 바룬 도반 사우지(남자 주인)다. 마칼루 지역 전문 포터로 특별히 고용한 친구지만, 잦은 안개로 길을 찾는 데 애를 먹는다.
다와1	△ 안나푸르나 3패스, 몰룬 포카리, 마칼루 3콜, 쿰부 지역 체왕의 친척으로 술을 좋아한다. 특별 고용된 현지 포터로, 힘이 세고 잘 걷는다. 장차 셰르파가 꿈인 친구로, 겔젠 셰르파를 도와주며 암벽 기본을 배우는 데 적극적이다.
데브	△ 테리 라 – 사리붕 라 리더십 강하며 체력이 무척 좋다. 5천 미터가 넘는 고개도 맨발에 슬리퍼만 신고도 가장 빨리 걷는다. 실질적인 가이드 역할을 하며 팀을 이끈다.
비자이	△ 테리 라 – 사리붕 라 늘 나를 피해 다닌 수줍음 많은 친구다. 데브와 친구지만 성격은 정반대다. 걸을 때마다 '옴마니밧메훔'을 외우거나 노래를 한다.
다와2	△ 테리 라 – 사리붕 라, 도르파탄, 하돌포, 고사인 쿤드 매우 영리하고 일머리가 좋다. 믿음직스러운 친구로, 전혀 모르는 지역에서도 길을 찾는 데 누구보다 적극적이다. 발이 빠르며 장차 한식 요리사가 꿈이다.

Chapter 1

17시간 30분 만에 눈 속에서 탈출

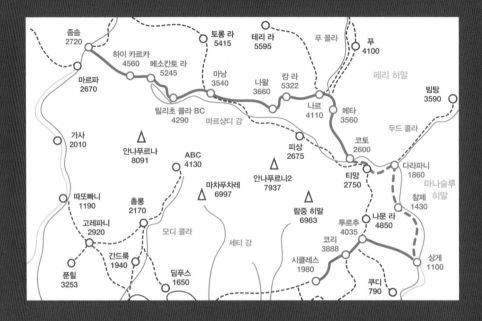

'안나푸르나 3패스 Annapurna Three High Pass'는 모험적인 트랙으로 ① 안나푸르나 동쪽 람중 히말의 나문 라 Namun La 4,850m, ② 다모다르 히말 나르에서 안나푸르나 나왈로 넘어가는 캉 라 Kang La 5,322m, ③ 마낭 Manang에서 좀솜으로 가는 메소칸토 라 Mesokanto La 5,245m를 말한다. 이 트랙은 3주 이상의 장시간이 소요되며, 일부 구간은 야영이 필요하다.

트레킹 시작은 시클레스 Sikles 1,980m, 상게 Sange 1,100m, 쿠디 Khudi 790m에서 할 수 있다. 시클레스에서는 마차푸차레, 안나푸르나, 람중 히말을 볼 수 있으며, 상게와 쿠디 트랙에서는 안나푸르나, 페리 히말, 마나슬루의 파노라마를 보게 된다. 감히 안나푸르나 최고의 조망을 가진 곳이라 할 수 있다.

캉 라로 가는 길은 2003년에서야 개방된 나르를 거치게 된다. 메소칸토 라는 세계에서 가장 높은 호수 중 하나인 틸리초 호수 Tilicho Tal 4,920m를 지난다. 틸리초 호수에는 바위와 얼음으로 이루어진 10킬로미터에 달하는 대장벽이 있다. 그 절정은 틸리초 피크 Tilicho Peak 7,134m로, 안나푸르나 최초 등반자인 모리스 에르조그 Maurice Herzog에 의해 알려졌다.

도보 이동
차량 이동

라 La는 '큰 산의 고개'라는 티베트 말이다. 또한 체 Che는 '산' 또는 '산 아래 마을'이라는 의미이며, 탈 Tal과 초 Tsho,Tso는 '호수'를 뜻한다.

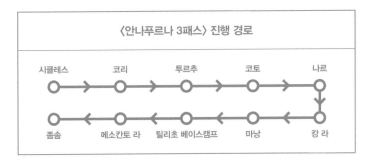

〈안나푸르나 3패스〉 진행 경로

시클레스 → 코리 → 투르추 → 코토 → 나르 ↓
좀솜 ← 메소칸토 라 ← 틸리초 베이스캠프 ← 마낭 ← 캉 라

오르고 또 오르면

버스는 로데오 소처럼 날뛰었다. 비포장도로에서 날리는 먼지 때문에 마스크를 썼는데도 콧속이 까맣고, 눈알도 뻑뻑했다. 우리가 빌린 버스 안에는 일행 셋에 가이드와 셰르파 각 1명, 포터 8명, 모두 13명이 타고 있었다.

올해 첫 여정은 안나푸르나 3패스다. 우리나라에선 잘 알려지지 않은 곳이라 3개의 고개를 모두 넘은 사람은 없는 것 같았다. 이번에도 혼자 가야 하나 생각했는데, 마침 정철님과 경석이가 함께하겠다고 나섰다. 2014년 몽블랑 트레킹TMB에 동행했던 인연이, 히말라야까지 이어졌다.

카트만두에서 포카라까지 6시간, 다시 시클레스까지 3시간이 걸렸다. 도착하자마자 작정한 듯 비가 내렸다. 우리가 묵을 로지는 굳게 잠긴 철문 안쪽에 있었다. 가이드가 로지 주인을 찾으러 간 동안 철문 밖에서 우리는 피난민처럼 비를 맞으며 기다렸다. 방음이라곤 전혀 되지 않는 허름한 방에 들어서자, 벌써 고단함이 몰려왔다. 먼지에 절어 있는 옷을 털고, 코인 티슈를 물에 불려서 얼굴을 닦아냈다. 코를 풀었더니 시커먼 덩어리가 나왔다. 평생 먹을 먼지와 매연을 네팔에서 다 먹고 다니는 것 같았다.

본격적으로 트레킹이 시작되기 전에 스태프들의 이름을 물었다. 가이드 인드라, 셰르파 겔젠, 포터 바하두르, 발, 라전, 라즈, 라스, 어닐, 서미프, 다와. 비슷한 이름이 많아서 헷갈렸다. 그들의 이름을 메모해놓고 외우면서 걸었다. 이름에 대해선 생각나는 사람이 있다. 나는 산에 다니면서 본명보다 '거칠부'라는 필명으로 많이 불렸다. 산에서 내 본명을 불러준 사람은 이미 세상을 떠난 그가 유일했다. 누군가 내 이름을 부르면 괜히 어색했는데, 희한하게도 그가 부를 때는 아무렇지 않았다. 누군가 내 이름을 불러주는 것만으로도 따뜻할 수 있다는 것을 그때 알았다. 그래서 나는 같이 다니는 스태프들에게도 '가이드'나 '포터'라고 부르지 않고, 꼭 이름을 불러주었다.

인드라는 나를 사모님으로 부르려고 했다. 현지 한국어 가이

드는 여자 손님을 '사모님', 남자 손님은 '사장님'으로 불렀다. 나는 인드라에게 '디디(누나)'가 좋다고 했고, 포터들에게도 디디로 불러 달라고 했다. 나는 호칭에 약한 편이라, 20대에는 나보다 나이 많은 사람들을 언니나 오빠라고 부르지 않았다. 맏이로 자란 나에겐 그 호칭들이 낯설었다. 호칭에 대해 조금이나마 유연해진 건 30대가 되어서다. 문득 내가 어렵지도 않은 일을 어렵게 생각하고 있다는 걸 깨달았다. 그 뒤로 20년 차이가 나도 언니라 불렀다. '오빠'라는 호칭은 여전히 잘 안 나오지만 말이다.

　이곳 산중 마을은 어느 곳이나 내려가고 올라가는 일이 반복됐다. 가는 길 내내 깔딱깔딱했다. 마스크 3개를 겹쳐 쓰고 걷는 것처럼 숨이 찼고, 다리는 땅에서 잡아 끌어당기는 것 같았다. 100보만 가서 쉬자고 마음먹어도 50보에서 멈추게 됐다. 장기 트레킹이었지만 따로 운동을 하고 오진 않았다. 건방질지 몰라도 트레킹을 하다보면 체력이 좋아졌다.

첫날 타사 카르카Tasa Kharka 2,368m는 물이 없는 것만 빼고는 완벽했다. 야영지 너머로 안나푸르나도 보였다. 포터들은 가뜩이나 무거운 짐에 물을 몇 리터씩이나 지고 올라왔다. 물이 있을 법한 곳마다 인드라가 맨손으로 긁어냈지만 낙엽 썩은 물뿐이었다. 저녁은 한국의 마트에서 공수해간 반찬과 카트만두에서 사 온 김치가 전부였다. 우리는 경비를 아끼겠다고 요리사를 고용하지 않았다. 혼자 다닐 때는 이런 방식이 통했지만 셋이 되자 얘기가 달라졌다. 고산 트레킹은 잘 먹어야 하는데, 내 방식을 고집하다가 정철님과 경석이만 고생시킨 꼴이 되었다. 시간이 지날수록 인스턴트 식사는 우리를 질리게 했고 두 사람은 입맛을 잃어갔다.

사흘간의 폭설

스태프들은 코리Kori 3,888m의 움막에 짐을 풀고 우리는 근처에 텐트를 쳤다. 바닥이 으깨진 소똥처럼 질퍽거렸다. 움막은 밖에서 보는 것보다 좁았다. 우리가 점심을 먹으려고 들어가자 몇몇 포터들이 일어났다. 그들은 문 앞에 앉아 우리가 밥 먹는 걸 구경했다. 제대로 준비해서 왔다면 식당 텐트에서 요리사가 해주는 밥을 우아하게 먹었을 텐데, 돈 좀 아끼겠다고 이것저것 다 뺐더니 감수해야 할 불편함만 많아졌다.

"인드라, 우리가 작은 선물을 준비했어요."

정철님은 양말을 준비했고, 나는 토끼털 장갑을 가져왔다. 지인께서 네팔 여자들에게 주라고 했지만 포터들에게 주고 싶었다. 선물을 받아든 포터들의 얼굴이 밝았다. 그들을 볼 때마다 쓰지 않는 장비를 더 가져올 걸 싶을 때가 많다. 작년 트레킹에선 작정하고 장비를 챙겨왔다. 지인들이 모아 준 등산화, 양말, 장갑, 모자까지 꽤 됐다. 정신이 없어서 그걸 여행사 사장에게 맡겼더니 자기들이 나눠 가졌다. 정작 필요한 포터들에겐 돌아가지도 않았다. 팁도 그랬지만 장비 역시 필요한 사람에게 직접 줘야 했다.

사방에서 얼음 알갱이들이 튀었다. 오후부터 시작된 우박은 밤새도록 쏟아졌다. 번쩍, 할 때마다 하늘이 으르렁거렸다. 텐트에도 눈이 쌓이기 시작했다. 자다가 일어나서 불안한 마음으로 눈을 털었다. 화장실에 가야 하는데 번개가 칠 때마다 번번히 포기하게 됐다. 생각 없이 우산을 쓰고 나갔더니 손이 찌릿했다.

보이지 않는 누군가에게 한 대 맞은 것 같았다. 이러다 번개 맞
겠다 싶어 우산을 접었더니 순식간에 눈사람이 되었다. 공터 한
가운데 자리 잡았던 정철님은 공포에 떨다가 움막으로 옮겼다.
셰르파 겔젠이 정철님 텐트에서 자고, 정철님은 움막 입구에 자
리 잡았지만, 당연히 한숨도 잘 수 없었다. 남자 10명이 자기엔
비좁았던 데다, 코는 얼마나 골았을 것이며, 땀 냄새와 발 냄새
는 어땠을지 알 것 같았다.

　다음 날 아침에는, 간밤에 무슨 일이 있었냐는 듯 하늘이 눈
부셨다. 마차푸차레와 안나푸르나도 선명했다. 전에 어느 로지

코리에서 눈으로
뒤덮인 텐트

에서 부부싸움을 하던 사우니(여자 주인)가 생각났다. 밤새 그렇게 악쓰고 싸우더니 아침엔 말끔한 얼굴로 나타나서 생글생글 웃었다. 눈부신 하늘이 꼭 그 짝이었다.

들뜬 마음으로 출발했지만 햇살은 오래가지 않았다. 10시부터 구름이 뱀의 혓바닥처럼 날름거렸다. 어디가 어딘지도 모른 채 걷기를 멈추지 않았다. 하얀 보자기를 뒤집어쓴 것처럼 아무것도 보이지 않았고, 오래 묵은 눈 위를 걸을 때마다 얼음처럼 갈라졌다. 포터들은 팔네Falneh 4,212m에서 멈췄다. 겔젠은 야영지를 만들기 위해서 삽질을 시작했고, 몇몇 친구도 거들었지만 딱딱한 눈이라 시간이 걸렸다. 텐트 안에 들자 싸락눈 떨어지는 소리가 요란했다. 또 시작이다. 천둥 번개도 거르지 않고 나타났다. 봄이라서 눈이 많이 온다지만 조짐이 좋지 않았다.

다시 새벽 5시 반부터 짐을 꾸렸다. 갈 길이 멀었다. 밤새 내린 눈으로 길이 보이지 않아 앞장선 포터들은 얼마 가지도 못하고 멈췄다. 인드라는 얼마 전 답사까지 다녀갔지만 2개의 고개 중 어디로 넘어야 할지 몰랐다. 겔젠, 서미프와 라스가 왼쪽 고개를 살피러 갔다. 짐을 메지 않으면 날아다니는 사람들이라 금방 사라졌다. 그러나 길은 없었다. 그들이 내려오자마자 모두 오른쪽 고개로 향했다. 금세 시야가 뿌옇게 흐려지더니 이내 햇빛 한 줌도 통과시키지 못했다.

겔젠과 포터들은 이미 고개를 넘었다. 내가 고개에 닿았을 때

정철님은 보이지 않았고, 경석이는 저 아래서 까만 점이 되었다. 훌쩍거리던 콧물이 내 의지와 상관없이 바람을 따라 날아갔다. 곧 콩알만 한 싸락눈이 쏟아지면서 앞서간 이들의 발자국을 순식간에 지웠다. 오른쪽은 끝이 보이지 않는 낭떠러지로, 발을 헛디뎠다가는 어디까지 미끄러질지 알 수 없었다. 비비탄같이 사방에서 쏘아대는 눈은 가파른 능선 사면에서도 와르르 쏟아졌다. 번개가 칠 때마다 머리카락이 쭈뼛 섰고, 천둥소리엔 지진이라도 난 것처럼 몸이 흔들렸다. 계속 가야 할지, 아니면 기다려야 할지 머릿속이 하얘졌다.

2015년 네팔에서 지진이 나던 날, 그날따라 일행 중 한 명이 일찍 하산하자고 했다. 새벽부터 서둘러서 내려간 우리는 둔체에서 점심을 먹고 있었다. 땅이 흔들렸을 때, 나는 버스 시동 소리가 꽤 요란하다고 생각했다. 식당 2층에서 음료수병 상자가 떨어지고, 사람들이 소리 지르며 바깥으로 뛰쳐나갈 때도 나는 지진인지 몰랐다. 서 있는 곳이 파도처럼 꿀렁대는 걸 느끼고 나서야 알았다. 사람들은 울면서 소리 질렀다. 땅이 흔들릴 때마다 누런 먼지가 신음처럼 올라왔다.

일행 중 한 명은 입버릇처럼 세상에 여한이 없다는 말을 했다. 워낙 고생을 한 사람이라 그러려니 했다. 하지만 지진이 나자 세상 누구보다 여한이 많은 사람이 되었다. 대피하는 3일 내내 가장 노심초사했다. 어떤 두려움과 마주치게 되면 꼭 그 생각이 났다. 세상에 여한이 없다던 그 사람은, 어쩌면 누구보다 더 살고 싶었던 게 아닐까 하고.

눈은 이제 폭포처럼 쏟아졌다. 두 발이 눈 속에 묻혀서 움직일 수 없었다. 번개가 번쩍할 때마다 전기가 나갔다가 들어온 것처럼 환해졌다. 하늘이 쩍쩍 갈라지는 천둥소리에 심장이 튀어나올 것만 같았다. 사방을 둘러봐도 도움을 청할 사람이 없었다. 이제 나는 어떻게 되는 걸까. 나는 아직 여한이 많은데….

평소 사람 목숨은 하늘의 뜻이라고 생각했다. 지금도 그 생각엔 변함이 없다. 내가 살 운명이라면 어딜 돌아다녀도 살 것이라 생각했다. 생각이 거기에 이르자 번개도 천둥도 더는 겁나지 않았다. 가보자. 한 발자국이라도 움직이자. 푹푹 빠지는 눈을 헤치며 꾸역꾸역 전진했다. 걸음을 뗄 때마다 지나온 발자국이 사라

졌지만, 멈추지 않았다.

언덕에 올라서자 큰 바위 아래서 눈을 피하고 있는 사람들이 보였다. '나를 보았을까?' 천둥 번개가 멈추자 그들이 움직이기 시작했다. '그냥 가는 건가.' 얼른 따라잡아야겠다는 생각만 들었다. 까마득한 아래를 내려다보면서 혼자 중얼거렸다. '조심하자, 조심하자.' 나는 겁을 상실하고 교만해질 것 같으면 스스로 말을 걸었다.

순식간에 내린 눈으로 속도가 더뎠지만 겔젠은 멈추지 않았다. 경험 많고 노련한 그는 여기서 멈추면 안 된다는 걸 잘 알고

눈을 맞으며 걷는
포터들

있었다. 눈은 너무 많았고, 길은 가팔랐다. 저녁이 가까워지고 있는 것도 문제였다. 잘 가던 포터들이 멈췄다. 그들은 산 아래 길을 가리키며 자기들끼리 무슨 얘기를 했다. 설마 저기로 내려가자는 건 아니겠지. 못 가겠다는 건 아니겠지. 포터들이 가지 않겠다고 하면 갈 수 없었다. 불안한 마음에 자꾸 뒤돌아보았지만 그들은 움직이지 않았다. 그러거나 말거나 겔젠은 길을 뚫는 데만 전념했다. 그는 말이 거의 없었다. 그저 묵묵히, 자신의 일을 했다. 고갯마루에는 적당해 보이는 야영지가 있었다. 날도 저물고, 나는 이제 그만 갔으면 했다. 기온이 급격하게 떨어지면서 몸도 식어갔다.

"셰르파 다이(셰르파 형)!"

포터들이 겔젠을 불렀지만 그는 뒤돌아보기만 할 뿐 계속 길을 찾았다. 고집이 센 건가, 책임감이 강한 건가. 보다 못한 정철 님도 겔젠을 불렀지만, 그는 계속 가야 한다고만 했다. 그러고는 이내 방향을 잡고 내려서기 시작했다. 그가 내려가는 쪽으로 건물 몇 채가 보였다. 지독한 내리막길이었다. 눈은 지금보다 더 많았다. 자빠지고 미끄러졌다. 투르추Thurchu 4,035m에 도착했을 땐 이미 해가 진 다음이었다. 점심도 먹지 못한 채, 장장 9시간 만이었다. 그곳엔 건물 네 채가 있었다. 모두 눈이 들어찼지만 그중 한 곳은 누군가 머문 흔적이 있었다. 포터들은 짐을 내려놓자마자 불부터 피웠다. 겔젠은 텐트 사이트를 만들기 위해 삽으

로 눈을 퍼냈다. 하루 종일 눈을 헤치고 오느라 지쳤을 법도 한데 그는 표정 없는 얼굴로 묵묵히 자신의 일을 했다. 2시간 뒤에 나타난 경석이는 의외로 쌩쌩했다. 눈 속을 헤매고 다녔는데도 희한하게 다들 평온했다. 포터들은 불가에 앉아 젖은 신발과 양말을 말리며 노래를 흥얼거렸다.

아침이 되자 폭풍우가 지나고 난 것처럼 다시 하늘이 쨍했다. 산은 걸쭉한 우유를 뒤집어 쓴 것처럼 하얬다. 우리는 모처럼 쉬는 날이라 며칠 동안 눅눅해진 장비를 내다 말렸다. 나문 라를 확인하러 떠났던 겔젠, 서미프, 라스는 저녁 7시가 되어서야 돌아왔다. 아침 9시에 출발했으니 10시간 만이었다. 그들이 가지고 온 소식은 예상대로였다. 나문 라까지 가는 길엔 눈이 허리에서 가슴까지 쌓였고, 야영할 곳도 없다고 했다. 3일 연속 내린 눈은 결국 우리 앞길을 막았다. 지도를 보니 상계Sange 1,100m까지 내려가는 길이 있었다. 표고 차 약 3천 미터. 아무도 그 길을 알지 못했지만 일단 내려가 보기로 했다. 스태프들의 감각을 믿어 보기로 했다.

설산에서의 탈출

새벽 4시, 나는 억지로 밥을 밀어 넣었다. 아끼던 낙지 젓갈을 개봉했지만 절반도 넘게 남았다. 딱딱하게 얼어 있는 눈을 밟을 때마다 뽀드득, 경쾌한 소리가 났다. 뒤돌아보면 달이 푸르게 빛났다. 그 뒤로 보이는 거대한 산은 외계 행성처럼 괴괴했다. 눈이 내리지 않았다면 우린 지금쯤 저 어디를 넘고 있을 텐데. 섭섭한 마음에 자꾸 뒤돌아보았다. 어슴푸레 밝아오고 있는 근육질 산을 눈으로 더듬고 또 더듬었다.

포터들은 짐을 내려놓고 언덕 위에 나란히 섰다. 그들은 길을 찾는 중이었다. 눈을 뒤집어 쓴 산은 길을 꽁꽁 숨겨 놓고 보여 주지 않았다. 어디에도 길이 보이지 않았지만 인드라는 저 산을

넘으면 길이 있을 거라고 했다. 저렇게 눈으로 덮여 있는데도 그게 보인단 말인가? 겔젠과 포터 둘이 길을 확인하러 앞장섰다. 그들의 장비라고는 삽 한 자루가 전부였다. 가파른 능선 사면으로 사라져 가는 세 사람이 하얀 도화지 위의 개미처럼 보였다. 설마 저런 곳에 길이 있겠나 싶었는데 셋 중 하나가 삽질을 시작했다. 길을 내기 시작한 것이다.

어제 답사 다녀온 라스는 얼굴이 미라처럼 누렇게 떴다. 영혼을 나문 라에 두고 오기라도 한 것처럼 반쯤 얼이 나가 보였다. 어제 가슴까지 차는 눈을 치우고 오느라 지쳤던 것이다. 포터 중 가장 쌩쌩하고 빠른 친구였는데도, 초주검 상태가 될 정도로 고생한 라스에게 미안했다. 당장 간식과 자양강장제를 꺼내서 그에게 먹였다. 옆에서 보고 있던 인드라는 자신의 배낭을 그의 짐과 바꿔줬다.

길을 내고 돌아온 라즈는 포터들 중 가장 어렸다(라즈와 라스는 이름이 비슷해서 헷갈렸다). 라즈는 대학에서 공부 중이라고 했다. 말이 부드럽고, 날다람쥐처럼 빠르고, 똑똑한 친구였다. 게다가 우리 팀에서 가장 나이 많은 포터가 라즈의 아버지였다. 나는 아버지와 아들이 포터로 함께 일하는 경우를 처음 보았다.

왼쪽은 낭떠러지였다. 아래를 내려다보면 공기 빠진 풍선처럼 심장이 쪼그라들었다. 미끄러지지 않겠다는 일념으로 몸을 오른쪽으로 잔뜩 기울여 되도록 앞만 보면서 걸었다. 이런 곳을 삽 하나로 길을 뚫은 녀석들도 대단했다. 내가 고개에 도착하자 라전이 인드라 짐을 받으러 내려갔다. 다와는 아픈 라스의 짐을 받아왔다. 그러고는 젊은 포터 몇 명이 라스의 짐을 나눠서 자기 짐으로 옮겼다. 나는 괜히 감동받아서 코끝이 찡했다.

눈은 여전했지만, 그들은 신기할 정도로 길을 잘 찾아냈다. 겔젠은 사방을 살펴보고 길일 것 같은 곳으로 전진했다. 그는 명령을 받드는 무사 같았다. 해가 나면서 녹은 눈이 등산화에 떡처럼 달라붙었다. 왼쪽이 낭떠러지라 몸도 자꾸 반대쪽으로 기울어졌다. 정철님은 포터들을 바싹 붙어서 따라갔고, 경석이는 자꾸 눈

나문 라를 뒤로하고
탈출

낭떠러지 눈길을
지나며

에 빠졌다. 한쪽 발이 빠져서 버둥거리다 보면 다른 발도 빠졌다. 눈으로 된 늪 같았다. 그 와중에도 구름바다 위로 솟은 마나슬루 앞에선 입이 떡 벌어졌다. 현실은 늘 상상하는 것 이상이었다. 특히 히말라야는 매번 그랬다.

간신히 눈길을 벗어나자 이번엔 사우나에 들어온 것처럼 안개가 깔렸다. 너무 짙어서 방금 앞에 지나간 사람도 보이지 않았다. 다시 길을 찾지 못해 우왕좌왕하는 일이 벌어졌다. 고도가 떨어지려면 멀었는데 어디에도 물이 없었다. 사방은 오로지 안개와 눈뿐이었다. 꽤 넓은 초지에 도착해서야 물을 만났다. 점심도 먹지 못했던 터라 다들 굶주린 짐승처럼 물을 퍼마셨다. 이때만 해도 이 물이 처음이자 마지막이라는 걸 알지 못했다.

먹물이 번지듯 어둠이 깔리기 시작했다. 해가 떨어질 때쯤 만난 초지에서 인드라는 야영을 권했다. 지도를 보니 물이 있는 곳까지 너무 멀었다. 거기까지 다녀올 시간이면 내려가는 게 나았다. 우린 랜턴을 켜고, 내려가고 또 내려갔다. 그래도 고도는 좀처럼 떨어지지 않았다. 모두가 땀으로 범벅이 되었다. 목이 마르고 배가 고프고 눈도 풀리기 시작했다. 코 아래가 간질간질하더니 물집이 올라왔다.

첫 번째 마을 찹단다Chhapdanda에 도착한 건 밤 11시가 가까워서였다. 상게까지 가려면 1시간은 더 가야 했지만 이미 다들 지쳤다. 오늘 하루 무려 3천 미터를 17시간 30분이나 걸어서 내

려왔다. 인드라가 마을 사람을 깨워서 머물 곳을 찾았다. 다행히 홈스테이 하는 곳이 있었다. 너무 늦어서 코펠과 버너를 꺼내 인스턴트 칼국수를 끓이고, 맥주 한 병을 셋이 나눠 마셨다.

경험이 확대되면 자신도 몰랐던 모습을 알게 된다. 맘먹고 18시간 가까이 걷는 건 쉽지 않은 일이다. 예정에 없던 일이라 가능했고, 그러면서 우리는 이렇게 걸을 수 있다는 걸 확인했다. 이번 탈출은 그동안 다녔던 네팔 트레킹 기록을 모두 갈아치웠다. 최악을 경험해두면 어떤 일도 그보다 좋은 경우가 된다.

인드라는 어제 줬던 간식 비용 3천 루피 중에서 2천 루피를 내게 돌려줬다. '뭐 이런 친구가 다 있지.' 대개 이미 준 돈을 되돌려 받는 일은 없는데, 인드라는 달랐다. 보기 드물게 정직했다. 마을을 떠나기 전 주인 부부가 우리를 축복해줬다. 행운의 말과 함께 이마에 쌀을 붙여주고 손바닥만 한 꽃 장식을 달아줬다. 부부는 우리 팀 13명 모두에게 일일이 정성을 베풀었다. 이마에 쌀을 붙여주는 건 티베트 불교와 가깝고, 꽃 장식은 마을의 풍습이었다. 손님에게 축복을 빌어주는 동시에 마을 사람들의 안녕을 기원한다고 했다. 이런 풍습은 마을마다 다르다. 예를 들어 어떤 마을에서는 똥바 그릇 주변에 밀가루를 묻혀주는데, 이것 역시 자신의 집에 찾아온 손님에 대한 인사라고 한다.

네팔은 다민족, 다문화 국가로 100여 개의 민족이 공존하고 있다. 네팔어를 공통으로 쓰지만 민족만의 언어를 가지고 있다. 한 예로 따망족Tamang과 셰르파Sherpa의 언어는 각기 다르다. 또한 네팔은 세상의 모든 신의 천국이라 할 만큼 다양한 신이 존재한다. 이름이 있는 신들만 300이 넘고, 이름 없는 신까지 포함하면 3천이 넘는다. 그들은 자신과 다른 신을 믿는다 하여 배척하지 않는다. 그래서 '나마스테'라는 네팔의 인사말에는 '내 안의 신이 당신 안의 신께 인사드립니다'라는 뜻이 포함되어 있다.

저녁엔 여행사에서 준비해준 백숙을 먹었다. 고개를 넘지 못하고 탈출했으니 뭔가 위로가 필요하긴 했다. 남은 코스는 많은 인원이 필요하지 않아서 포터 3명을 카트만두로 돌려보냈다.

여긴 처음이지, 캉 라

4월이 되었어도 여전히 아침은 추웠다. 남은 두 고개를 갈 수 있을까 싶었지만 다시 돌아오는 한이 있더라도 가보기로 했다. 정철님 입술엔 물집이 터져서 곰보빵 같은 딱지가 생겼다. 내가 이럴까 봐 비타민 B와 입술 연고를 챙겨오라고 한 건데, 역시 직접 고생을 해봐야 안다.

메타Meta 3,560m 가는 길에 점심으로 네팔의 주식 달밧을 먹었다. '달'은 마른 콩류(렌틸콩, 완두콩, 대두, 녹두 등)로 만든 콩수프이

고, '밧'은 쌀밥을 뜻한다. 나는 달밧의 영양은 이 콩수프에서 나온다고 생각한다. 내가 달밧을 처음 먹어 본 건 랑탕 샤브루베시 Syabrubesi 가는 길이었다. 현지 버스는 어느 허름한 식당 앞에 멈췄고, 사람들은 약속이나 한 듯 우르르 내렸다. 그러고는 커다란 접시에 밥과 반찬을 담고, 국물을 붓더니 손으로 먹기 시작했다. 그 식당의 화장실에선 지린내가 진동했고, 나는 차마 그들처럼 먹을 수 없었다. 그다음에 만난 달밧은 안나푸르나의 어느 로지였다. 풀풀 날리는 안남미 밥알과 감자와 채소가 전부인 떨까리

(반찬), 이상한 색깔의 국물까지. 맛은 얼마나 없던지 다시는 달밧을 먹지 않겠다는 다짐까지 했다. 히말라야 횡단을 할 때만 해도 야영 트레킹에는 반드시 한식 요리사가 있어야 한다고 생각했다. 그러다 일부 구간에서 현지 음식을 먹을 기회가 생겼는데, 시장이 반찬이라고 한참 걷고 난 후에 먹는 달밧은 그때까지와는 다른 맛이었다. 특히 현지인들의 가정식 달밧은 정말 맛있었다. 우리네 백반처럼 집마다 맛이 달라서 어떻게 나올까, 은근히 기대가 되곤 했을 정도다. 그때부터 달밧만 먹기 시작했다. 어설픈 밀가루 음식보다 이들이 가장 잘하는 달밧이 최고라는 걸 알았다. 제대로 만든 달밧은 한식만큼이나 맛있었다. 특히 물라(무) 어짜르(장아찌와 비슷하다)가 있으면 밥도둑이 따로 없었다.

계절이 계절인지라, 나르Naar 4,110m는 조용했다. 손님도 우리뿐이었다. 나르는 옛날 가옥이 그대로 유지된 오지 마을이었다. 그동안 히말라야 횡단을 하면서 수많은 오지를 만났다. 이제는 이런 마을을 만나더라도 늘 다니던 곳처럼 익숙했다. 우리는 각자 방을 하나씩 썼다. 생활습관이 다른 사람들과 한 방을 쓰는 건 하루 이틀이면 족했다. 그 이상 넘어가면 작은 습관 하나로도 상대방이 미워졌다. 오랫동안 같이 걸을 땐 적당한 거리 유지가 필요한데, 방을 따로 쓰는 것도 괜찮은 방법이다.

어둠이 가시기 전에 서둘러 출발했다. 캉 라 페디Kang La Phedi 4,530m에서 시작된 오르막은 끝이 보이지 않았다. 약한 눈발이

날렸고, 그사이로 흐릿한 랜턴 불빛이 춤을 췄다. 5천 미터를 넘는 날이라 옷을 잔뜩 껴입었더니 둔했다. 새벽부터 움직이는 날이면 왜 이렇게 사서 고생을 하나 싶을 때가 한두 번이 아니다. 이젠 오지 말아야겠다 싶다가도 지나고 나면 좋고, 다시 찾게 되고, 또 후회하고…. 무한 반복된다. 어둠이 걷히자 사방이 은빛 가루를 뿌려 놓은 듯 눈부셨다. 고도를 높일수록 발아래 풍경도 신비롭게 변했다. 어느새 내 몸도 이곳에 적응하고 있었다. 거칠던 숨도 안정을 찾았고, 남의 것 같던 다리도 이제야 내 다리가 되었다.

캉 라, 이제는 어느 높은 곳에 도착해도 덤덤했다. 내겐 지난 몇 년 동안 수없이 반복된 일이기도 했다. 그동안 참 많은 고개를 넘었다. 나는 정상을 찍는 것보다 고개를 넘는 게 좋았다. 이쪽에서 저쪽으로 넘어갈 때 바뀌는 풍경이 궁금했다. 누군가 왜 히말라야를 걷는지 묻는다면, 글쎄. 거기가 궁금해서라고 대답할 것 같다.

내내 날씨가 흐려서 아쉽기는 하지만 모두가 무사히 도착했다. 정철님과 경석이는 5천 미터 넘는 고개가 처음인데도 잘 올랐다. 사실 정철님은 고산병 증세 때문에 약간 고생했다. 워낙 걸음이 빠른 분이라 속도 조절이 안 돼서 그랬을 거다. 반면에 경석인 천천히 걸은 덕분에 고산병 증세가 없었다.

나왈Nawal 3,660m까지 1천 600미터를 내려왔는데도 추웠다.

아침은 티베탄 브레드에 밀크티. 메뉴가 아무리 많아도 선택할
게 별로 없었다. 식사를 마치고 계산서를 가져다주면 우선 꼼꼼
히 살폈다. 나는 로지 계산서를 잘 믿지 않는다. 경험상 계산이
틀리거나 주문하지 않은 음식이 계산되는 경우가 의외로 많았
다. 웬만하면 계산서도 직접 쓴다. 좋지 않은 가이드의 경우 계
산서로 장난을 치기도 한다. 이번에는 로지 주인이 달걀 3개를
6개로 잘못 적어서 바로잡았다.

안개에 덮인 하산 길

안나푸르나의 꽃, 메소칸토 라

틸리초 베이스캠프 가는 길에 정철님이 생뚱맞게 서미프에게 춤을 부탁했다. 설마 춤을 출까 했는데, 그는 음악도 없이 몸을 흔들었다. 괜히 보는 내가 쑥스러웠다. 그동안 만난 네팔 사람들은 술이 들어가지 않아도 춤과 노래를 잘했다. 아무리 수줍은 친구라도 춤을 출 땐 빠지지 않았다. 네팔은 무수히 많은 신과 다양한 민족만큼이나 축제도 무려 70여 개나 된다. 그들은 어릴 때부터 가족이나 마을의 크고 작은 축제에서 자연스럽게 춤을 익힌다. 이들에게 춤은 기본적인 놀이이고 자연스러운 문화다. 춤 자체가 낯설고 어색한 나에겐 부러운 문화가 아닐 수 없다.

절친인 서미프와 라스는 늘 꼭 붙어 다녔다. 서미프는 대학생으로 방학을 이용해 포터 일을 하면서 학비를 번다고 했다. 라스는 끼가 많은 친구로 춤추고 노래하는 데 재주가 있었다. 나중에 알고 보니 뮤직비디오에 출연한 경력이 있는 배우였다. 네팔 젊은 친구들은 보통 일찍 결혼해서 생계를 책임지는 경우가 많다. 그런데 요즘은 공부를 하는 친구도 제법 느는 듯했다. 우리나라가 그렇듯이 네팔도 결혼을 늦게 하는 추세다. 쭘세 사장 말에 의하면 공부를 많이 한 사람일수록 결혼이 늦어진다고 한다.

안나푸르나에서 가장 아름다운 길을 꼽으라면 나는 틸리초 베이스캠프와 틸리초 호수Tilicho Lake 4,920m로 가는 길을 꼽겠다.

신화에 나올 법한 길은 달의 어디쯤을 걷고 있는 것 같은 착각이

들게 했다. 틸리초 호수는 세계에서 가장 높은 곳에 있는 호수
중 하나다. 가을이면 짙푸른 코발트빛이었을 텐데, 봄이라 호수
는 얼었고 그 위에 눈까지 덮여 있었다.

    틸리초 콜라 베이스캠프Tilicho Khola BC 5,024m가 코앞인 것처
럼 보였다. 앞서간 팀의 발자국이 길잡이가 되었지만, 눈이 무릎
까지 빠졌다. 잘 걷다가도 한 번씩 고꾸라졌다. 먼저 간 포터들
은 진흙탕에 빠진 것처럼 버둥거렸다. 반대편에서 오던 남자는

아까부터 계속 우리를 촬영하고 있었다. 그는 자신이 러시아인이며, 좀솜에서 3일 동안 혼자 메소칸토 라를 넘어왔다고 했다. 메소칸토 라에 이탈리아 원정팀이 로프를 설치해놨다는 정보도 알려줬다. 그런데 좀 이상했다. 횡설수설하면서 촬영을 멈추지 않았다. 다들 그런 낌새를 눈치챘는지 슬금슬금 자리를 떴다. 그는 우리가 멀어지는 것까지 촬영하더니, 아무 일 없다는 듯 틸리초 호수로 향했다.

야영지는 특별할 게 없었다. 그저 다른 곳보다 조금 높을 뿐이었다. 작은 텐트에 셋이 욱여 앉아 늦은 점심으로 짜장면을 끓였다. 산 아래에선 거들떠보지도 않았는데 산 위에선 몇 젓가락도 아쉬웠다. 걸으면 걸을수록 나날이 배가 고팠다. 결국 계획에 없던 라면 하나를 더 끓였다. 그 하나도 게 눈 감추듯 먹어버렸다. 경석이는 그사이 7킬로그램이나 빠졌다. 그렇게 많이 빠졌는데도 워낙 비축해 놓은 게 많아서 괜찮단다. 정철님은 마른 몸인데도 바지가 헐렁할 정도로 살이 빠졌다. 짜증나게 나만 그대로였다. 이렇게 걷는 일이 자주 반복되다 보니, 몸도 익숙한지 아무리 걸어도 살이 빠지지 않았다.

새벽 3시 반. 큰 고개를 넘는 날이면 기상 시간이 빨라졌다. 알람 소리에 벌떡 일어났지만 잠을 잔 것 같지 않았다. 해발 5천 미터가 넘는 곳에서 잤으니 그럴 만도 했다. 키친 텐트에 비좁게 앉아 김치죽을 먹었다. 억지로 떠 넣을 때마다 먹는 게 뭔가 싶었다.

높이 올라갈수록 경이로운 풍경이 나타났다. 틸리초 호수 뒤로 10킬로미터나 되는 암벽과 얼음 장벽이 따라왔다. 메소칸토라와 가까워질수록 틸리초 피크도 가까워졌다. 나는 거대한 흰 벽을 보는 것만으로도 좋았다. 감히 저 산을 오르고 싶다는 욕망은 눈곱만큼도 없었다. 내가 히말라야를 찾는 건 특별한 철학이 있어서도 아니고, 그들의 문화에 관심이 있어서도 아니다. 그저 이곳을 걷고 구경하는 게 좋다. 트레킹 루트를 만들고, 팀을 꾸려서, 그걸 현실로 만드는 일이 즐겁다.

보일 듯, 잡힐 듯 촛대봉이 가까워지더니 금세 메소칸토 라에 도착했다. 나문 라를 넘지 못하게 됐을 때, 어쩌면 캉 라와 메소칸토 라도 넘지 못할 거라고 생각했다. 반쯤 마음을 접고 와서 그런지 기쁨이 더욱 컸다. 바람에 몸을 가누며 하얀 틸리초 호수와 뾰족한 촛대봉을 바라보았다. 저 아래 우리가 가야 할 좁솜도 보였다. 이 고개를 사이에 두고 양쪽의 풍경이 참으로 달랐다. 한쪽은 온통 얼음 장벽과 눈이었고, 다른 한쪽은 다채로운 색을 가진 황량한 사막 같았다.

내려가는 길은 로프를 설치해야 할 정도로 어마어마한 급경사였다. 다행히 이탈리아 원정팀이 고정 로프를 설치해놨다. 로프가 있었지만, 겁을 먹지 않으면 스틱과 아이젠만으로도 충분했다. 신중하게 한 발자국씩 내려섰다. 앞을 바라보니 허공에 떠

있는 것 같았다. 여기서 넘어지면 어디까지 미끄러질까, 엉뚱한 상상도 했다. 포터들은 그 무거운 짐을 지고 여길 어떻게 내려간 건지. 겔젠은 우리를 안전한 장소까지 데려다주고 그 삐근한 길을 다시 올라갔다. 그는 등에 '대한산악구조대'라고 적힌 재킷을 입고 있었다.

어느덧 마지막 야영지 하이 카르카High Kharka 4,190m다. 과연 넘을 수 있을까 고심하던 순간도 순식간에 지났다. 2시간 뒤에 도착한 경석이는 태평스러웠다. 100킬로그램에 육박하는 몸을 끌고 5천 미터가 넘는 고개를 2개나 넘었는데도 멀쩡했다. 낙천적인 성격만큼이나 끈기도 대단했다. 경석이는 평소 운동을 하

마지막 야영지
하이 카르카에서
만난 설국

거나 산행을 즐기는 친구가 아니다. 그런데도 이런 트레킹을 해내는 걸 보면, 뭘 해도 잘하지 않을까 싶다. 평소 만나서 이야기를 해보면 생각도 깊다. 자신을 포장하기보다 인정할 줄 알고, 끊임없이 배운다. 어른들에게 예의 바르고 매너도 기가 막힌 친구다.

다음 날 아침에 일어나니, 밤새 눈이 내려 설국을 만들어놓았다. 쨍하고 깨끗한 날도 좋지만 풍경은 이런 날이 더 멋졌다. 포터들은 내려간다고 좋아하고, 우리는 눈이 내려서 좋아하고. 모두가 좋은 날이었다.

우리는 속도 차이가 나서 늘 각자 걸었다. 걸음이 빠른 정철님은 저 앞에, 천천히 걷는 경석이는 뒤에 있었다. 야영지에 도착해서도 대부분 각자 텐트에서 보냈다. 그러다 보니 서로 이야기를 나눌 시간이 많지 않았다. 셋 다 말이 많지 않기도 했지만, 오랫동안 걸을 땐 붙어 있는 것보다 각자의 시간을 많이 갖는 게 좋기도 했다.

좀솜으로 내려가면서 정철님과 이런저런 얘기를 나눴다. 이분은 애들이 다 클 때까지 기다리면 자신이 너무 늙어버릴 것 같다면서, 꽤 많은 연차 수당을 포기하고 매년 한 달 정도 해외 트레킹을 즐긴다. 꾸준히 독서와 공부를 하고, 악기를 배워서 공연도 하고, 주말농장에서 직접 먹을 채소도 재배한다. 늘 뭔가를 배우고 준비한다. 정철님 인품을 보면 누구와 같이 걸어도 탈이 나지

모두의 소망을 담은
안나푸르나의 지도

않을 사람이다. 이번 트레킹도 정철님과 경석이가 내게 맞춰줬
다. 아마 이만한 동행자들도 없을 거다.

'하고 싶을 때 하지 못하면 할 수 있을 때 하지 못한다.' 내 좌
우명이다. 30대 후반부터 백수를 자처하면서 늘 이 말을 가슴
에 새겼다. 내가 하고 싶은 건 대부분 힘들고 어려운 트레킹이었
다. 그래서 이왕이면 한 살이라도 어릴 때, 정말로 하고 싶을 때,
몸과 마음이 잘 느낄 수 있을 때 하고 싶었다. 일생에서 한 번은,
자신이 좋아하는 일에 전부를 바쳐보는 것도 좋다.

4시간이 꼬박 걸려서 좀솜에 도착했다. 저녁에는 모두 모여서

뒤풀이를 했다. 굳이 해야 하나 싶을 때도 있었는데, 스태프들이 좋으니 저절로 마음이 생겼다. 우리는 똥바(빨대로 마시는 티베트 전통술)를 마시고 스태프들은 맥주를 마셨다. 다들 집 나갔던 식욕이 돌아와서 푸짐한 닭고기 달밧을 맛있게 먹었다.

경석이는 안나푸르나 지도를 꺼냈다. 우리는 지도에서 원하는 지역을 찾아 각자 하고 싶은 말을 적었다. 한국어, 네팔어, 영어가 뒤섞였다. 10명이나 되는 사람이 지도 한 장을 꽉 채웠다. 멋졌다. 이런 아이디어를 낸 경석이가 기특했다. 혼자 다닐 땐 뒤풀이가 없거나 조용히 끝나곤 했는데, 여럿이 다니니 이렇게 훈훈했다.

마지막 날 아침, 돌아갈 일만 남았다. 남은 포터들은 버스로, 우리는 포카라까지 지프를 타고 가기로 했다. 막 출발하려는데 라스가 '카타(축복을 의미하는 스카프)'를 걸어주었다. 가슴 저 안쪽으로 따뜻함이 몰려왔다.

"나마스테(안녕히)!"

Chapter 2

낙석의 공포

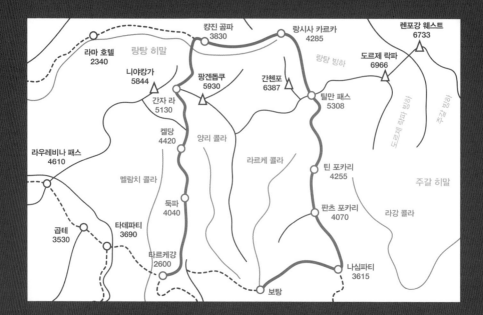

캉진 곰파
3830

랑시사 카르카
4285

렌포강 웨스트
6733

라마 호텔
2340

랑탕 히말

니야캉가
5844

팡겐돔쿠
5930

간첸포
6387

도르제 락파
6966

랑탕 빙하

간자 라
5130

틸만 패스
5308

켈당
4420

양리 콜라

도르제 락파 빙하

주갈 빙하

라우레비나 패스
4610

멜람치 콜라

라르케 콜라

틴 포카리
4255

주갈 히말

둑파
4040

판츠 포카리
4070

라강 콜라

곱테
3530

타데파티
3690

타르케갱
2600

나심파티
3615

보탕

── 도보 이동

간자 라Ganja La 5,130m는 헬람부 타르케걍Tarkeghyang 2,600m에서 반대편 캉진 곰파Kyangjin Gompa 3,830m를 잇는 코스다(반대로 가도 된다). 카트만두에서 타르케걍까지 지프로 9시간 정도 걸리므로 하루는 잡아야 한다. 시작과 끝을 빼고는 전 일정 야영을 해야 하며, 물을 구하기 힘드므로 사전 파악은 필수다. 간자 라를 넘을 때는 전문 셰르파와 고정 로프가 필요하며, 설치된 사다리를 이용한다.

틸만 패스Tilman's Pass 5,308m는 GHT 하이루트High Route에 해당하며, 캉진 곰파에서 랑시사 카르카Langshisha Kharka 4,285m를 지나 남동쪽으로 넘어가는 코스다. 이 구간은 낙석이 매우 심한 편이라, 눈이 약간 쌓인 봄철에 넘기를 권한다. 눈이 얼면서 돌을 잡아주기 때문에 상대적으로 안전해서다. 틸만 패스를 넘어서 내려가는 길은 급경사이며 물을 구하기 어렵다. 주갈 히말 지역에 들어서면 신성한 호수 중 하나인 판츠 포카리Panch Pokhari 4,070m에 도착한다. 여기서 타르케걍으로 가거나 나심파티Nasimpati 3,615m를 지나 보탕Bhotang에서 버스를 탈 수 있다.

필자는 2017년 그레이트 히말라야 트레일 Great Himalaya Trail, GHT을 할 때 틸만 패스 구간을 헬람부에서 랑탕의 라우레비나 패스Laurebina Pass 4,610m로 이었다.

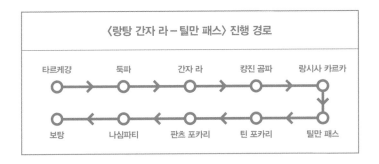

〈랑탕 간자 라 – 틸만 패스〉 진행 경로

타르케걍 → 둑파 → 간자 라 → 캉진 곰파 → 랑시사 카르카

보탕 ← 나심파티 ← 판츠 포카리 ← 틴 포카리 ← 틸만 패스

눈 녹인 물

카트만두에서 간자 라가 시작되는 타르케걍에 가기 위해 버스를 빌렸다. 스태프들은 지난번에 같이 갔던 가이드 인드라, 셰르파 겔젠, 포터 발, 라전, 따망족 4명까지 총 8명이었다. 이번에도 요리사는 고용하지 않았다. 나는 네팔 음식에 적응되었고, 동행하는 분은 어느 나라 음식도 가리지 않았다.

낡은 버스는 구불구불한 비포장 길을 힘겹게 올라갔다. 길도 엉망인 데다가 비까지 부슬부슬 내려서 가는 길이 더 고됐다. 커브 구간마다 기사는 당나귀 엉덩이에 채찍질을 하듯, 액셀을 세게 밟았다. 엔진 소리가 커지면 버스는 뒤뚱뒤뚱 조금씩 고도를 높였다. 출발한 지 8시간쯤 됐을까. 갑자기 기사가 버스를 멈췄다. 포터들은 약속이나 한 듯 우르르 내렸다. 창밖을 내다보니 길 한쪽이 무너져 있었다. 그들은 자기들끼리 이야기를 나누더니 돌을 날라다가 메꾸기 시작했다. 덕분에 버스가 지날 수 있었지만, 곧바로 인절미를 으깨놓은 것 같은 진흙탕이 나타났다. 기사는 더는 갈 수 없다며 두 손을 들었다. 우리는 각자 짐을 내리고 별일 없다는 듯 마을까지 걸어갔다.

저녁 식사는 자연스럽게 달밧이 됐다. 이곳 식당은 손님을 맞이하는 거실이자 가족의 안방 같은 곳이었다. 밥을 먹으면서 보니 딸 셋에 아들이 하나였다. 이제 초등생 정도 되는 딸들은 부엌을 드나들며 부지런히 일했다. 얌전하고 예의도 발랐다. 반면 아들은 억지만 부렸다. 할머니는 그런 손자에게 쩔쩔매며 어르고 달랬다. 챙겨오신 과자도 녀석에게만 줬다. 어쩜 우리나라와 이리도 비슷한지, 딸내미들이 짠했다.

"날씬이로 불러주세요."

안나푸르나 3패스를 끝내고 카트만두에서 쉬는 동안 날씬이 님이 합류했다. 이번 트레킹의 유일한 동행자다. 인터넷으로 동행을 구했을 때 그분은 날씬해지고 싶다며 '날씬이'로 불러달라고 했다. 날씬이님은 은퇴 후 주로 여행을 다녔다고 했다. 히말라야에서도 어렵다는 트레킹을 혼자 했고, 평소 꾸준히 운동을

하는 분이었다. 오랫동안 큰 배를 타고 해외를 다녀서인지 경험과 리더십이 남달랐다.

말띠인 나는 역마살이 있는 게 분명하다는 믿음을 갖고 있다. 스무 살에 자취를 시작하면서 이사를 참 많이 다녔다. 1년이 넘으면 자발적으로 집을 옮겼다. 나는 다른 사람들이 어떻게 사는지 궁금해서 집을 보러 다니는 일이 즐거웠다. 새로운 집을 어떻게 꾸밀까 하는 고민도 좋았다. 도배나 페인트칠도 직접 했다. 집에 있을 때도 가만히 있지 않았다. 나는 혼자서 가구를 자주 옮겼다. 무거운 장롱이며 큰 침대까지 어떻게든 옮겼다. 지금 생각해보니 그게 다 역마살 영향이었지 싶다. 날씬이님도 만만치 않은 역마살을 가지고 있는 듯했다. 그분은 직업상 많은 나라를 다녔고, 은퇴한 지금도 늘 바깥에서 뭔가를 하신다고 했다. 그게 일이든 여행이든 말이다.

히말라야는 봐주는 법이 없었다. 3시간 반 만에 1천 미터나 올랐다. 오랜 산행으로 땀샘이 발달했는지 조금만 걸어도 등이 땀으로 젖었다. 점심으로 라면을 끓이는 동안 땀이 식어서 추위로 덜덜 떨렸다. 4월 중순이 되었어도 여전히 추웠고, 오후만 되면 구름이 몰려왔다.

가도 가도 물을 찾을 수 없었다. 몇 개의 카르카(목초지)를 지났지만 허사였다. 겨우내 내린 눈이 아직 녹지 않은 걸까. 해가 질 때가 되어서야 걸음을 멈췄다. 다들 털썩 주저앉아서 쉬는 동안 인드라가 응달에서 녹지 않은 눈을 발견했다. 물은 없지만 급한 대로 눈이라도 있으니 다행이다. 포터들은 짐 덮개용으로 준비했던 비닐봉지에 눈을 가득 담아왔다. 많아 보여도 막상 녹여서 물을 만들면 얼마 되지 않았다. 눈을 녹인 물은 시커멓고 탁했다. 눈에 붙어 있던 먼지와 검불이 그대로 물에 가라앉았다. 인드라는 목에 두르고 있던 얇은 천을 벗어서 거름망으로 썼다. 내가 보고 있었던 게 민망했는지 그는 묻지도 않은 말을 했다.

"이거 깨끗한 거예요."

아무렴 거르지 않은 눈 녹인 물보단 깨끗하겠지. 15년쯤 된 것 같다. 매해 크리스마스를 지리산에서 혼자 보내다가 그해는 사람들과 같이 지냈다. 우린 텐트를 짊어지고 눈이 펄펄 내리는 지리산에 올랐다. 천왕봉을 넘어야 했지만 눈이 많아서 그 아래 중

눈이 온 뒤의 카르카

봉샘으로 갔다. 당연히 샘은 얼어 있었다. 우린 눈을 퍼다 코펠에서 녹이기 시작했다. 눈 한 바가지를 녹여도 실제로 물이 되는 건 적었다. 그렇게 만들어진 물 안엔 먼지부터 머리카락, 심지어 씹던 껌까지 온갖 오물이 섞여 있었다. 지리산에서도 그랬는데 히말라야 정도면 양호하지.

나는 딱 시간에 맞춰서 움직였지만 날씬이님은 늘 키친 텐트에 먼저 도착했다. 포터들과 이야기를 나누며 미리 물이나 국을 끓여 놓았기 때문에 설거지는 내가 했다. 우리는 포터들과 같이 밥을 먹었다. 그들이 우리 몫까지 밥을 하면 국과 반찬은 우리가 준비했다. 스팸을 굽고, 즉석 국에 미역을 넣어서 끓였다. 의외로 맛이 괜찮았다.

두두Dudu에서 길이 갈라졌다. 한쪽은 구루 린포체 동굴로 가는 곳이었다. 구루 린포체는 불교를 티베트에 전파한 사람으로 티베트 불교의 아버지라 불렸다. 나는 왠지 그곳이 궁금했다. 날씬이님은 생각이 없다고 하셔서 인드라와 둘이 갔다. 구루 린포체 동굴엔 작은 곰파(절)가 전부였다. 라마(승려)가 수행하는 곳 같은데 우리가 갔을 땐 비어 있었다. 혹시나 나중에 이곳에 다시 오게 된다면 하룻밤 머물러도 좋을 듯해 다음을 기약했다.

우리가 생각했던 야영지를 지났는데도 여전히 물은 없었다. 다시 여러 개의 카르카를 지나는 동안에도 마찬가지였다. 내내 흐리고 눈이 왔는데도 또 눈이 쏟아지기 시작했다. 심난해하고 있는데 인드라가 부랴부랴 자리를 잡았다. 비탈진 곳이었지만 어쩔 수 없었다. 스태프들은 눈을 퍼 나르기 시작했고, 어제보다 더 많은 시커먼 물을 만들어냈다.

'빌어먹을.' 눈에 자꾸 발이 빠졌다. 다시 발을 빼낼 때마다 힘이 쭉 빠졌다. 지금까지 걷는 동안 4천 미터 전후의 고개를 10개쯤 넘었다. 이젠 여기가 어디인지도 모르겠다. 보이는 건 흰 눈과 그 안에 숨어 있을 검은 산, 앞뒤로 흩어져 있는 스태프들뿐이었다. 그리스신화의 시시포스는 못된 짓을 많이 해서, 그 벌로

움막에서 점심을
먹으며

커다란 바위를 산꼭대기까지 밀어 올려야 했다. 힘겹게 정상까지 올려놓은 바위는 다시 아래로 굴러 떨어졌고, 그는 그때마다 바위를 밀어 올리는 일을 반복해야 했다. 나는 히말라야에서 반복되는 고개를 만날 때마다 그 장면이 떠올랐다. 영원한 벌을 받는 시시포스처럼 이 오르막과 내리막도 영원히 반복되는 게 아닐까?

며칠 만에 맑은 물을 마셨다. 희한하게도 위로 올라갈수록 물이 맑았다. 해가 들지 않는 작은 움막 안에서 점심을 준비했다. 우리는 스태프들이 덜어준 밥에 김치, 미역, 즉석 된장국으로 국밥을 만들었다. 그 잠깐 사이에 땀이 식어서 추위가 밀려와 수전

간자 라의 고갯길.
히말라야에서
반복되는 고개를
만날 때마다
생각나는
시시포스의 신화.

증 환자처럼 손이 떨렸다. 오랫동안 겨울 산행을 하고 히말라야를 다녔지만 추위는 좀처럼 적응이 되지 않았다.

녹아서 질척해진 눈을 밟으며 계속 위로 올라갔다. 인드라는 내일이면 간자 라를 넘을 수 있을 거라고 했다. 그가 야영지를 살피러 간 동안 지도를 들여다봤다. 언제 가나 싶던 곳이었는데 벌써 코앞까지 왔다는 사실이 신기했다. 인드라가 찾은 야영지는 물가 옆이었다. 이번 여정에서 처음으로 제대로 물을 만났다. 텐트를 치고 해가 있는 동안 속옷과 양말을 빨았다. 불을 피워서 젖은 신발을 말리는 스태프들 옆에 앉아서 같이 양말을 말렸다. 저녁엔 인드라가 특별식으로 김치찌개를 만들어줬다. 찌개 하나만 있어도 내게는 만찬이었다.

여기서 내려가야 한다!

김치죽으로 아침을 먹고 6시에 출발했다. 시린 손끝을 꾹꾹 누르며 걸음을 뗐다. 여기까지 해가 들어오려면 얼마나 걸릴지, 자꾸만 뒤돌아보았다. 2시간쯤 올라가자 간자 라가 보였다. 금방이라도 올라갈 수 있을 것 같았다. 나는 겔젠 뒤에 바짝 붙어서 그가 찍어 놓은 발자국을 따라갔다. 대각선 방향으로 돌탑이 보이자 그는 갑자기 방향을 바꿨다. 저 아래로 희미한 길이 보였던

것이다. 이때부터 스태프들이 우왕좌왕하기 시작했다. 나이 많은 포터 셋은 이 길이 맞다고 하고, 젊은 포터들은 겔젠을 따라 돌탑 쪽으로 향했다.

인드라와 겔젠은 돌탑을 한참 지나서 왼쪽 고개로 향했다. 2015년 네팔 대지진 후 길이 바뀌었을지 모른다며 확인하러 간 것이다. 나이 많은 포터들은 고개를 저으며 오른쪽 고개를 가리켰다. 날씬이님도 지도를 보며 오른쪽 고개가 간자 라일 거라고 했다. 일반적으로 사람들이 넘어 다니는 고개는 그 부근에서 가장 낮은 고개일 확률이 높다는 거다. 까마득하게 높은 곳이라 두 사람이 돌아올 때까지 짐을 내려놓고 기다렸다. 눈 위에 반사된 빛 때문에 눈이 부셨다. 5천 미터가 넘는 곳인데도 파리와 나비가 있었다. 파리는 도대체 어디서 알을 까는 것이며, 나비는 꽃도 없는 곳에서 어떻게 사는지 궁금했다. 매번 느끼지만 자연은 언제나 이해의 영역을 넘어섰다.

두 사람이 도착한 건 2시간이 지나서였다. 결론은 나이 많은 세 포터와 날씬이님 말이 맞았다. 그사이 눈이 녹으면서 등산화에 달라붙기 시작했다. 우리는 미끄러지는 눈 사면을 따라 간자라 바로 아래까지 갔다. 겔젠은 배낭에서 로프를 꺼냈다. 그러고는 순식간에 간자라까지 다녀오더니 로프를 붙잡고 올라가면 된다고 했다. 이런 곳이 길이라니, 말도 안 됐다. 급경사에 쌓인 눈은 한 발자국 올라서면 두 발자국 미끄러졌다. 로프를 잡고 올라가는데 온몸에 힘이 잔뜩 들어갔다. 이런 곳인 줄 몰랐다. 그냥 다른 고개들처럼 맨몸으로 걸어서 가는 곳인 줄 알았다. 고개 정상은 서너 명이 서 있기도 비좁게 느껴졌다. 배낭에서 타르초(만국기 형태로 경전이 적힌 다섯 가지 색깔의 깃발)를 꺼내서 작은 돌탑에 묶었다. 바람이 불자 오색 깃발이 날갯짓을 했다. 우리가 내려갈 방향으로 랑탕 히말도 보였다.

간자라는 작년에 네팔 히말라야 횡단 트레일GHT을 하면서 넘으려고 했던 곳이었다. 포터가 동상에 걸려 헬기에 실려 가는 일만 없었어도, 아마 여길 넘었을 거다. 그때 타르케강에 있던

간자 라 정상에서
포터들과 함께

간자 라 입구를 지나면서 어찌나 아쉽던지. 꼭 다시 오겠노라 했는데 정말로 이렇게 다시 왔다.

그런데 어디에도 내려가는 길이 보이지 않았다. 주위를 살펴도 깎아지른 절벽뿐이었다. 그사이 겔젠은 내려가기 위한 로프를 설치하고 있었다. 그가 있는 곳은 한 사람이 간신히 지나갈 정도로 비좁았고, 그나마도 쇠사슬을 붙잡고 가야 했다. 오른쪽을 내려다보니 수직 절벽에 사다리 하나가 위태롭게 걸려 있었다. 내려갈 수 있는 유일한 방법이 저 부실한 알루미늄 사다리라니.

"디디."

겔젠은 특유의 무심한 표정으로 나를 불렀다. 그러고는 내 하네스(암벽용 안전 벨트)를 일일이 확인하고, 로프를 단단히 걸어주었다. 나는 마른 침을 삼키며 겔젠의 신호를 기다렸다.

"오케이, 디디."

숨을 길게 내쉬고, 겔젠의 천천히 내려가라는 말과 함께 곧바로 내려섰다. 아이젠의 뾰족한 발톱이 사다리에 얹힐 때마다 삐익 삐익 기분 나쁜 소리를 냈다. 중얼중얼 혼잣말을 내뱉었다. '침착해야 해, 조심조심.' 사다리 중간쯤 왔을 때 그만 못 볼 것을 보고 말았다. 2개의 사다리는 가는 철사로만 연결되어 있었던 것이다! 순간 망측한 상상이 들었지만 내겐 저 위와 연결된 로프가 있었다.

실제로 5분이나 10분쯤 내려온 것 같

은데 체감상 1시간은 된 것 같았다. 사다리가 끝나자마자 로프를 풀어서 올려 보냈다. 그리고 더 안전한 곳이 나올 때까지 내려갔다. 금방이라도 바스러질 것 같은 돌이 여기저기 쌓여 있었다. 내려와서 보니 한쪽에서는 사람이, 다른 한쪽에서는 짐이 내려오고 있었다. 쿵쿵쿵 내려오던 짐은 바닥에 닿자마자 눈 속에 처박혔다. 저 짐을 꺼내는 것도 일이었다. 그렇게 모두가 내려오기까지 1시간이 걸렸다.

고개 하나를 넘는 데 너무 오랜 시간이 걸렸다. 어느새 해도

발목을 잡아당겼던
눈길

기울었다. 오래 걸리지 않을 줄 알았던 하산 길은 눈구덩이와의 처절한 사투로 생각보다 시간을 잡아먹었다. 인드라가 잘 지나간 곳도 내가 지나갈 땐 구덩이가 되어 있었고, 내가 멀쩡히 지나간 곳에선 날씬이님이 빠졌다. 눈구덩이가 등산화를 물고 놓아주지 않기도 했다. 양말이 벗겨진 채 발만 쑥 빠져나오는 일이 반복되다 보니 부아가 치밀었다.

돌밭 한가운데 겔젠이 앉아 있었다. 로프를 정리하고 마지막에 내려왔을 텐데, 언제 앞으로 갔는지 모르겠다. 그는 여기가 하이캠프High Camp라 했다. 예정대로라면 우리가 야영할 곳이었다. '이 돌밭이 하이캠프라고? 물은?' 어디에도 텐트 한 동 제대로 들어갈 곳이 없었다. 마음 같아서는 더 내려갔으면 싶었지만 다들 너무 피곤해 보여서 말할 수 없었다.

"디디, 오늘 베이스캠프까지 더 내려가야 할 것 같아요."

그런데 중대한 결심을 한 듯 인드라가 말했다. 나는 내심 반가웠다. 이런 곳에서 자느니 고생스럽더라도 차라리 내려가는 편이 나았다. 그때부터 시작된 급경사는 최고였다. 길이 서 있는 것처럼 보였다. 앞을 보고 걸으면 그대로 고꾸라질 것 같아서 게처럼 옆으로 걸어서 내려갔다. 저녁 6시쯤 베이스캠프에 도착했다. 내려오느라 긴장했더니 등이 땀으로 축축했다. 포터들이 속속 도착했지만, 내 텐트와 카고백을 지고 있던 포터는 보이지 않았다. 땀이 식으면서 몸이 사시나무처럼 떨리기 시작했다. 이제

나 저제나 올까 싶어 위만 쳐다봤다. 포터는 1시간 반 뒤에 도착했다. 겔젠이 다시 올라가서 짐을 받아온 게 그 정도였다. 인드라는 짐이 너무 무거워서 포터들이 늦었다고 했다. 나는 순간 화가 나서 쏘아댔다. 짐이 무겁다면서 먼저 도착한 저 포터들은 뭐냐, 왜 담배를 피우는 두 사람만 늦었냐, 어떻게 손님 짐이 가장 늦게 도착할 수 있냐, 오늘은 길을 제대로 못 찾아서 2시간이나 기다려야 했다, 당신들은 아마추어다. 참고 있던 불만을 다 쏟아냈다. 참는 게 능사는 아니었다. 특히 네팔에서는 얘기하고 요구해야 바뀌었다.

마른 옷으로 갈아입고 나자 정신이 들었다. 1시간 반 동안 추위에 떨다 보니 화가 많이 났다. 화를 낸 게 미안해서 핫초코를 스태프 수대로 챙겼다. 인드라에게 사과하자, 그도 미안하다며 포터들에게 잘 얘기하겠다고 했다. 현지 포터 중에는 종종 가이드가 아무리 얘기를 해도 말을 안 듣는 사람들이 있었다. 담배를 피우는 두 사람은 현지 포터였고, 자기들 나름대로 기준이 있어서 가끔 고집을 부렸다.

다음 날은 아침 햇살에 저절로 눈이 떠졌다. 어제는 극한으로 몰리더니 하루가 지났다고 다른 세상이 되었다. 우리가 아침을 먹는 동안 어제 가장 늦었던 포터들이 먼저 출발했다. 베이스캠프에는 발달장애 청소년 원정팀의 텐트가 쳐져 있었다. 안을 살짝 들여다보니 야영 장비를 미리 갖다 놓은 듯했다.

캉진 곰파와 랑탕
산군

날씬이님은 두 눈두덩이가 퉁퉁 부었고, 입술도 부풀어 올랐다. 몸은 피곤하다고 아우성인데 그분은 내색하지 않았다. 그저 괜찮다고만 했다. 나중엔 입술이 너덜너덜 다 헤져서 보기에도 안쓰러웠다.

우리는 캉진 곰파에서 제일 큰 로지로 갔다. 그곳은 발달장애 청소년 원정팀으로 북적였다. 그 아이들에겐 한국인 인솔자가 한 명씩 있었다. 모두 자비로 오셨다고 했다. 아이들은 통제되지 않았지만 인솔하시는 분들은 인내심을 갖고 대했다. 어수선한 아이들을 보니 5천 600미터나 되는 간자 라 피크 등반에 성공할 수 있을까 의심스러웠다(내 우려와는 달리 그들은 정상 등반에 성공했다). 오후에는 맘먹고 빨래를 하고 등산화에 왁스칠도 했다. 겨울옷이 많아서 힘들었지만, 로지에 도착한 지 반나절 만에 다시 출발할 준비를 끝냈다.

인드라의 걱정

인드라는 틸만 패스에 대한 걱정이 많았다. 간자 라를 넘는 동안 쌓인 눈을 보고 겁이 났던 모양이다. 사실 틸만 패스는 1년에 한두 팀이 찾을 정도로 발길이 뜸한 곳으로, 모르는 사람이 함부로 가서 길을 찾을 수 있는 곳은 아니었다. 그곳의 낙석은 악명이 높았다. 작년에 갔던 어느 팀은 자신들이 지나온 길로 쏟아지는 산사태를 목격했고, 또 어떤 이는 '난공불락'이라고까지 했다. 그런데 얼마 전 한국 남자 혼자 몇 명의 스태프와 함께 틸만 패스를 넘었다는 소식에 나도 할 수 있겠다는 희망이 생겼다.

지금까지 간자 라와 틸만 패스를 연결해서 넘은 사람은 거의 없는 것 같았다. 나는 왠지 할 수 있을 것 같았다. 작년에는 참으로 운이 안 따라줬지만, 어쩐지 올해는 다를 것 같은 믿음이 있었다. 인드라의 걱정을 뒤로하고 일단 출발하기로 했다. 늘 그렇

 낙석의 공포

듯, 가보고 안 되면 되돌아오면 된다. 이미 우리 앞에 러시아 여자 1명과 셰르파 2명이 출발했으니, 그들이 지나간 길만 따라가도 수월할 터였다.

간단히 점심을 챙겨 먹고 1시간쯤 더 가서야 랑시사 카르카에 도착했다. 랑시사에는 전해 내려오는 이야기가 있다. 랑탕에서 가까운 티베트 키이롱Kyirong에서 큰 축제가 시작되면, 사람들은 소의 수놈(lang, 랑 또는 야크)을 잡을지 암놈(brimoo, 브리무 또는 나크)을 잡을지를 결정했다. 하루는 이런 사실을 알게 된 소가 도망갔고, 주인은 잃어버린 소를 찾기 위해 깊은 골짜기까지 올라갔다. 계곡을 지나 또 다른 계곡으로 오르자 비옥한 초지가 나타났다. 초지의 유혹을 뿌리치지 못하고 계속 올라가던 소는 결국 죽게 되고, 이후 이 초지는 '소가 죽은 곳'이라는 '랑(소)시사(죽다)'라는 이름으로 불리게 되었다고 한다.

랑시사 카르카에는 쉰이 넘은 영국 남자가 혼자 비박(텐트 없이 침낭만 덮고 자는 것)을 준비하고 있었다. 눈이 내리는 이 추위에, 가려줄 것이 아무것도 없었다. 그의 짐은 침낭과 작은 코펠이 전부인 것 같았다. 인드라 말에 의하면 그들은 허가도 받지 않고 혼자 다니면서 무명봉에 올라간다고 했다. 그래서 사고가 나도 찾을 수 없는 경우가 많단다. 우리는 영국인이 있던 곳보다 더 위에 텐트를 쳤다. 인드라와 겔젠은 길을 확인하러 위로 올라갔다. 두 사람은 유독 책임감이 남달랐다. 그사이 눈이 많이 내렸다.

한쪽에선 포터들이 불을 피워서 옷을 말렸다. 마땅한 방한복도 없는 사람들이라 늘 그렇게 불을 피워서 몸을 녹였다.

"디디, 앞으로 이틀 동안 아주 힘들 거예요."

출발하면서 인드라가 어두운 표정으로 말했다. 그는 여전히 뭔가를 걱정하는 듯했지만, 나는 아무 대꾸도 없이 가야 할 길만 바라보았다. 설마 저 빙하를 넘는 건 아니겠지. 아무리 둘러봐도 길이 없어 보였다. 내려가는 곳도 올라가는 곳도 모두 산사태가 난 곳이었고, 심지어 여전히 진행 중이었다. 이런 곳은 산사태와 낙석으로 길도 자주 바뀌었다. 우리가 가는 길이 내년에도 남아 있을 거라는 보장이 없었다.

포터들이 맞은편을 가리키며 언덕 위에 세 사람이 있다고 했다. 아무리 살펴봐도 내 눈엔 사람 같은 건 보이지 않았다. 네팔 사람들과 같이 다니면서 놀란 것 중 하나가 그들의 시력이다. 잠깐만 봐도 멀리서 누가 오는지 금방 알아챘다. 한참만에 찾은 세 사람은 무슨 일인지 움직이지 않았다. 왠지 우리를 기다리는 듯했다.

랑시사 빙하를 가로질러 건너는 일은 거대한 공사장 안으로 들어가는 것 같았다. 걸을 때마다 무너지는 내리막길, 언젠가 물이 흘렀을 법한 좁은 물길. 투둑, 툭, 툭, 툭…. 푸석한 비탈에서 떨어지는 돌 소리가 빙하 계곡 전체를 울렸다. 굴러 떨어지는 돌은 주변의 돌까지 건드렸고, 그때마다 와르르 쏟아지는 소리가

낙석의 공포가 극에
달했던 랑시사 빙하

뒤이었다. 고요한 방에서 물방울 떨어지는 소리를 듣는 것처럼
온 신경이 거기에 집중됐다. 인드라는 계속 가고 싶어 했지만,
날씬이님과 나는 빙하 한가운데서 라면을 끓였다. 포터들은 모
두 먼저 올라갔다. 우리를 기다리는 인드라만 안절부절못했다.
그래도 우린 느긋하게 라면을 다 먹고 설거지까지 마쳤다. 물론
차 한 잔도 잊지 않았다.

　나이를 먹어가면서 좋은 점이 있다. 세상살이에 조금씩 무뎌
진다는 거다. 그 무뎌짐으로, 기념될 만한 것도 추억이 될 만한

것도 애써 갖고 싶지 않게 됐다. 어릴 때부터 편지 쓰는 걸 좋아
하던 나는 친구들이나 펜팔로 받은 편지를 차곡차곡 모았다. 그
게 1천 통쯤 되었다. 25년이나 가지고 있었던 편지들을 태우기
로 마음먹은 건 마흔이 넘어서였다. 어느 날부터인가 추억이 될
만한 무엇도 소유하고 싶지 않았다. 그래서 추억의 되새김질도
생략한 채 그 많은 편지를 한꺼번에 태웠다. 어쩌면 40대를 시
작하기 위한 비움의 과정인지도 모르겠다. 그래서 비워졌냐고?
그런지는 모르겠지만, 편지 상자를 볼 때마다 느꼈던 뭔지 모를

묵은 때 같은 체증은 사라졌다. 그래서 안절부절못하는 인드라를 앞에 두고 무덤덤하게 라면을 끓여 먹을 수 있었던 것 같다.

빙하에서 올라서는 길이 마지막 난관이었다. 암벽이 무너져서 아무렇게나 쌓인 듯한 곳을 지났다. 이런 곳에선 뭐라도 굴러 떨어지면 꼼짝없이 떠밀릴 것 같았다.

"이런 곳은 빨리 지나가야 하는데…."

인드라가 중얼거리며 걱정스럽게 아래를 내려다봤다.

"날씬이님, 빨리 가야 한대요, 이런 곳은 위험하대요."

그 말을 전하는 나도 괜히 조급해졌다. 숨죽이며 도착한 곳에는 반대편에서 목격한 세 사람이 있었다. 그들은 우리가 올 때까지 내내 거기에 있었다. 우리보다 하루 먼저 출발한 러시아 여자는 캉진 곰파에서 셰르파 2명을 고용했다. 그런데 눈이 너무 많아서 셰르파들이 갈 수 없다고 한 모양이다. 여자는 틸만 패스를 넘기를 원했지만, 셰르파들은 돌아가고 싶어 했다. 그들이 오랫동안 우리를 기다린 이유는 여자를 우리 팀에 붙여주기 위해서였다. 그러나 인드라는 단번에 거절했다. 겔젠 역시 단호했다. 여자의 셰르파가 같이 가는 것도 아니고, 여자만 우리와 같이 가는 건 대단히 위험한 일이라고 했다. 사고가 났을 때 여행사나 가이드에게 책임이 따를 수도 있을 문제였으니 당연한 반응이었다. 나 역시 괜한 동정심으로 오지랖을 부리고 싶지 않았다. 결국 셰르파보다 더 큰 배낭을 메고 있던 여자는 기다린 보람도 없이 내

틸만 패스를 코앞에
둔 하이캠프

려갔다.

호수 옆이 하이캠프High Camp 4,867m라고 했다. 또 눈이 쏟아지기 시작하자 인드라는 굳은 표정으로 이제 다시는 틸만 패스에 오지 않겠다고 말했다. 하루 쉬면서 상황을 보기로 했다. 인드라에게 뒤에 일정을 모두 취소할 테니, 시간이 걸리더라도 여기만 넘자고 했다. 그러자 그는 내일 겔젠과 틸만 패스까지 다녀오겠다고 했다.

새벽 5시만 돼도 환해졌고 6시면 텐트까지 해가 들어왔다. 아직 춥긴 했지만, 여름이 멀지 않았다. 그러고 보니 벌써 4월 말이었다. 아침 8시가 넘자, 어제 말한 대로 인드라와 겔젠이 길을 확인하러 틸만 패스로 떠났다. 그들을 배웅하고 장비를 내다 널고 빈둥거리다가 누워서 음악을 들었다. 천둥소리가 나서 내다보니 오른쪽 산에서 눈사태가 났다. 무표정하게 바라보다가 다시 음악을 들으며 일기를 썼다. 오후 들어서는 바람이 심하게 불었다. 인드라와 겔젠은 5시간 만에 돌아왔다. 점심도 못 먹었을 거라서 아끼던 간식을 나눠줬다. 겔젠은 몇 번이나 고맙다고 했다. 인드라는 어제보다 밝은 표정이었다. 내일 아침에 출발하면 2시간 반이면 올라갈 수 있을 거라고, 내려오는 길에 작은 돌탑도 많이 만들어 두었단다.

퍼붓는 눈 속에서

새벽 3시에 일어나, 즉석 된장국에 스팸과 오징어 젓갈로 아침을 때웠다. 넘어가지 않아도 그냥 욱여넣었다. 매끼 먹는 즉석 된장국도 지겨워졌다. 진공 포장된 반찬도 줄어들지 않았다. 아무리 지겨워도 걷기 위해선 꾸역꾸역 먹을 수밖에 없었다. 그래도 우린 반찬이라도 다양하지, 포터들은 매일 똑같은 달밧만 먹었다. 맛이 아닌 생존이 목적이었다.

　밤새 눈이 내리더니 출발할 때도 구름이 가득했다. 겔젠이 앞

장서고 내가 뒤따랐다. 흐릿한 랜턴 불빛에 어제 그들이 쌓은 작은 돌탑이 보였다. 새들도 깨어나지 않은 시간, 침묵은 자연스럽게 모든 것에 스민다. 모두가 침묵하며 그저 묵묵히 걷는다. 그러다 보면 자신도 모르는 사이 침묵을 경청하게 된다. 비로소 침묵 안에서 편안함을 느낀다.

한때 나는 과묵한 애인을 두고 투덜거린 적이 있었다. 왜 나 혼자 떠들어야 해. 남자는 가만히 들어줬을 뿐인데, 나는 대화가 끊이지 않아야 편안한 사이라고 생각했다. 헤어지고 몇 년이 지나서야 알았다. 말을 하지 않아도 좋을 수 있다는 걸. 혼자 걷는 시간이 많아질수록 침묵에 익숙해졌다. 사람이 아닌 나무와 꽃에 말을 걸었다. 빤히 쳐다보는 송아지에게, 눈을 내리깔고 딴청 피우는 당나귀에게, 수줍은 야크에게, 아무데나 벌렁 누워버리는 개한테도 말을 걸었다.

랜턴을 끄고 고개를 돌렸다. 어느새 하늘이 파래지고 구름도 물러갔다. 우리가 머물던 호수 뒤로 거대한 흰 산이 드러났다. 여기가 이랬구나. 이렇게 아름다운 곳이었구나. 낙석의 공포가 사라지자 그제야 풍경이 눈에 들어왔다.

생각보다 눈이 많지 않았다. 새벽이라 눈이 단단해진 이유도 한몫했다. 그래도 걷기 힘들 정도는 아닌데, 어제 돌아간 셰르파들은 뭐지. 그 러시아 여자는 이런 사실을 알고 있었을까. 우린 겔젠이 안내하는 길을 따라 완만하게 올라갔다. 그리고 너무나 손쉽게, 조금은 어이없게 틸만 패스에 도착했다. '여기라고?' 뭔가 거창한 고개를 바랐던 걸까. 틸만 패스는 협소했고 그 흔한 타르초도 없었다. 배낭에서 주섬주섬 타르초를 꺼내서 겔젠에게 넘겼다. 겔젠과 포터 몇이 돌탑에 타르초를 묶었다.

이 고개는 '틸만'이라는 사람이 처음 넘어서 틸만 패스라는 이름을 갖게 되었다. 작년에 히말라야 횡단을 하면서 틸만 패스를 넘어야 할지 고민스러웠다. 괜히 틸만이라는 사람이 원망스럽기도 했다. '난공불락'이니 '죽을 뻔했다'는 말에 지레 겁을 먹고 대

단히 위험한 곳으로 생각했는데, 막상 와서 보니 그렇게까지 어려운 곳은 아니었다.

우린 사진만 찍고 곧바로 남쪽으로 내려섰다. 남쪽에 눈이 녹으면 낙석 위험이 커지기 때문에 더 서둘렀다. 인드라가 가장 걱정한 지점이기도 했다. 폭포처럼 생긴 빙하 옆을 따라 내려갔다. 오른쪽 절벽에선 수시로 돌 떨어지는 소리가 들렸다. 그때마다 인드라는 불안한 표정으로 뒤를 돌아봤다. 우린 돌무더기 사이로 내려갔지만 쌓여 있는 눈이 쿠션 역할을 해서 수월하게 통과했다. 인드라는 다 내려서기 전까지 재킷조차 벗지 못하게 했다. 걸음을 멈추고 쉬고 있던 포터들도 얼른 내려가게 했다. 사실 틸만 패스는 우리가 올라왔던 북쪽보다 남쪽이 더 위험했

다. 요령이 있다면 이런 곳을 지날 땐 눈이 있는 계절에 일찍 넘는 게 좋다. 얼어 있는 눈이 돌을 붙잡아줘서 낙석의 위험이 덜해서다.

한참이나 너덜 지대를 지났다. 금세 안개가 자욱해졌고, 눈이 내렸다. 비와 섞여서 내리는 눈은 털어도 털어지지 않았다. 진드기처럼 착 달라붙어서 그 위에 쌓이고 또 쌓였다. 마땅히 쉴 곳도 없었다. 속옷은 땀으로 젖었고 겉옷은 눈에 젖었다. 또다시 눈에 빠지는 일이 반복됐다. 다리도 짧은 인드라가 큰 배낭을 메고 눈을 헤쳤다. 겔젠이 교대했지만 그래도 속도가 나지 않았다. 눈을 헤매고 다니느라 다들 너무 지쳤다. 어딘지도 모르는 곳에 텐트를 쳤다. 텐트 안은 춥고 축축했다. 털어지지 않는 눈은 그대로 쌓여서 텐트를 눌렀다. 오전부터 시작된 눈은 오후에도, 밤이 돼도 그치지 않았다.

우리가 아침을 먹는 동안 인드라와 겔젠이 먼저 출발했다. 눈이 많이 와서 길을 뚫어야 했다. 해가 나면서 복사열이 상당했다. 눈이 부시고 등에선 땀이 흘렀다. 우린 분명 하산하는 중인데 길은 자꾸 올라가기만 했다. 히말라야에서 하산은 내려가기만 하는 게 아니었다.

틴 포카리Tin Pokhari 4,255m(3개의 호수)를 지나 안개에 점령당한 고개를 넘었다. 휴식도 없이 내려가는데 커다란 발자국이 보였다. 사람처럼 걸은 흔적이었다. 발자국은 내 팔뚝 정도 되는 크

기에 간격이 1.5미터나 됐다.

"예티('눈 사나이'로 불리는 수수께끼 동물)인 것 같아요."

며칠 동안 계속된
눈을 맞으며

인드라의 말에 어쩐지 그럴 수 있겠다 싶었다. 어쩌면 그 예티가 어디선가 우리를 보고 있을지도 몰랐다. 이런 길을 걷다 보면 설표(히말라야 표범)의 발자국도 자주 볼 수 있었다.

얼음을 기계톱으로 갈아내고 있는 것처럼 눈발이 점점 굵어졌다. 눈을 피해 바위 아래서 점심을 먹었다. 라면에 미역을 넣고 즉석 된장국을 풀었다. 날씬이님은 다 영양을 위해서라고 했지만, 나는 이제 미역은 그만 먹고 싶었다. 오후 3시쯤 돼서야 비탈진 초지에서 멈췄다. 워낙 속도가 더뎌서 인드라가 예상하던 야영지까지 갈 수 없었다. 이미 젖을 대로 젖은 텐트는 안과 밖이 축축했다. 한숨이 나왔다. 짐을 들여놓고 마른 티슈로 전부 닦아냈다. 이틀 연속으로 눈이 내려서 텐트도 더는 힘을 쓰지 못했다. 이너 텐트에 결로가 심했고, 네 귀퉁이도 젖어 들기 시작했다.

아침에 일어나자마자 텐트 바깥부터 살폈다. 날씨가 좋아지길 기대했지만 눈은 여전했다. 사흘째 눈이 내리다니, 하늘에 배신을 당한 것 같았다. 보통 하루 날씨가 안 좋으면 다음 날은 좋아지는데 이상했다. 출발하기 위해 젖은 옷을 다시 입으니 몸이 부르르 떨렸다. 이젠 정말 모든 게 젖었다. 틸만 패스를 하루라도 빨리 넘은 게 그나마 다행이었다.

몇 개의 고개를 넘었는지 모르겠다. 판츠 포카리(5개의 호수)가 보이는 고개에 이르자 히말라야가 아주 조금 보였다. 어렵고 힘들다는 고개를 2개나 넘어서 잘 왔다. 고마운 일이다. 포터들은 그대로 저 아래 로지로 향했다. 나는 언제 다시 오게 될지 모르는 곳이라 호수를 돌아보았다. 로지에선 음식 준비가 한창이었다. 그래 봐야 달밧이지만. 주인은 어제 잡은 산양이라며 고기를 두툼하게 썰었다. 불가에 앉아서 그가 요리하는 모습을 지켜봤다. 때가 잔뜩 낀 양념통, 적당히 널브러져 있는 마른 고추, 정체를 알 수 없는 바가지…. 하지만 굶주린 우리는 언제 밥을 주나

압도당할 듯한
판츠 포카리 전경

그것만 기다렸다. 부엌 바닥에 앉아서 달밧을 먹었다. 늘 인스턴트만 먹다가 제대로 요리한 음식을 먹으니 황홀했다. 산양고기도 부드럽고 맛이 좋았다.

판츠 포카리는 외국인보다 네팔 사람들이 더 즐겨 찾는 곳인 듯했다. 이곳 로지 중에는 제대로 된 시설을 갖춘 곳이 없었다. 잠자는 곳은 마룻바닥이었고, 식당이라고 할 만한 곳도 없었다. 다만 신성한 호수라서 그런지 마을로 이어지는 길이 잘 정비되어 있었다. 그 한쪽엔 사람들이 올라오면서 버린 지팡이가 산처럼 쌓여 있어서 신기했다.

나심파티엔 이제 막 트레킹을 시작하려는 체코인 5명이 있었다. 그들은 여기서부터 틸만 패스로 넘어간다고 했다. 다들 나이가 60~70대는 되어 보였다. 걱정스러웠지만 우리가 길을 뚫고 왔으니 조금은 수월할 거다. 이곳 로지도 방이 따로 있지 않아서 다 같이 자야 했다. 나는 체코인들 옆 마룻바닥에 매트리스를 깔고 침낭을 폈다. 그리고 다락에 올라가서 마른 옷으로 갈아입었다. 그것만으로도 살 것 같았다.

마을로 내려가는 길에, 드러난 하늘 사이로 간자 라가 보였다. 저길 넘을 때만 하더라도 막막했는데 벌써 여기까지 왔다. 그사이 봄도 완연해져서 네팔 국화인 랄리구라스가 흐드러지게 피었다. 점심 먹으러 들른 마을에선 삶은 양배추에 남은 고추장을 찍어 먹었다. 얼마나 맛있는지 날씬이님과 둘이 양배추 한 통을

다 먹었다. 빈 접시를 본 인드라가 놀라서 이걸 다 먹었냐고 되물을 정도였다.

8시간쯤 걸려서 카트만두에 도착했다. 뒤풀이를 하고 싶었지만, 집이 먼 따망족 4명은 가야 한다고 했다. 그 자리에서 챙겨뒀던 팁을 나눠주고 악수를 했다. 가장 깨끗한 돈을 골라서 봉투에 넣고, 그들의 이름을 네팔어로 적었다. 꼭 한 번 이렇게 해보고 싶었다. 나머지 스태프와는 타멜에서 삼겹살 파티를 했다. 그들 중에 몇은 돼지고기를 먹지 않는 종교나 문화를 가지고 있었지만 괜찮다고 했다.

문득 지금까지 지나온 길이 꿈만 같았다. 마음속에 품었던 길을 이어서 걷고, 이렇게 성공적으로 마무리하다니. 며칠 전까지만 해도 꿈이었던 일이 이제는 현실이 되었다. 다시 도전했기에 더 의미가 있었는지도 모른다. 어찌되었든, 참 좋다.

Chapter 3

길을 잃는 즐거움

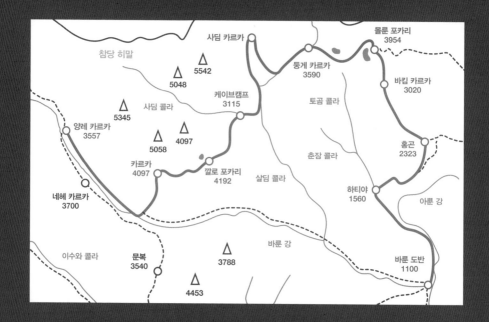

사딤 카르카
참당 히말
△ 5542
5048
몰룬 포카리
3954
둥게 카르카
3590
케이브캠프
3115
토곰 콜라
바킴 카르카
3020
사딤 콜라
△ 5345
△ 4097
춘잠 콜라
홍곤
2323
양레 카르카
3557
△ 5058
카르카
4097
깔로 포카리
4192
살딤 콜라
하티야
1560
아룬 강
네헤 카르카
3700
바룬 강
바룬 도반
1100
이수와 콜라
문복
3540
△ 3788
△ 4453

━━ 도보 이동

몰룬 포카리Molun Pokhari 3,954m는 마칼루Makalu 지역에 있는 곳으로 GHT 하이루트에 포함된다. 이 루트는 칸첸중가Kanchenjunga 지역에서 마칼루 지역으로 연결되는 곳으로 마칼루 베이스캠프Makalu Base Camp 4,870m로 이어진다. 이곳은 카트만두에서 툼링타르Tumlingtar까지 비행기를 탄 후, 바룬 도반Barun Dovan 1,100m까지 지프를 타면 접근할 수 있다. 현지 마을을 둘러보면서 좀 더 긴 트레킹을 원한다면 눔Num 1,560m에서 시작하면 된다.

GHT 하이루트는 홍곤Hongon 2,323m에서 갈라진다. 이쪽은 길을 아는 사람이 많지 않고, 야영이 필수라서 일반 루트로 돌아가는 경우가 많다. 보통 세두와 쪽으로 내려간 후 마칼루 베이스캠프 쪽으로 올라간다. 몰룬 포카리는 5월까지 눈이 많아서 현지인이라도 길을 찾기 쉽지 않다. 가장 좋은 시기는 10월에서 11월이다.

필자는 2017년 GHT를 할 때 이 구간에 눈이 많아 바룬강Barun Nadi에서 마칼루 베이스캠프로 이었다.

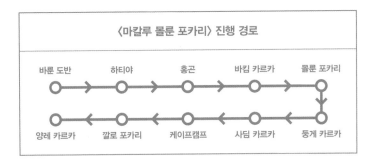

〈마칼루 몰룬 포카리〉 진행 경로

바룬 도반 → 하티야 → 홍곤 → 바킴 카르카 → 몰룬 포카리

양레 카르카 ← 깔로 포카리 ← 케이프캠프 ← 사딤 카르카 ← 둥게 카르카

산사태를 지나서

어느새 5월, 그동안 함께했던 사람들은 모두 돌아갔다. 이제부터는 오롯이 혼자 감당할 일만 남았다. 그것도 가장 어렵고 힘들다는 구간만 남겨두고 있었다. 위험한 곳인 만큼 경비도 만만치 않아서 나는 몇 달 전부터 동행을 구했다. 연락을 해온 사람이 있기는 했지만 결국 혼자 가기로 했다. 내가 행복할 것 같지 않은 동행이라면 처음부터 없는 게 나았다. 사실 이런 트레킹은 동행 한 명만 있어도 500만 원을 아낄 수 있지만, 나는 불편이 예상되는 동행보다 비용을 감수하는 쪽을 선택하기로 했다.

네팔 히말라야 트레킹은 기다림의 연속이었다. 공항에서 2시간을 기다렸는데도 비행기에서 또 2시간 넘게 기다려야 했다. 이젠 나도 이곳에 적응됐는지 별로 화가 나지 않았다. 그저 꾸벅꾸벅 졸면서 비행기가 뜨길 기다렸다. 이번 팀은 가이드, 셰르파, 포터 3명이 전부였다. 가는 곳이 난도 높은 곳이라 동행하는 스태프들 모두 전문가만 모셨다.

클라이밍 가이드 파상은 고산 등반 전문가로, 주로 유럽인들을 상대했다. 그는 이번 여정을 위해 머리를 빡빡 깎았다. 다부지고 똑똑한 인상이었지만, 어쩐지 반항적인 눈빛이 마음에 걸렸다. 그가 현지 영어 가이드라는 점도 신경 쓰였다. 웬만하면 현지 한국어 가이드를 쓸 텐데 이번에는 언어 문제보다 전문가가 절실했기에 아쉬움을 무릅썼다. 3월부터 같이 다닌 셰르파 겔젠 역시 고산 등반 전문가였다. 원래 그는 다른 팀과 약속이 되어 있었는데, 어쩐 일인지 우리 팀에 합류하게 됐다. 내가 겔젠 칭찬을 많이 했더니 쭘세 사장이 배려를 해준 게 아닐까 싶다.

마칼루가 고향이자 서로 친척 사이인 포터 다와와 체왕은 현지에서 합류했다. 이 지역에 대한 경험이 많아서 특별히 고용했다. 다와는 지난번 안나푸르나 3패스 때 먼저 돌아간 포터들 중 하나였다. 체왕은 처음 만났지만 은근히 유쾌하고 재미있는 친구였다. 발은 겔젠과 마찬가지로 안나푸르나 3패스 때부터 같이한 포터였다. 경험은 많지 않지만 한국어를 조금 할 줄 알았다.

쭘세 사장이 신뢰하는 친구라 이번 팀에 합류한 것 같았다.

툼링타르 공항에서 지프를 타고 눕까지 한참을 갔다. 질퍽하고 울퉁불퉁한 길을 달리느라 오래 걸렸다. 도착하자마자 비가 쏟아져서 얼른 방으로 들어갔다. 로지에서 내준 방엔 달랑 침대 하나뿐이었다. 양철지붕을 때리는 빗소리를 들으며 앉아 있는데 발목이 근질근질했다. 어디선가 노린내가 올라왔다. 냄새의 정체는 예상대로 이불이었다. 근질거림은 다른 생물체가 있다는 뜻이었다. 그걸 깨달은 순간 바로 짐을 꾸려서 나왔다. 더 허름한 방으로 옮겼지만 가려움보다 나았다. 네팔 서부 돌포 지역을 걸을 때였다. 비행기로 가면 45분이면 되는 곳을 육로를 따라 나흘간 갔다. 지프를 5번 갈아타고 이틀을 걸었다. 그때 현지인 숙소에서 머문 적이 있었는데 쥐벼룩에 물려서 무려 10일 동안이나 고생했다. 낮에 걸을 땐 멀쩡하다가도 밤만 되면 온몸이 간지러웠다. 목, 허리, 손목, 발목 등을 피딱지가 앉도록 긁었다. 쾌감과 고통이 동시에 찾아오는 묘한 경험이었다. 결국엔 옷을 다 빨아서 볕에 굽다시피 말렸다. 가려움은 멈췄지만 그 뒤로 뭔가 께름칙한 방에 들어가기 겁났다.

나는 시간을 아끼기 위해 지프로 갈 수 있는 곳까지 최대한 가기로 했다. 다행히 이곳 사정에 밝은 포터들 덕분에 정보를 얻기 쉬웠다. 정보에 따르면, 지프로 바룬 도반까지 갈 수 있지만 길 상태가 좋지 않다고 했다. 왠지 불안한 마음에 기사에게 팁으로

1천 루피를 줬다. 괜히 중간에 이러쿵저러쿵 말이 많으면 곤란해서 미리 손을 쓴 것이다. 다와와 체왕은 기사 옆에 앉아서 서로 티격태격했다. 그 자리는 남자 둘이 앉기엔 몹시 비좁아서 서로 문 쪽에 앉으려고 했다. 뒷자리에는 나와 파상, 겔젠, 발이 같이 앉았다. 좁기는 앞이나 뒤나 마찬가지였다. 이렇게 하루 종일 밀착해서 차를 타고 가면 허벅지에 땀이 맺혔다. 내 옆에 앉은 겔젠은 되도록 몸을 붙이지 않으려고 애썼지만 그게 되나. 이것도 이때만 할 수 있는 경험이라고 생각하면 참을 만했다.

점심을 먹고 1시간이나 기다렸는데도 지프가 움직일 생각을 하지 않았다. 우리 말고도 몇 대의 지프가 그대로 줄지어 있었다. 포터들은 마실 다녀오는 것처럼 저 앞까지 갔다가 되돌아오곤 했다. 나도 무슨 일인가 하고 가봤더니 산사태로 길이 완전히 막혀 있었다. 맞은편에도 이쪽만큼이나 차량이 줄지어 있었다. 작은 굴삭기 한 대가 흙더미를 치우고 있었지만, 진행 속도가 더뎠다. 저대로라면 오늘 중으로 넘을 수 없을 듯했다. 공사가 길어지자 기사는 나에게 반대편 지프로 옮겨 타는 게 어떤지 물었다. 하지만 그 차는 바룬 도반까지 가지 않았다. 시간을 아끼기 위해 비싼 지프를 빌렸는데 그렇게 되면 의미가 없었다.

다들 공사하는 것만 하염없이 바라보고 있는데, 어디선가 나이 든 남자가 나타났다. 사람들은 그의 말에 따라 일사분란하게 움직이기 시작했다. 남자들은 번갈아 가며 도끼질을 했고, 쓰러

진 큰 나무를 순식간에 잘라냈다. 그러고는 힘을 합쳐 계곡 아래로 내려보냈다. 무너진 흙더미에선 큰 돌을 골라 계곡 쪽으로 굴렸다. 그 정도만 했는데도 금세 주변이 정리됐다. 덕분에 예정보다 1시간이나 일찍 끝났다. 무려 5시간이나 기다렸지만 말이다.

비가 추적추적 내리고 어둠이 깔리고 나서야 바룬 도반에 도착했다. 이곳에 다시 오게 될 줄은 몰랐다. 그 당시 내가 가려고 했던 몰룬 포카리 쪽은 눈이 많아서 길을 찾을 수 없다고 했다. 그래서 현지인의 조언에 따라 바룬 도반까지 내려온 후, 바룬강을 따라 마칼루 베이스캠프까지 갔다. 이곳에 다시 온 이유는 궁금해서였다. 대체 어떤 곳이었기에 현지인들마저 돌아가라고 했던 건지 확인하고 싶었다. 그렇게 될 인연이었는지, 나는 1년 전에 묵었던 로지로 돌아왔다. 놀라운 건 이 로지 주인이 포터로 고용한 체왕의 집이었다. 그러니까, 체왕이 사우지(남자 주인)였다.

네팔 사람들은 보통 제 나이보다 열 살은 많아 보이는데 체왕은 반대였다. 나는 그를 스무 살 언저리로 봤는데 서른다섯이라고 해서 놀랐다. 거기다 애가 다섯이라니. 다와는 바로 윗마을인 샥실라Syaksila가 집이라고 했다. 그곳 또한 작년에 바룬강을 따라 지났던 곳이라 기억하고 있었다. 총각인 줄 알았더니 결혼해서 애도 있었다. 어쩐지 오는 내내 입이 귀에 걸렸다 했다. 집에 잘 다녀오라며 2천 루피를 꺼내서 엄마 갖다 드리라고 건넸다.

작년에 머물렀던 방에 묵었다. 1년이 지났지만 변한 게 없었다. 아래가 부엌이라서 불을 피우면 연기가 그대로 방으로 올라왔다. 삐거덕거리는 침대에 내 매트리스와 침낭을 깔았다. 봄이 오자마자 여름이 시작된 건지, 폭우가 쏟아졌다. 쏟아지는 빗방울에 양철지붕이 깨질 듯 울렸다.

뭐, 술을 마셨다고?

화장실은 지독했다. 들어가자마자 지린내가 온몸을 감쌌다. 바가지로 물을 퍼서 내리는데 바가지조차 시커면 때로 잡을 곳이 없었다. 현지인들의 화장실은 대부분 이렇게 반수세식이었다. 수도를 연결하지 않아 일일이 물을 떠서 내려야 했다. 분명 제대로 된 정화조도 없을 텐데 그렇게 흘려보낸 오물은 어디로 갈까.

네팔 라면으로 아침을 먹었다. 이번엔 혼자라서 반찬을 따로 준비하지 않았다. 야영이 시작되면 아침엔 누룽지, 점심엔 라면, 저녁엔 포터들과 같은 식사를 하기로 했다. 생각보다 이런저런 장비가 많아서 예정에 없던 현지 포터(푸르떼) 한 명을 더 고용했다. 덩달아 내가 부담해야 할 비용도 늘었다. 현지 포터는 양레 카르카까지만 쓰기로 했지만, 여행사와 사전에 얘기되지 않은 부분이었다. 쭘세 사장에게 전화했더니 미안하다며 포터 보험은

회사 부담으로 처리하기로 했다.

　바룬 도반에서 홍곤까지는 작년에 걸었던 길이라 익숙했다. 나는 처음 가는 길이 좋다. 그래서 웬만하면 한 번 왔던 곳은 안 오고 싶은데, 이상하게 그조차 마음대로 안 됐다. 걷다 보면 의도하지 않아도 다시 그 자리에 가는 일이 생겼다. 길은 계곡을 따라 이어졌다. 네팔 어디라도 사람 다니는 길은 다 그랬다. 물줄기를 따라가다 보면 마을도 만나고 고개를 넘기도 했다.

　어쩐 일인지 포터들이 계속 보이지 않았고, 앞장서야 할 가이드는 맨 뒤에 있었다. 그러다 보니 자연스럽게 겔젠과 함께 걷게 됐다. 겔젠과는 3월부터 걸었으니까 벌써 40일이나 되었다. 처음엔 나하고 악수하는 것도 어색해하더니 이제는 가끔 먼저 말도 걸었다. 내가 작년 이맘때 롤왈링Rolwaling 지역 태시랍차 라 Tashi Labtsa La 5,755m를 넘었다고 하자, 겔젠이 눈을 크게 뜨고 쳐다봤다. 자신도 그때 태시랍차 근처에 있었다면서, 한국인 여자가 지나갔다는 소식을 들었단다. 별일이다. 이 넓은 히말라야에서 같은 공간에 있던 사람을 만나다니.

겔젠은 '아버님'처럼 보였지만, 실은 나와 동갑이었다. 내심 반가웠지만 그렇다고 친구로 대하지는 않았다. 손님과 스태프 사이에는 적당한 거리가 필요했다. 나는 여자고 그가 남자인 점도 그랬다. 구시대적인 생각일지 몰라도, 나는 여자와 남자의 우정에 회의적인 편이다. 상황에 따라 얼마든지 우정이 아닌 다른 감정으로 바뀔 수 있다고 생각한다. 그래서 웬만하면 그런 여지를 두고 싶지 않았다. 겔젠은 나를 '디디'로 불렀다. 디디는 '누나'라는 뜻이지만 여성에 대한 존중의 의미도 있었다. 그와 나는 말없이 걷는 스타일이라 쉴 때도 별다른 말을 하지 않았다. 같이 있는 게 어색한지 겔젠이 멀리 떨어져 앉기도 했다. 여러 날을 같이 걸었지만, 우린 내외했다.

"왜 늦었어요?"

나는 무려 1시간 40분 뒤에 나타난 가이드 파상에게 일부러 기분 나쁜 티를 내며 물었다. 그런데 그는 생글생글 웃으면서 아무렇지도 않게 대답했다. 어제 체왕과 다와가 술을 많이 마셔서 늦은 거라고 했다. '뭐? 술이라고?' 순간 화가 치밀었다. 작년의 트라우마가 다시 꿈틀댔다. 그때 술 때문에 여러 사고가 난 걸 생각하면 아직도 속상하다. 그래서 쭘세 사장에게 그토록 강조했던 건데 또 술이 문제다. 오랜만에 집에 왔다고 가족들과 술한잔한 건 알겠는데, 트레킹 첫날부터 숙취 때문에 늦는 건 용서되지 않았다. 하티야Hatiya 1,560m에 도착하자마자 쭘세 사장에게 전화했다. 그러고는 절대 이런 일이 생기면 안 된다고 신신당부했다. 파상도 이 말을 들었지만 이번에도 그는 대수롭지 않게 생각하는 것 같았다.

어제 얘기한 덕분에 이번엔 포터들이 먼저 출발했다. 하지만 그들이 20분마다 쉬는 바람에 먼저 출발한 게 무색했다. 그러고 보면 네팔 사람들은 참 느긋했다. 점심을 먹으러 간 곳에서도 2시간이나 있었다. 밥을 짓고 반찬을 만드는 데 그 정도는 필요했다. 메뉴는 물어보나 마나 달밧이었다. 그래도 매번 고기가 나왔다.

5월 중순으로 들어서자 확실한 여름이 되었다. 가장 확실한 증거는 '주카Jukha'라는 네팔 거머리였다. 이 녀석들은 나뭇잎이나 땅바닥에 있다가 지나가는 사람이나 동물의 체온을 감지하고 달라붙었다. 가만히 들여다보고 있으면 몸을 길게 늘여서 더듬거렸다. 나무 하나에 대여섯 마리가 모여서 더듬대는 걸 보

면 소름이 돋았다. 그런데 현지 포터들은 달랐다. 다와 옷에 붙은 주카를 알려줬더니 둥글게 말아서 가지고 놀았다. 나도 모르게 '헐'이라는 소리가 나왔다. 내가 눈을 동그랗게 뜨고 쳐다보자 그는 주카를 손톱으로 반 토막을 냈다. 그러고는 별일 아니라는 듯 툭 던져 버렸다.

홍곤 로지 언니는 작년에 이곳에서 무려 3일을 보낸 나를 기억하고 있었다. 예전 같으면 다 같이 모여서 창이나 똥바를 마셨겠지만, 이번엔 술을 자제했다. 가만 생각해 보니 작년에 스태프들이 술 마시고 사고 친 게 내 탓도 있었다. 그들이 마시는 술에 대해 관대했고, 나 역시 같이 마시기도 했으니까. 아무리 현지 문화를 경험한다 해도 실수를 부르는 술은 삼가야 했다. 그걸 알기까지 많은 대가를 치러야 했지만, 이제라도 알아서 다행이다.

희미해진 길 위에서

간밤엔 몹시 소란스러웠다. 현지 포터 고용의 안 좋은 점이라면, 그들끼리는 모두가 아는 사이라 자연스럽게 술자리로 연결된다는 것이다. 하지만 나는 참고 지켜보기로 했다. 트레킹에 지장만 주지 않으면 되니까.

시작부터 된비알이었다. 날씨는 좋았고 산 아래 마을은 평화로워 보였다. 마을 위로는 큰 길이 뚫려 있었다. 파상은 이게 영국에서 진행하는 큰 프로젝트라고 말했다. 그는 나보다 한 살 어렸다. 유럽인을 많이 상대해서 그런지, 활발하게 사람을 대했고, 조심성 있는 스타일은 아니었다. 파상 역시 나를 디디로 불렀다. 그런데 다른 스태프가 부르는 것보다 뭔가 불편했다.

마을을 지나면서부터 이쪽 길을 잘 알고 있는 체왕이 앞장섰다. 그는 갈림길에서도 망설임 없이 걸었고, 아무도 길을 의심하지 않았다. 숲을 지나자 작은 초지가 나왔다. 커다란 소 몇 마리가 되새김질하며 우리를 무심하게 쳐다봤다. 체왕은 짐을 내려놓자마자 주변을 돌아다니며 '시스노'를 땄다. 그것도 맨손으로. 시스노는 이파리에 미세한 가시가 있어서 살갗에 닿기만 해도 쏘는 것처럼 아프고 화끈거린다. 얇은 바지만 입고 스쳐도 내내 욱신댄다. 2016년에 같이 다녔던 가이드 삼덴은 시스노를 만지면 12시간 동안 아프다며 조심시켰다. 그러고는 재미있는 이야

평화로운 홍곤

닿기만 해도 아프고
쓰린 시스노

기를 해줬다. 그가 한국 단체 손님을 데리고 트레킹을 할 때였단다. 남학생 둘이 개를 쫓아 풀숲까지 따라간 모양인데, 그게 시스노 밭이었다. 시스노는 크게 자라면 어른 키 정도 됐고, 두 학생은 반팔에 반바지 차림이었다. 그 뒤 남학생들이 어떻게 됐는지는 상상에 맡기겠다.

숲이 깊어지면서 길도 희미해졌다. 맵스미(지도 어플)로 볼 땐 길을 벗어났지만, 나는 현지인인 체왕을 더 믿었다. 길은 점점 흐릿해지더니 좁은 조릿대 사이로 들어섰다. 산짐승이나 다녔을 법한 길이었다. 엉킨 조릿대는 발목과 배낭을 붙잡더니 이내 뺨을 때렸다. 눈물이 핑 돌아서 혼자 씩씩댔다. 포터들도 조릿대를 벗어나지 못해서 우왕좌왕했다.

출발한 지 5시간이 넘었다. 이 시간이면 야영지에 도착하고도 남을 시간인데 뭔가 이상했다. 일단 날도 흐리고 배도 고파서 계곡 옆 초지에 텐트를 쳤다. 그러고는 지도를 한참 들여다봤다. 이런, 맵스미와 지도를 번갈아 보니 오른쪽으로 너무 들어와 있었다. 갈림길에서 왼쪽으로 갔어야 했다. 체왕이 현지인이라 그들만이 알고 있는 길이 있을 줄 알았는데 엉뚱한 곳으로 왔다. 길을 만나려면 왼쪽 능선을 넘어서 가거나 원점으로 가야 했다. 오늘 내내 올라온 길을 다 까먹은 것이다. 파상과 겔젠에게 지도를 보여주었더니, 오후 늦게 겔젠과 체왕이 길을 확인하러 나섰다.

파상은 가이드였지만 좀 독특했다. 그는 물도 떠 오고, 요리도

다 하고, 때론 설거지까지 했다. 배식도 직접 하고, 스태프들 잠자리도 자기가 깔았다. 무거운 감자 자루도 본인이 메고 다녔다. 유일한 손님인 나보다 포터들을 더 살뜰하게 챙겨서 가이드라기보다 요리사나 셰르파 같았다.

어제 겔젠과 체왕이 찾아낸 길은 소가 다녔을 법한 길이었다. 길은 있기도 했고 없기도 했다. 순전히 감만 믿고 가야 했다. 그러다 보니 스태프들이 제각각 흩어졌다. 나는 평소대로 겔젠을 따라갔다. 방향만 잡고 가다 보니 넝쿨이 넘쳤고, 이끼 낀 바위도 자주 나타났다. 아무리 용감한 소라도 이런 길을 다니지는 않을 것 같았다. 그러나 겔젠은 쉬지 않았다. 어느 순간 뒤따라오던 포터들도 보이지 않았다. 2시간 동안 헤매고 나서야 길을 만났다. 아무리 오지라고 해도 사람 다니는 길은 빤빤하기 마련이었다. 길을 만나고 10분 만에 바킴 카르카Bakim Kharka 3,020m에 도착했다. 우리가 가장 먼저 도착한 줄 알았더니 포터들이 먼저 도착해서 깜짝 놀랐다. '뭐지, 이 허무한 기분은.'

바킴 카르카는 물도 가깝고 자리도 아늑했다. 어제 계획대로 왔다면 여기서 야영했을 텐데 좋은 야영지를 놓쳐서 아쉬웠다. 여기서부터 몰룬 포카리까지는 무려 고도를 900미터나 올려야 했다. 그동안 해맑던 하늘이 흐려졌다. 이런 날은 추운 게 쥐약이었다. 그래도 점심은 먹어야 해서 계곡 옆에 자리 잡았다. 스태프들은 연료를 아낀다고 불을 피워서 밥을 했다. 나는 가지고

안개로 길을 잃은
포터들

다니던 버너와 코펠을 꺼내서 잔치국수를 끓였다. 몇 젓가락 만
에 바닥을 보인 코펠을 아쉽게 바라보고 있는데, 파상이 밥을 주
려고 했다. 하지만 그들도 없어서 못 먹는 판국에 덥석 받을 수
없었다. 요리사를 고용하지 않은 건 그만큼 내가 감수하고 수고
해야 한다는 뜻이기도 했다.

짙고 어두운 안개는 바로 앞 계단도 안 보이게 했다. 먹구름
속을 걷는 것처럼 물기를 잔뜩 머금은 안개였다. 3천 800미터가
넘어서자 눈이 나타났다. 눈 위로는 누군가 지나간 발자국도 없
이, 거뭇한 먼지만 쌓여 있었다. 체왕은 열심히 기억을 더듬었지
만 사방이 안개로 막혀서 아무것도 보이지 않았다. 안개와 눈이

모든 것을 집어삼킨 듯했다. 파상과 겔젠은 길을 찾는다고 어디론가 가버렸다. 눈 위엔 우왕좌왕하는 스태프들의 발자국만 어지럽게 찍혔다.

"디디, 여기에요!"

발이 소리치는 곳을 바라보니 체왕이 길을 찾은 모양이었다. 방향을 바꿔서 가려는데 배불뚝이 바위들이 길을 막았다. 그때마다 다와와 푸르떼가 손을 잡아줬다. 우악스럽게 잡아당기는 손아귀 힘이 어찌나 좋은지 꽤 신선했다. 역시 남자는 힘인가?

얼마나 갔는지도 모르겠다. 눈앞에 희미하게 호수가 나타나서야 몰룬 포카리라는 걸 알았다. 야영지는 더 가야 했지만, 파상은 여기서 야영하자고 했다. 호수를 끼고 돌아가야 하는 길이 걸렸던 모양이다. 내 텐트를 치는 건 늘 겔젠의 몫이었다. 그게 셰르파의 역할이기도 했다. 그는 야영지에 도착하면 자리 몇 개를 봐두고 내가 선택하게 했다. 내가 먼저 야영지를 골라 놓으면 자신의 의견을 말해주었다. 만약 겔젠이 자리가 좋지 않다고 하면 그의 의견을 따랐다. 히말라야에 대해선 그가 선수였으니까. 겔젠은 잔뜩 쌓인 눈을 치우고 텐트를 펼쳤다. 나도 산에 다니면서 지겹도록 텐트를 쳐본 사람이라, 멀뚱히 보고만 있지는 않았다. 열이면 열, 겔젠과 같이 텐트를 쳤다. 그러는 동안 나머지 스태프들은 키친 텐트를 쳤다. 그들은 거기서 밥도 하고 잠도 잤다. 텐트를 다 치면, 스태프들은 가장 먼저 차를 끓였다. 보통 블랙티나 밀크티를 많이 마셨다. 나는 이번 트레킹에서 특별히 가스버너를 챙겼다. 날씬이님이 돌아가면서 필요할 거라며 빌려주셨다. 처음엔 필요할까 싶었는데 가면 갈수록 요긴했다. 특히 추운 날 텐트 안에 켜 놓으면 난로 역할을 했다. 땀에 젖은 옷을 말릴 수도 있고, 차를 끓일 수도 있었다. 하지만 그만큼 위험하기도 해서 버너를 켜 놓을 때는 각별히 조심했다.

아침에 텐트 문을 열다가 깜짝 놀랐다. 산 아래가 구름바다였다. 당장 카메라를 들고 밖으로 나갔다. 비나 눈이 오고 나면 장관이 연출되기도 하는데 오늘이 그런 날이었다. 스태프들은 부지런했다. 벌써 식사를 끝내고 정리하는 중이었다. 괜히 나도 마음이 바빠져서 누룽지를 마시다시피했다.

파상은 늘 약속 시간보다 10분 일찍 출

발했다. 그는 피켈(빙설로 뒤덮인 경사진 곳을 오를 때 사용하는 기구)로 언 눈을 깨면서 세심하게 길을 냈다. 호수 가장자리를 따라 걷는 일은 예상대로 약간의 문제가 있었다. 파상은 호수와 가까운 곳에 길을 냈고, 겔젠은 높은 곳에 길을 냈다. 나는 겔젠을 따라갔다. 손이 닿지 않거나 미끄러운 곳에선 그가 손을 잡아줬다. 겔젠은 웬만한 곳이 아니고서는 손을 잡아주는 일이 없었다. 늘 적당한 거리를 두고 앞서갔다. 하지만 갈림길이나 위험한 곳에선 꼭 기다려줬다. 무심한 것 같으면서도 세심하게 챙겨줬다. 그는 나와 동갑이었지만 훨씬 어른 같았다. 큰오빠 같은 느낌, 든든한 아버지 같은 느낌의 친구였다. 말이 없는 그도 같이 걷는 날이 길어지다 보니 아침마다 "굿모닝 디디." 하며 인사를 했다. 처음엔 인사도 없이 모닝티만 갖다 줬는데 시간이 그렇게 만들었다. 그런 겔젠을 보면 칸첸중가에서 만났던 포터 핀조가 생각났다. 둘 다 말이 없으면서 일을 잘했고, 나에게 말을 거는 데 오래 걸렸다. 핀조와 헤어진 지는 벌써 1년이나 되었다. 잘 살고 있는지 그 아이의 안부가 가끔 궁금하다.

　호수를 벗어나면서 계속 고도를 높였다. 이곳은 온통 눈으로 덮여 있어서 마치 눈으로 된 사막 같았다. 길이 보이지 않았기 때문에 체왕이 가리키는 방향으로 움직였다. 파상과 겔젠이 번갈아 길을 찾았다. 여기서 믿을 건 작은 돌탑뿐이었다. 아무것도 보이지 않는 상황에선 지도도 필요 없었다. 어제처럼 다시 안개

호수 가장자리에
길을 내고 있는 파상

가 짙어지자 유일한 희망인 체왕도 자신감을 잃어갔다. 다들 짐을 내려놓고 길을 찾았지만 환상방황環狀彷徨(자기는 목적하는 방향으로 가고 있다고 생각하나 방향감각을 잃고 한 지점을 중심으로 원을 그리며 맴도는 상태)처럼 주변만 맴돌았다. 파상은 희망이 보지 않았는지 내일 날씨가 좋을 때 길을 찾자고 했다. 그러나 아직 오전이었다. 이대로 멈추면 계속 지체될 게 뻔했다. 하루가 연장될 때마다 300달러씩 비용이 느는 일도 부담스러웠다.

겔젠에게 맵스미를 보여주면서 우리가 가야 할 방향을 알려줬

다. 확신은 없었지만, 아무것도 안 하고 있는 것보다 낫다고 생
각했다. 그는 내가 지도를 보여주면 금방 이해했다. 현재 위치가
어디고, 우리가 어디로 가야 할지 바로 파악했다. 겔젠을 선두
로 내가 뒤따랐다. 맵스미를 보면서 방향이 바뀔 때마다 그에게
알려줬다. 눈이 녹은 부분에선 길이 희미하게 드러나기도 했다.
그때마다 우리가 가는 길을 확인받는 기분이었다. 앞도 뒤도 보
이지 않았지만 구름이 살짝 걷히면서 저 아래로 희미하게 호수
가 보였다. 겔젠은 틴 포카리라고 했다. 지도를 보니 정말 그랬
다. 정확하게 잘 찾아왔다. 무표정한 겔젠의 얼굴에도 그제야 안

도의 미소가 떠올랐다. 호수를 향해 무조건 내려갔다. 확실하게 목적지에 도착하자, 안도감에 간식을 풀어서 모두와 나눠 먹었다. 그러나 오래가진 않았다. 지도에는 틴 포카리에서 계곡을 따라가다 둥게 콜라Dhungge Khola를 만난다고 되어 있었다. 하지만 우린 평평한 초지만 따라가고 있었다. 가축들이 만들어 놓은 어지러운 길을 따라 한참을 갔다. 앞장섰던 파상이 더는 길이 없다며 되돌아왔다. 그 와중에 비가 주룩주룩 내렸다. 시야는 완전히 차단됐다. 카르카는 너무 넓었고 길은 없었다. 파상과 겔젠이 아무리 찾아다녀도 답이 안 나왔다. 포터들은 체념한 듯, 움직이지 않았다.

그때 파상이 부르는 소리가 들렸다. 그는 눈에 쓸려서 나무고 뭐고 다 쓰러진 계곡에 있었다. 의심스러웠지만 그를 따라갔다. 내려갈수록 눈이 적어지면서 길도 모습을 드러냈다. 눈이 쌓여서 얼어 있는 곳은 파상이 피켈로 길을 냈다. 그리고 곧 저 아래로 다리가 보였다. 통나무 2개뿐인 다리는 아슬아슬했다. 비가 와서 미끄러웠다. 겁 없이 걷던 포터들도 이런 다리에선 긴장했다. 다리를 넘자 넓은 카르카가 나왔다. 나는 계속 가려는 그들을 불러 세워 여기가 둥게 카르카Dungge Kharka 3,590m라고 말했다. 오늘의 야영지였다.

겔젠이 큰 컵에 따뜻한 밀크티를 가져왔다. 젖은 짐을 닦다가 밀크티로 몸을 녹였다. 이 한 잔이면 허기를 가시기에는 충분했

다. 저녁엔 고기 달밧이 푸짐하게 나왔다. 밥을 먹고 스태프들과 불가에 앉아서 젖은 옷을 말렸다. 그들은 신발과 양말이 모두 젖었다.

"발, 네팔어로 신발이 뭐예요?"

"주우따."

"양말은요?"

"모자."

"모자?"

한국어로 모자는 머리에 쓰는 거라고 했더니 포터들이 킥킥거렸다. 혀 꼬인 발음으로 '신발'을 웅얼거리기도 했다. 나는 그들이 알려준 네팔어를 핸드폰 메모장에 적어뒀다. 불은 아고, 슬리퍼는 쩌어뻴, 나무는 룩, 고추는 쿠르사니…. 한바탕 전쟁을 치르는가 싶더니, 금세 이렇게 평화가 찾아왔다.

움막에서 하룻밤

앞서가던 체왕과 다와가 무언가를 뜯고 있었다. '망가니'라는 나물이었다. 부슬부슬 내리는 비를 맞으며 같이 망가니를 뜯었다. 파상과 겔젠이 조금 어이없게 쳐다봤지만, 그러든지 말든지. 나물을 뜯던 체왕과 다와가 땅을 파더니 또 뭔가를 가져왔다. '마

운틴 어니언(산양파)'이라고 했다. 냄새를 맡아보니 마늘 냄새가
났다. 우리로 치면 산마늘 같은 건가 보다.

　랄리구라스 숲으로 접어들자 거머리도 자주 보였다. 나도 네
팔 사람들처럼 되고 있는 건지 손톱만큼 작은 거머리들도 잘 보
였다. 숲이 끝나자 지금까지와는 다른 굉장히 넓은 초지가 나타
났다. 초지에선 비를 맞으며 야크 몇 마리가 풀을 뜯고 있었다.
작은 개울의 다리를 건너자 집 한 채가 나타났다. 한쪽은 부엌이
고 한쪽은 가축을 가둔 곳이었는지 마른 똥이 널려 있었다. 체왕
은 여기가 사딤 카르카Sadim Kharka라고 했지만, 지도와 맞지 않
았다. 하지만 또 다른 지도에는 사딤 카르카로 되어 있어서 그러
려니 했다. 네팔에서 다니다 보면 지도마다 지명이 다른 일은 흔

했다.

걷기 시작한 지 2시간밖에 안 됐지만 빈집에서 신세 지기로 했다. 어제오늘 계속 비를 맞은 상태라 어디라도 마른 곳에 들어가고 싶었다. 파상은 나를 맨 끝 칸 가장 좁은 곳, 염소 똥이 잔뜩 깔린 곳으로 보내려고 했다. 하지만 겔젠이 반대해서 가운데 넓은 자리에 이너 텐트를 쳤다. 만약 파상이 나를 그곳으로 보낸다 해도 갈 마음이 없었다. 비가 들이쳤고 똥이 너무 많았다. 가운데는 혼자 쓰기에 너무 넓었지만 그렇다고 스태프들과 같이 잘 수도 없었다. 내가 남자였다면 전혀 문제되지 않았을 테지만, 어쩔 수 없었다. 매일 비가 내리는 바람에 옷을 갈아입어도 축축함이 남았다. 젖은 옷을 버너로 말리는 것도 한계가 있었다. 빨래도 하지 못하고 짐도 말리지 못하니 어떻게 할 수가 없었다. 등산화를 벗는데 틈새마다 거머리가 웅크리고 있었다. 큰 놈들만 보다가 쌀알만 한 어린 것들을 보니 그런대로 귀여웠다. 그렇다고 내 피를 나눠 줄 수는 없는 노릇이다. 나뭇가지로 떼어내자 녀석들이 동그랗게 몸을 말았다. 야크가 있는 초지일수록 거머리가 기승을 부렸다. 거머리도 자신이 어디서 살아야 할지 분명히 알고 있었다.

점심엔 스태프들이 망가니로 반찬을 만들었다. 얼마나 많이 만들었는지 그걸로 점심과 저녁을 때울 정도였다. 비는 좀처럼 그칠 생각을 하지 않다. 그 와중에 체왕, 다와, 푸르떼가 망가

니를 더 뜯어오겠다고 나갔다. 누가 현지인 아니랄까 봐, 오후에 망가니를 잔뜩 들고 나타났다. 불 앞에서 차를 마시며 그들에게 애가 몇인지 물었다. 파상은 딸과 아들이 하나, 겔젠은 아들만 셋, 체왕은 딸 둘에 아들 셋, 다와는 각 하나씩, 열아홉 살인 푸르 떼도 딸이 하나 있었다. 유일하게 발만 결혼을 하지 않았다. 그는 3년 후에 결혼할 예정이라고 했다. 파상과 겔젠에게 가장 높이 올라간 곳이 어디인지 물었더니 두 사람이 같다고 했다. 재차 물으니 에베레스트라고 했다. 에베레스트? 이런 능력자들과 함께하다니, 쭘세 사장이 사람 하나는 제대로 보내줬다. 파상은 내가 가고 싶은 지역을 물을 때마다 대답이 척척 나왔다. 안 가본 곳이 없었다. 겔젠은 쿰부 지역 전문가라고 했다. 피크 등반을 하도 많이 해서 몇 번 갔는지 셀 수도 없다고 했다.

이 빈집엔 정체불명의 큰 통이 있었다. 이 안에 뭐가 들어 있을지 다들 의견이 분분했다. 나는 창이 있을지도 모른다고 했다. 발은 쌀이라고 했다. 파상이 슬쩍 열어봤더니 그 안에 소금이 가득했다. 한바탕 웃음이 터졌다.

"따시델레Thasidelle." (티베트식 인사)

어둑어둑할 때쯤 웬 남자가 다 젖은 채로 나타났다. 같은 동네 사람이라며 체왕이 알은체를 했다. 남자 뒤로 나타난 세 사람까지 총 넷이었다. 파상이 차를 끓이는 동안 눈치를 보니 이 집의 주인이었다. 순간 머리가 복잡해졌다. 이 사람들까지 여기서 자야 할지도 모르겠구나. 내 텐트를 접으면 가운데서 몇 명이나 잘 수 있을까. 텐트를 치우려고 했더니 다행히 그들은 짐을 놓고 내려간다고 했다. 여기서 1시간 거리에 집이 있는데 거기에 염소가 있다고 했다. 괜히 고마워서 그들에게 초코바와 사탕을 챙겨 줬다. 다와와 체왕은 그들을 따라갔다. 길을 제대로 확인하러 간다는 게 이유였다.

길을 잃어도 괜찮아

비는 3일째 계속되고 있었다. 징글징글했다. 축축한 상태로 걷는 것, 거기에 언제 달라붙을지 모르는 거머리, 빗물에 질펀하게 퍼진 야크 똥…. 그 와중에 노란 랄리구라스는 예쁘게도 피었다. 1시간 반이나 내려갔다. 살딤 콜라Saldim Khola를 건너는 다리가 나오자 다들 약속이나 한 듯 멈췄다. 이 계곡을 따라 쭉 내려가면 우리가 트레킹을 시작했던 바룬 도반이 나온다고 했다. 체왕은 어제 길을 물어보겠다며 다녀왔음에도 자신 없어 했다. 파상은 눈이 많으면 체왕이 길을 찾지 못할 거라며, 여기서 내려가는 게 어떠냐고 했다. 거기서 눔까지 지프를 타고 가고, 다시 마칼루 베이스캠프까지 안전한 길로 가면 된다고. 그게 아니면 바룬강은 어떠냐고 물었다. 두 길을 모두 가본 나는 파상의 제안이

모두 마음에 들지 않았다. 여기서 내려갔다가 올라가면 너무 돌아가는 길이 되고, 이 계절에 바룬강은 강물이 넘칠 게 뻔했다. 그렇게 갈 거면 굳이 여기까지 오지도 않았다. 내가 계속 가고 싶다고 하자 잠시 정적이 흘렀다.

"디디, 고(누나, 가요)!"

침묵을 깬 건 다와였다. 그가 앞장서자 다른 포터도 움직였다. 포기라면 작년에 많이 해봤다. 어쩔 수 없는 포기도 있었고, 분위기에 휩쓸려 자발적으로 포기한 것도 있었다. 그래서 이번엔 갔다가 되돌아오더라도 시도는 해보고 싶었다. 그래야 미련이 남지 않았다. 살딤 콜라를 벗어나 오른쪽 계곡으로 올라섰다. 며

칠 전만 해도 여름 같더니 이곳은 봄이 완연했다. 표고 차가 큰 네팔은 높이에 따라 봄부터 겨울까지 모두 존재했다.

파상은 길을 확인하겠다며 더 위로 올라갔다. 나는 파상을 따라가다가 아래서 부르는 바람에 멈췄다. 체왕은 이곳에 동굴이 있다며, 거기서 점심을 먹어야 한다고 소리쳤다. 하지만 아무도 따라가지 않았다. 한 사람은 위로 올라갔고, 한 사람은 동굴로 향했고, 나머지는 제자리에서 움직이지 않았다. 위에서 내려온 파상은 길이 없다고만 했다. 그러면서 저 아래 넓은 목초지로 가야 할 것 같다면서 무작정 내려갔다. 그는 노루처럼 빠져나갔지만 나는 잡목에 붙잡혀서 그와 한참 떨어졌다. 간신히 빠져나와서 포터들이 있는 곳까지 갔을 땐 이미 점심때를 놓친 후였다.

내려가던 파상도 안 되겠는지 체왕이 말한 동굴로 향했다. 일단 점심이라도 먹기로 했다.

동굴이라고 부르는 곳은 배가 불뚝한 바위로, 비가 들이치지 않았다. 바닥엔 마른 흙과 나뭇가지가 있었다. 누군가 야영한 흔적이 역력했다. 내 생각엔 여기가 지도상 케이브캠프Cave Camp 3,115m 같았다. 점심을 먹고 나자 이미 3시가 넘어 버렸다. 파상은 길이 없다고 하고, 이 시간에 정보도 없이 무작정 출발할 수는 없었다. 고민 끝에 여기서 머물기로 했다. 길을 찾는다고 너무 많은 시간을 썼다. 식량도 떨어지고 있었다. 길어야 이틀 치, 길을 찾지 못하면 파상의 말대로 내려가야 했다.

길을 아는 사람은 체왕이 유일했지만, 그는 지금까지 3번이나 길을 잃게 만들었다. 그래도 이곳은 제대로 기억하고 있었는지, 분명 위에 길이 있을 거라고 했다. 하지만 파상은 길이 없다는 말만 반복했다. 결국 체왕은 겔젠과 함께 길을 확인하러 갔다. 저녁 때가 되어서야 돌아온 그는 자신감이 넘쳐 보였다. 함박웃음을 지으며 장황한 설명을 늘어놓았다. 겔젠도 옆에서 그의 자신감을 거들었다. 그렇다면 파상은 저 위에서 뭘 보았던 걸까. 히말라야가 그토록 익숙한 사람인데, 정말 길을 찾지 못했던 걸까.

축축한 날들

파상은 4시 반부터 물을 끓였다. 그는 늘 가장 먼저 일어나서 움직였다. 나도 일찍 일어나서 짐을 꾸렸다. 웬일인지 날씨가 좋았다. 비도 양심이 있지, 그 정도 왔으면 그칠 때도 됐다. 체왕은 어제 찾아낸 길로 씩씩하게 올라갔다. 계곡에서 길이 잠깐 끊어진 것 빼고 그 위로는 선명했다. 롤러코스터가 떨어지는 경사쯤 되려나. 시작부터 종아리근육이 당겼다. 그래도 계속 갈 수 있다는 사실에 가슴이 벅찼다. 어제 파상이 가리킨 카르카는 여기서도 한참 멀었다. 무작정 거기까지 갔다면 며칠을 고생했을 거다.

3천 미터가 넘자 어김없이 눈이 나타났다. 파상이 플라스틱 이중화(고산등반과 빙벽등반용으로 쓰이는 등산화)를 꺼내 신는 동안 나는 아이젠을 했다. 눈길에는 희미하게 사람 발자국이 있었다. 누군가가 지나간 흔적만으로도 상당한 위안이 됐다. 파상의 발자국을 그대로 밟으며 올라갔다. 한번 빠질 때마다 눈에 묻힌 랄리구라스 가지가 발에 걸렸다. 고개에 도착하자 붉은 랄리구라스 군락이 나타났다. 산 아래로는 긴 물줄기와 그를 감싸고 있는 울창한 숲이 보였다. 어제 파상의 말을 따랐다면, 우린 지금 저 어디쯤을 헤매고 있었겠지. 숨을 고르는 동안 다시 지도를 들여다봤다. 파상은 길이 없다며 어깨를 으쓱했다. 맵스미로 방향을 잡아서 겔젠에게 알려줬더니 금방 길을 찾아냈다. 여기까지 왔는

데 길이 없을 리가 없지.

그런데 지도라는 게 한번 잘못 보기 시작하면 계속해서 자신의 위치를 착각하게 된다. 특히 가파른 오르막길에선 지도와 실제 거리가 상당히 헷갈린다. 나는 꽤 왔다고 생각했는데도 지도상으로는 1센티미터 정도만 움직인 경우가 많았다. 이번에도 그랬다. 2시간 넘게 올라왔으니 여기 어디쯤 우리가 찾는 호수가 있을 줄 알았다. 그래서 겔젠이 일부러 확인하러 가봤지만, 호수 같은 건 없었다. 이때부터 나는 우리 위치에 대해 계속 헷갈리기

붉은 랄리구라스와
사딤 콜라와 둥게
콜라가 만나는 살딤
콜라의 울창한 숲

시작했다. 그 와중에 파상은 자신의 감만 믿고 계속 오른쪽으로 향했다. 뒤늦게 도착한 체왕이 아니라고 소리쳐도 고집을 굽히지 않았다. 기어코 혼자 꼭대기까지 올라갔다. 그사이 우린 체왕이 가리킨 왼쪽 고개로 향했다. 마침 그쪽으로 희미한 발자국이 있었다. 이번엔 겔젠이 앞장섰다. 눈이 생각보다 많이 쌓여 있었다. 경사는 아래서 올려다본 것보다 더 급했다. 겔젠은 한발 한발 눈을 툭툭툭 밟으며 천천히 나아갔다. 나는 그의 뒤를 따르며 눈을 다졌다. 그러다가 눈에 푹 빠지기라도 하면 가슴이 철렁했다.

  몇 개의 고개를 넘었다. 그사이 겔젠은 고개 하나를 앞서갔다. 나는 그가 만들어 놓은 발자국을 따라가면서도 그를 따라잡지 못했다. 겔젠 정도면 이런 곳도 혼자 거뜬히 갈 수 있을 거다. 그런 생각을

하니 내가 다니는 방식이 거추장스러웠다. 가이드, 셰르파, 포터들. 네팔 어느 곳이라도 혼자 다닐 수 있는 능력이 있다면 얼마나 좋을까. 겔젠이 멈춘 곳에서 나도 멈췄다. 눈과 안개 때문에 시야는 여전했다. 뒤에 있던 포터들은 보이지 않았다. 지도를 봤지만 아무것도 보이지 않아 위치를 파악할 수 없었다. 그래도 꽤 왔을 거라고 생각했다. 금방 도착한 체왕에게 깔로 포카리Kalo Pokhari 4,192m(검은 호수)가 어디인지 물었다. 그는 고개를 하나 더 넘어야 한다고 했다. 다시 지도를 봤다. 맙소사. 종일 걸은 것 같은데 이제 여기까지밖에 못 왔다니. 지도상으로는 고작 4센티미터였다! 할 말을 잃었다. 나는 이미 호수를 지나온 줄 알았다. 눈이 많이 와서 보이지 않는다고 생각했다.

호수가 가까워지자 텐트 두어 동이 보였다. 현지인일까, 아니면 우리처럼 걷는 사람들일까. 그러면서도 이렇게 눈이 많은데 웬 텐트일까 싶었다. 5시간 반 만에 도착한 깔로 포카리엔 아무것도 없었다. 내가 멀리서 보았던 건 텐트처럼 생긴 바위였다. 허탈해서 힘이 쭉 빠졌다. 쉬고 싶었지만 아무도 쉬지 않았다. 야영이라도 해야 할 것 같았지만 파상은 더 가자고 했다. 길을 찾느라 까먹은 하루를 만회하려는 듯했다. 점심도 거르고 마냥 걸었다. 눈과 비를 맞으면서 땀으로 축축하게 젖은 옷을 입고, 눈구덩이에 푹푹 빠지면서 아무것도 보이지도 않은 채.

길은 수시로 없어졌다. 그럴 때마다 파상과 겔젠이 흩어져서

허벅지까지 빠지는
눈을 헤치며

어떻게든 길을 찾아냈다. 파상은 엉뚱한 곳을 찾기 일쑤였지만,
겔젠은 신기하게도 정확히 길을 찾았다. 겔젠이 한동안 나타나
지 않으면 길을 찾았다는 뜻이었다. 그는 코를 훌쩍일 때마다 야
크 소리를 냈다. 높은 곳에 가면 어김없이 그랬다. 야크 소리는
돼지가 꿀꿀대는 소리와 비슷한데, 한 마디로 코 먹는 소리였다.

고개는 계속해서 나타났고, 우린 열심히 오르락내리락하면서
눈을 치고 나갔다. 날이 어두워지고 있었지만, 이 행군은 끝날
기미가 보이지 않았다. 허벅지까지 빠지는 눈을 만나기도 했다.
파상은 길이 아닌 곳을 뚫었다. 체왕이 좀 더 위에 길이 있다고

해도 듣지 않았다. 덕분에 우린 울퉁불퉁하고 불안한 길을 걸어야 했다. 점심을 걸러서 배 속에선 계속 꼬르륵 소리가 났다. 비탈길에 앉아서 그들이 주는 비스킷과 생라면을 받아먹었다. 내가 가지고 있는 간식도 풀었다. 간식이 있어도 혼자 먹을 수 없어서 참는 경우가 많았다. 지도상 카르카Kharka 4,097m라는 곳에 도착한 건 13시간 만이었다. 더는 갈 수 없다고 생각했는데, 결국은 왔다. 그것도 이틀 갈 거리를 하루 만에. 비를 맞으며 텐트를 쳤다. 코인 티슈를 물에 적셔서 얼굴을 닦고, 버너를 켜서 쉰내를 폴폴 풍기는 옷을 말렸다.

양레 카르카에 얽힌 트라우마

비는 끝까지 우리를 배신하지 않았다. 하산하는 그날까지 쭉 지켜줬다. 매일 축축함의 연속이니 걸을 맛이 나지 않았다. 하산은 또 얼마나 지독한지, 내려가는 길도 결코 깔끔하지 않았다. 쓰러진 나무들이 수시로 길을 막았고 젖은 돌은 미끄러웠다. 비까지 내리니 걸으면서도 몸이 떨렸다. 어제의 피로로 다리도 말을 듣지 않을 만큼 뻑뻑했다. 내려가는 길은 온통 랄리구라스 숲이었지만 꽃도 눈에 들어오지 않았다.

　2시간 만에 마칼루 베이스캠프 트랙을 만났는데 반나절은 걸

은 기분이었다. 어서 이 상황이 끝나길 바라는 마음으로 무기력하게 걸었다. 나는 여전히 겔젠과 걸었다. 정작 가이드인 파상은 나와 걸은 적이 한 번도 없었다. 그는 맨 앞에 가거나 맨 뒤에서 왔다. 그래도 불편함을 느끼지 않았던 건 가까이에 늘 겔젠이 있어서였다.

들던 대로 마칼루 베이스캠프로 이어지는 바룬강은 만신창이가 되어 있었다. 여기저기 패이고, 무지막지하게 굴러 내려온 돌에 막혀서 전혀 다른 곳이 되었다. 내려가는 방향 기준으로 우측에 있던 길도 좌측으로 바뀌었다. 무슨 인연인지, 나는

여기가 왜 이렇게 되었는지 알고 있었다. 2017년에 나는 실패의 쓴맛을 보고 이 길을 따라 내려갔다. 그때 마칼루 쪽에서 호수의 둑이 터졌다는 소식을 들었다. 호수가 양레 카르카Yangle Kharka 3,557m를 비롯해서 주변을 쓸어갔다고 했다. 양레 카르카를 지나온 지 3일이 됐을 때였다. 공교롭게도 내가 세두와에서 머물고 있던 로지의 주인이 양레 카르카 로지 주인과 같은 사람이었다. 표정이 없던 주인과 혀를 끌끌 차던 가이드, 양레 카르카 쪽으로 향하던 헬기 소리가 아직도 선했다. 그 일이 있은

호수가 터지면서
휩쓸려 내려간
양레 카르카

지 1년 만에 나는 다시 이곳 양레 카르카에 오게 됐다. 그리고 정말 그 자리에 있던 건물이 모두 사라졌음을 눈으로 확인했다.

우린 양레 카르카에서 유일하게 남은 로지에 짐을 풀었다. 허름한 방이었지만 비를 피할 수 있는 것만으로도 위안이 됐다. 며칠 동안 젖어 있던 텐트를 꺼내자, 물에서 방금 꺼낸 것처럼 물이 줄줄 흘렀다. 물기라도 빼자 싶어 빨랫줄에 널어두었다. 그리고 비를 맞으며 빨래를 하고 머리를 감았다. 더 위로 올라가면 이런 기회조차 없으니 지금이 기회였다. 점심으론 스파게티에 뜨거운 차 한 잔을 주문했다. 맛보다도 그냥 이 순간이 너무나도 행복했다.

"디디, 미토 처(누나, 맛있어요)?"

저녁에 달밧을 먹고 있는데 체왕이 빨개진 얼굴로 들어왔다. '이 자식 술 마셨군.' 평소엔 어려워하더니 한잔 걸쳤다고 애교를 부리며, 이것저것 질문을 했다. 하는 짓이 귀여워서 다 대꾸해줬다. 잠시 후엔 다와가 눈 옆이 깨져서 왔다. 술을 얼마나 마셨는지 제대로 걷지도 못하고 횡설수설했다. 푸르떼도 취해서 히죽히죽, 늘 조용하던 겔젠도 불콰했다. 어휴, 이런 시베리안 허스키들.

내겐 양레 카르카에 대한 트라우마가 있었다. 작년에 이곳에서 가이드와 포터들이 새벽 3시까지 술을 마셨다. 밤새 뛰어다니며 싸우고, 난리도 아니었다. 방에 들어가서까지 떠드는 통에

옆방에서 몇 번이나 항의를 받았다. 그중 한 놈은 스태프들 침낭을 술과 바꿔먹기까지 했다. 그래서 이번만큼은 그런 일이 없도록 금주령을 내렸던 건데 소용없는 일이 됐다.

"발, 이 사람들 술 어디서 마신 거예요?"

"여기에 다와 여동생 있대요. 거기서 똥바 마셨대요."

내 표정이 점점 일그러지자 발이 수습에 나섰다. 다와와 체왕은 여기 아는 사람들이 많아서 그런 거라고. 파상은 다른 팀 구경하듯 가만히 보고만 있었다. 이건 일부러라도 화 좀 내줘야 했다.

"다들 술을 얼마나 마신 거야. 다와는 왜 다쳤대요?"

"얼음에서 미끄러졌대요."

"겔젠! 겔젠도 술 마셨어요? 오늘 일은 모두 쭘세 사장한테 얘기할 테니 그렇게 알아요. 여기 일하러 온 거잖아요!"

정말 치사한 방법이지만 나는 쭘세 사장을 무기로 썼다. 스태프들과는 너무 가까워서도, 너무 딱딱할 필요도 없다. 하지만 어디까지 적절한 선인지, 이런 방법이 맞는지는 잘 모르겠다. 말하면서도 불편했지만, 안 할 수도 없었다. 내가 어떤 기분인지 그들도 알고 있어야 조심할 테니까.

다와는 꼬부라진 혀로 몇 번이고 사과했다. 푸르뗴는 풀이 죽었고, 겔젠은 바보같이 웃기만 했다. 내일은 현지에서 고용한 푸르뗴가 돌아가는 날이었고, 나는 이번 일로 고민에 빠졌다. 팁을 얼마나 줘야 할지. 정말이지 팁은 트레킹을 많이 해도 매번 고민 거리다. 푸르떼에게 빌려줬던 선글라스에 흠집이 잔뜩 나서 돌아온 것도, 오늘처럼 취한 것도 마음에 들지 않았다. 하지만 혼자 돌아가야 한다는 사실이 안쓰러웠다. 돈을 넣었다가 뺐다가, 다시 넣기를 반복했다. '에잇, 그냥 주자. 동네 형들 따라와서 고생하고 돌아가는데 너무 야박하게 굴지 말자. 선글라스에 일부러 흠집을 낸 것도 아니고, 돌아가기 전날 술 좀 마실 수 있지.' 결국 내 마음은 또 약해졌다.

Chapter 4

위험하고 환상적인

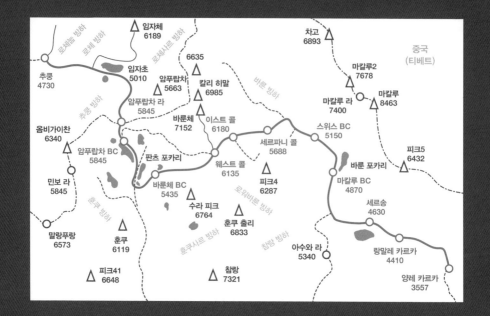

이 트랙은 마칼루 하이패스로 3콜3Cols로 불리며, 이스트 콜East Col 6,180m, 웨스트 콜West Col 6,135m, 암푸랍차 라Amphu Labtsa La 5,780m를 아우른다. 이 지역은 마칼루 베이스캠프에서 에베레스트가 있는 쿰부 지역을 잇는 만큼 압도적인 풍경을 자랑한다.

3콜은 네팔 히말라야에서 트레킹이 가능한 곳 중 가장 난도가 높다. GHT 하이루트에 포함되지만 많은 사람이 우회하는 이유이기도 하다. 이 지역에 갈 땐 반드시 전문 클라이밍 가이드와 함께해야 한다. 피크 등반에 준하는 곳이라 암벽과 빙벽이 가능한 장비도 필수다. 사망사고가 잦은 만큼 상당한 주의도 필요하다. 하지만 노련한 스태프들과 날씨가 도와준다면, 전문 등반가가 아니라도 가능하다. 필자 역시 등반 기술이 없었지만 스태프들의 도움으로 무사히 넘었다(그래도 최소한 국내에서 '등산학교' 정도는 수료하길 권한다).

이 지역 주요 패스의 이름과 높이는 서로 다르게 부르는 경우가 많아서, 독일 사이트 'The mountains of Himalaya'를 따랐다.

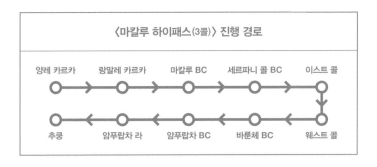

다시 돌아왔다

마칼루 베이스캠프 가는 길은 올라갈수록 무너진 계곡이 적나라하게 드러났다. 바뀐 길은 폭풍우가 지나간 것처럼 처참했다. 얼마나 큰물이 쏟아졌으면 이렇게 엉망이 되었을까. 호수는 오른쪽 위에서 터진 듯했다. 그쪽으로 큰 둑이 터진 것처럼 무너져 있었다. 양레 카르카 로지 주인은 다른 호수의 둑이 터지면 더 큰일이라고 했다. 그도 그럴 것이 작년에 터진 호수는 그리 큰게 아니었다. 그보다 몇 배 큰 호수는 더 위에서 더 많은 물을 모으고 있었다. 지구 온난화는 히말라야의 빙하를 빠르게 녹이고

랑말레 카르카에서
출발하는 포터들

있었고, 네팔엔 그렇게 만들어진 빙하 호수만도 상당했다. 앞으
로 이런 일이 더 잦아질지도 모른다.

랑말레 카르카Langmale Kharka 4,410m엔 그사이 방 2개가 새로
생겼다. 손님은 나뿐이라 그중 하나에 짐을 풀었다. 높이가 높이
인지라 오후엔 눈이 내렸다.

"다와!"

녀석은 미안했는지, 술에 취해 넘어져서 상처 난 얼굴을 자꾸
숨겼다. 약상자를 가져다가 연고를 발라주고, 눈에 찔리지 않게

밴드를 오려서 붙여줬다. 약을 발라주는 동안 다와는 어린아이처럼 숨을 꾹 참았다. 어젠 술 마시고 그리 떠들더니 오늘은 얌전하네. 약상자를 덮으려고 하자 옆에서 보고 있던 체왕이 자기도 아프다며 발목을 보여줬다. 퉁퉁 부어 있었다. 하산하다가 삐었다는데, 여태 참고 걸었나 보다. 파스를 붙여주고 소염진통제를 주면서 절대 술을 마시면 안 된다고 말했다. 몇 번이나 강조했더니 체왕은 민망한 듯 웃기만 했다.

"디디, 땡큐."

방으로 돌아가려는데 다와가 찾아와서 인사를 했다. 오후엔 삶은 감자를 간식으로 먹었다. 파상은 감자 껍질을 벗기면서 어제 일을 말했다. 혼자 낄낄대면서 겔젠이 '처이나, 처이나(네팔어로 아니라는 뜻)' 했던 걸 흉내 냈다. 겔젠은 쑥스러운 듯 얼굴을 붉혔다.

파상은 마칼루 베이스캠프에서 쉬는 동안 쌀, 기름, 감자, 비스킷 등을 잔뜩 샀다. 포터들은 앞으로 사나흘간 먹을 간식을 만들었다. 밀가루를 반죽해서 기름에 튀긴 간식은 생각보다 맛이 좋았다. 나는 빨래를 하고, 장비를 내다 말리고, 구멍 난 양말을 꿰맸다. 오후엔 파상의 제안으로 트레이닝을 받았다. 겔젠이 설치한 로프를 붙잡고 몇 번의 하강 연습을 했다. 주마링(등반장비의 일종)을 이용해서 올라가는 것도 연습했다. 앞으로 우리가 가야 할 곳은 그런 곳이었나.

마칼루 베이스캠프

흔히들 그곳을 '마칼루 세르파니 콜'이라 불렀다. 어떤 이들은 3콜이라고 부르기도 했다. 나는 작년에 이곳을 넘겠다고 잔뜩 기대하고 덤볐다가 보기 좋게 실패한 기억이 있다. 칼바람이 후려쳐서 정상을 눈앞에 두고도 돌아서야 했던 것이다. 겁먹은 포터들이 더는 가지 않겠다고 하는데, 강요할 수도 없었다. 할 수 없이 먼 길을 돌아서 나머지 길을 이었다. 그땐 다시는 이곳에 오지 않겠다고 결심했지만, 이렇게 다시 돌아오고 말았다. 달라진 점이라면 그때는 스태프가 10명이었고, 이번에 5명이라는 거다. 경험해보니 혼자 다닐 때는 그렇게 많은 인원이 필요하지 않았다. 그걸 알기까지 너무 많은 대가를 치르긴 했지만.

"웨얼 아 유 프롬?"

"코리아."

"오, 퐁창!"

바룬체Baruntse 7,152m 등반을 마치고 내려가던 미국인 둘이 알은체를 했다. 파상은 그들에게 로프가 있는 곳과 없는 곳, 눈은 얼마나 쌓였는지 등 이스트 콜에 대한 정보를 물었다. 들어보니 상태는 나쁘지 않은 것 같았다. 스위스 베이스캠프에 머무는 동안 놀랍게도 종일 날씨가 좋았다. 이래도 되는 건가 싶었다. 너무 화창해서 불안하기까지 했다. 물론 포카리 쪽은 하루도 빠지지 않고 비나 눈이 왔는데 희한하게도 마칼루 쪽은 가는 내내 화창했다. 파상은 여전히 밥을 많이 퍼주려고 했다. 그때마다 나는 '하프(반)'라고 외쳤다. 그는 내가 네팔인들만큼 먹지 않는 게 이상했는지 너무 조금 먹는다고 했다. 사실 안남미가 금방 소화가 돼서 1시간만 지나도 배가 고프긴 했다.

감동이 그랬듯이 두려움도 처음만 못했다. 작년에 칼바람을 맞고 내려왔던 길을 다시 올라가는데도 덤덤했다. 그때 이 길을 뛰다시피 해서 내려올 땐 심장이 벌렁거리고 다리가 떨렸는데. 바룬 빙하에 모래바람이 이는 걸 지켜보면서, 다시는 오지 말자 다짐까지 했는데. 그런 길을 다시 걷는데도 나는 아무 생각이 없었다. 얼른 이 지루한 길이 끝나길 바랐다.

　세르파니 콜 베이스캠프Sherpani Col BC 5,688m는 1년 사이에
각종 쓰레기가 넘쳤다. 사람들을 기다리는 동안 겔젠과 쓰레기
더미를 뒤적거렸다. 놓고 간 잼, 쌀, 칠리소스, 커다란 철망, 신발,
양말, 바지… 심지어 팬티까지 있었다. 도대체 이런 걸 왜 버리
고 가는지 모르겠다. 멀쩡한 야영용 가스도 3개나 돼서 내가 접
수했다. 여기가 이 정도라면 다른 베이스캠프도 뻔했다. 대부분
의 포터는 등반이 끝나고 필요 없는 물건을 그 자리에서 버린다.
올 때마다 나오는 쓰레기 역시 마찬가지다.

꿈같은 길

5천 700미터쯤 되는 곳이라 뜬눈으로 밤을 새웠다. 새벽 2시부터 시계를 보며 키친 텐트 쪽으로 귀를 기울였다. 이쯤이면 일어나서 준비해야 하는데, 아무런 기척이 없었다. 분명 3시 반에 아침을 먹기로 했는데 내가 착각한 건가. 파상은 한 번도 시간을 어긴 적이 없었다. 나는 일단 짐을 꾸려놓고 3시에 키친 텐트에 갔다. 텐트를 살짝 열어보니 겔젠만 혼자 일어나서 버너에 불을 붙이고 있었다. 파상도, 포터들도 모두 자고 있었다. 파상에게 3시가 넘었다고 하자 그제야 깜짝 놀라서 일어났다. 그 역시 뒤척이다가 늦게 잠든 듯했다.

고요하고 깨끗한 아침이었다. 바람 한 점 없이, 단단한 솜뭉치로 귀를 막은 것처럼 아무 소리도 들리지 않았다. 동이 트면서 하늘이 분홍색으로 변했다. 뒤돌아보니 검은 귀신이라고 불리는 마칼루가 옅게 웃고 있었다. 아름답고 짠했다. 이제야, 이 산이 나에게 길을 터주고 있다는 걸 마음으로 이해했다. 세르파니 콜 베이스캠프에서 이스트 콜까지는 완만한 빙하 길이었다. 작년에는 서로 안자일렌(로프로 서로를 연결해서 걷는 것)을 하고 걸었는데, 이번엔 아무 장치도 없이 혼자 걸었다. 그때 같이 갔던 가이드는 절대 로프를 풀지 못하게 했지만, 파상은 그런 얘기는 꺼내지도 않고 겔젠과 민저 기버렸다.

마칼루 뒤로 동트는
하늘

6천 미터가 넘자 작년 이맘때 겪었던 일들이 연기처럼 피어올랐다. 혹시나 그때 포터가 버리고 간 기름통이 있는지 두리번거렸지만 없었다. 하긴 1년이나 지났는데 여태 남아 있을 리가 없지. 커다란 기름통이었으니 누구라도 주워갔으면 꽤 돈이 됐을 테니까. 그날은 바람이 몹시 불었다. 텐트는 바닥부터 들썩거렸고 폴대는 이리저리 춤을 췄다. 하지만 우린 출발을 강행했다. 해가 뜨면 바람이 멈출지도 모른다는 허튼 기대를 가졌다. 우리가 6천 미터를 넘겼을 때 바람은 최고조에 이르렀다. 채찍 같은 바람은 걷는 내내 우리를 사정없이 후려치며 물러갔다가 되돌

바람 한 점 없이
고요한 마칼루

이스트 콜 가는 길

아오기를 반복했다. 그때마다 모래알 같은 눈을 쓸어 와서 눈을 뜰 수 없었다. 형체 없는 바람이었지만 우리에게 달려드는 게 보였다. 우린 결국 로프 한 줄에 매달려서 도망치듯 내려가야 했다. 바람이 덮치면 고슴도치처럼 웅크리고 있다가 물러나면 미친 듯이 뛰었다. 그때 포터 하나가 유일한 연료인 기름통을 통째로 버리고 내려갔다.

먼저 도착한 파상은 이스트 콜 정상을 살피러 갔다. 겔젠은 아래에서 로프를 설치 중이었다. 그는 내게 더 올라오지 말라며 손으로 막는 시늉을 했다. 아래를 내려다보니 이렇게 평온한 세상도 없었다. 작년엔 여기까지 와놓고도 눈물을 머금고 내려가야 했는데 지금은 전혀 다른 세상이었다. 이스트 콜 정상에서 내려온 파상은 내게 출발해도 좋다는 신호를 보냈다. 그런데 겔젠이 있는 곳까지만 로프가 있었고 그 위로는 없었다.

"파상, 하네스는?"

그는 필요 없다면서 정상까지 혼자 올라가라고 했다. 이건 뭐지. 여기 위험한 곳 아니었나. 그래도 파상이 정상까지 가는 길을 확인하고 내려온 뒤라 그의 말을 따랐다. 눈이 쌓여서 불안하긴 했지만 조심조심 발자국을 따라갔다. '망할 놈. 이런 곳을 혼자 가라고 하다니.' 클라이머들만 상대했던 파상은 확실히 손님을 덜 챙겼다. 대개의 클라이머들은 독립적이며, 이런 곳에 올 땐 기본적인 능력을 갖추고 온다. 반면에 트레커들은 체력만 믿고 오는 경우가 많다. 네팔이 처음인 경우 보통은 고산 트레킹 초보자다. 트레킹 가이드는 그런 초보자까지 챙기기 때문에 세심한 편이지만, 클라이밍 가이드는 그렇지 않았다.

스태프들은 이스트 콜을 세르파니 콜이라고 불렀지만, 실제 세르파니 콜은 약간 남쪽에 있었다. 처음엔 지도의 지명이 스태프들이 부르는 대로 적혀 있어서 무척 헷갈렸다. 하지만 김영한 님 블로그와 독일의 한 히말라야 전문 사이트를 보고 네팔 지도가 잘못되었다는 것을 알았다.

정상에 서자 남쪽으로 참랑Chamlang 7,321m이 보였다. 웨스트

콜 가는 쪽으로는 순백의 설원이 펼쳐져 있었다. 마칼루는 아름
답고 웅장하게 빛났다. 여길 오다니, 꿈만 같았다. 한 번의 실패
를 겪은 뒤라 감회가 남달랐다. 그때는 쳐다볼 수 없는 거대한
벽처럼 느껴졌는데, 걱정했던 것과는 달리 너무 쉽게 와서 기분
이 이상했다. 히말라야에선 날씨만큼 큰 복도 없었다. 그다음이
유능한 스태프들인데, 나는 작년엔 둘 다 가질 수 없었다. 산은
1년을 기다리고 나서야 내게 품을 허락했다. 바람 한 점 없는 고
요함과 따뜻한 햇살로 보듬어주었다. 잘 왔다며 토닥토닥 어깨
를 두드려주었다. 배낭에서 타르초를 꺼냈다. 간자 라, 틸만 패스
에 이어 세 번째 타르초였다. 그 어떤 곳보다도 이곳에 걸고 싶
었다. 나는 종교가 없지만 산에 들면 저절로 신도가 되었다. 산

이라는, 자연이라는 거대한 신 앞에서 무릎을 꿇고 기도를 하고
싶어졌다.

　기념사진을 찍고 내려갈 준비를 했다. 겔젠은 이미 고정 로프
를 설치하는 중이었다. 파상은 포터들의 짐을 묶어서 먼저 내려
보냈다. 그 뒤로 포터들이 내려갔다. 파상과 겔젠은 능숙하게 장
비를 다뤘고, 당연한 일이겠지만 전혀 겁을 내지 않았다. 나는 포
터들이 내려가는 동안 하네스와 헬멧을 하고 얌전히 기다렸다.

　파상은 나를 가장 마지막에 내려보냈다. 나도 하강 정도는 할
수 있는데 그는 나를 두레박처럼 내려줬다. 그가 조금씩 풀어주
는 대로 내려가야 해서 더 무섭고 답답했다. 아무리 두레박이라
도 수직 하강은 만만치 않았다. 눈 덮인 바위에 미끄러질 때마다

겁을 먹었다. 심장은 제멋대로 날뛰었고 머리에선 진땀이 났다. 로프를 얼마나 세게 잡았는지 공중에 매달린 것처럼 팔이 저렸다. 중간에 겔젠이 기다리고 있지 않았더라면 더 힘들었을 거다. 살면서 암벽이라곤 조금 맛본 게 전부였고, 빙벽은 전혀 경험이 없었다. 스태프들의 도움을 받아서 간신히 내려가긴 했지만, 어느 정도 훈련을 받고 왔으면 좋았겠다는 생각이 들었다.

정상부터 2시간 만에 모두 내려섰다. 내려올 땐 무서웠지만 막상 다 내려오고 보니 이 정도면 괜찮겠다 싶었다. 우리는 내려온 곳을 올려다보며 간식을 먹었다. 마칼루 베이스캠프에서 포터들이 열심히 튀겼던 그 과자였다. 나도 나름대로 준비한 간식을 풀어서 같이 먹었다. 히말라야에선 10명의 스태프와 다녀보기도 했고, 단 한 명과 다니기도 했다. 제일 좋았던 건 두셋 정도의 스태프와 함께한 때였다. 그 정도면 내가 뭘 사줘도 부담스럽지 않고 친구처럼 다니기도 좋았다.

설원을 따라 서서히 올라갔다. 높은 곳이라 다리가 묵직했다. 발을 덮는 눈도 무거웠다. 포터들은 자주 쉬었고 나는 겔젠과 앞장서서 갔다. 설원엔 눈이 많이 와도 길을 찾을 수 있게 긴 막대가 군데군데 꽂혀 있었다. 그중 한 막대 아래에 정체를 알 수 없는 커다란 검은 비닐봉지가 있었다. 원정팀이 놓고 간 쓰레긴가 싶었는데 겔젠은 음식일 거라고 했다. 진짜인가 싶어 비닐봉지를 열어보니 정말 음식이 가득했다. 쌀, 초코바, 마른 과일, 치즈,

버터, 주스, 전투식량, 과자, 야영용 가스까지 푸짐했다. 지난번
에 내려간 미국 팀이 놓고 간 듯싶었다. 포터들까지 도착하자 우
리는 아예 자리를 깔고 앉았다. 그러고는 식량 보따리를 풀어서
각자 먹고 싶은 걸 챙겼다.

겔젠은 여기가 바룬체 하이캠프Baruntse High Camp 6,050m라고
했다. 계획대로라면 오늘 야영지지만 우리는 웨스트 콜을 넘기
로 했다. 너무 추워서 잘 수 없다는 게 이유였다. 그리고 생각보
다 웨스트 콜이 가까웠다.

"발, 왜 그래요? 아파요?"

"디디, 머리가 아파요."

내내 표정이 안 좋았던 발은 고산병 증세로 두통을 호소했다. 발에게 두통약을 주면서 30분 후에도 아프면 다시 얘기하라고 했다. 그런데 이곳을 여섯 번째 넘는다는 체왕과 다와도 머리가 아프다고 해서 의외였다. 네팔 사람들이라면 당연히 나보다 적응을 잘할 것이라 생각했는데 그렇지만도 않았다. 오히려 나는 멀쩡했다. 해발 6천 미터면 산소량이 50퍼센트 아래로 떨어진다. 나는 이 정도 높이가 처음이었지만 걷는 내내 불편함을 느끼지 못했다. 고산 트레킹을 시작할 때 특별히 고산 적응을 위해 애쓰는 편도 아니었다. 4천 미터가 가까워지면 머리가 약간 아프긴 하지만 타이레놀 하나면 끝났다. 하던 대로 천천히 걷고, 6일에 한 번씩 쉬면 저절로 적응이 됐다.

세르파니 콜 베이스캠프에서 웨스트 콜까지 7시간이 걸렸다. 힘들고 높은 곳은 그 가치를 보여줬다. 웨스트 콜에서 바라보는 풍경은 황홀했다. 쿰부 산군의 파노라마가 펼쳐진 모습을 바라보니, 이곳에 서 있다는 사실이 믿기지 않았다. 히말라야에선 높이 올라갈수록 경이로운 풍경이라는 걸 이제야 확인했다. 위험할수록 아름다웠다.

이제 문제는 하강이었다. 수직 고도 200미터에 급경사 사면은 이스트 콜보다 더 길고 가팔랐다. 이번에도 겔젠이 먼저 가서 로프를 설치했다. 그런데 파상과 겔젠이 생각하는 곳이 달랐다. 파

상은 빙하가 있는 곳에서 바로 내려가자고 했고, 겔젠은 돌아서 내려가자고 했다. 결국은 겔젠의 뜻대로 됐다. 파상은 그런 겔젠이 마음이 들지 않았는지, 그가 내려 있는 동안 내 앞에서 흥을 봤다. 나중에 보니 파상이 말한 곳은 전체가 얼음이었다.

겔젠이 설치한 로프는 3개의 매듭으로 연결되어 있었다. 긴 하강이다 보니 로프 하나로는 역부족이었다. 로프를 잡고 딱딱한 눈을 밟고 내려섰다. 겔젠은 몸을 앞으로 숙이지 말라고 했지만, 뜻대로 되지 않았다. 몸을 뒤로 젖혀야 하강 자세가 안정된다는 걸 알고 있었지만 잘 안됐다. 눈에 빠질 때마다 중심을 잃어서 저절로 로프에 밀착하게 됐다. 어정쩡하게 로프에 매달리다 보니 내려가는 데 더뎠다. 안 되겠다 싶어서, 가파른 곳에선 포터들처럼 미끄럼을 탔다. 마지막 난관은 바위 넘기였다. 아이젠의 날카로운 이빨이 바위에 닿을 때마다 기분 나쁜 소리를 냈다.

포터들과 바위 옆 양지바른 곳에 쭈그리고 앉아 하염없이 기다렸다. 짐 3개만 내려오면 되는데 생각보다 오래 걸렸다. 우리가 가야 할 곳은 모두 빙하라서 함부로 돌아다니지도 못했다. 숨어 있는 크레바스(빙하에 형성된 깊은 균열)에 빠지면 답이 없었다.

"탱, 탱, 탱."

컵 하나가 요란한 소리를 내면서 떨어졌다. 우리가 어, 어, 어 하는 사이 컵은 크레바스 속으로 빠졌다. 오매불망 짐이 내려오

붉게 물든 바룬체
베이스캠프의 호수

기 시작한 거다. 내 카고백이 가장 늦게 내려왔다. 얼마나 부딪히면서 내려왔는지 손잡이가 끊어졌다. 겉을 싸고 있던 덮개도 만신창이가 됐다. 파상은 큰 배낭을 메고도 가볍게 내려왔다. 멋진 하강이었다. 그 뒤로 겔젠도 폼 나게 내려왔다. 그동안 은근히 비싸다고 생각했던 인건비가 전혀 아깝지 않았다. 그들의 가치는 그 이상이었다.

우리는 훈쿠 빙하Hunku Glacier를 지나서 왼쪽으로 내려갔다. 지도엔 오른쪽 길이었지만 파상은 그쪽 길이 무너졌다고 했다. 빙하엔 크레바스가 제법 있었다. 작은 틈도 들여다보면 아주 깊었다. 우리는 빙하를 넘고 고개를 넘어 어딘가로 끊임없이 내려갔다. 이미 해가 지고 있는데 멈출 기미가 보이지 않았다. 배도 몹시 고프고, 걸음도 점점 느려졌다.

호수 옆으로 다른 팀의 텐트가 보였다. 바룬체 베이스캠프 Baruntse BC 5,435m 였다. 여기까지 무려 14시간이나 걸렸다. 몸은 몹시 피곤했지만 눈앞의 광경은 근사했다. 주변 흰 산이 발갛게 물들었고, 고스란히 호수에 비쳤다. 포터들은 지름길의 귀재였다. 나는 한참을 돌아서 왔는데 그들은 금방 질러서 왔다. 우리는 호수 옆 모래바닥에 텐트를 쳤다. 그동안 아끼던 라면을 꺼냈지만, 입맛이 없었다. 피곤해서 일기도 쓰지 못했다. 하루에 6천 미터가 넘는 고개를 2개나 넘는 건 쉬운 일이 아니었다.

신의 허락

아침에 일어나서 보니 눈과 입술이 부어 있었다. 종일 눈에 반사된 빛을 받아서 그런 것 같았다. 어제 제대로 먹지도 않고 걸었더니 다리도 뻣뻣했다. 홍구 콜라Honggu Khola 가운데 호수를 건너자 암푸랍차 라로 가는 길로 바뀌었다. 겔젠은 여기서 민보 라Minbo La 5,845m에 갈 수 있다고 했다. 민보 라가 어렵다는 소리를 들었던 터라 어떤 곳인지 궁금했다. 이스트 콜과 웨스트 콜을 넘은 사람 중에는 이곳에서 메라 피크Mera Peak 6,461m와 연결하

판츠 포카리

는 사람도 있었다. 2개의 호수를 지나는 동안 눈이 내렸다. 며칠 날씨가 그리 좋았으니, 그럴 때도 되었다. 언덕 위로 집이 한 채 보였다. 암푸랍차 베이스캠프 Amphu Labtsa BC 5,527m였다. 그 위로 계단식으로 된 아이스폴(빙하의 경사가 폭포처럼 된 곳)이 보였다. 곧 넘어야 할 곳이 보이자 슬슬 긴장됐다. 저긴 어떤 방법으로 넘어갈까.

베이스캠프에선 우리가 지나온 판츠 포카리가 잘 보였다. 판츠는 5개, 틴은 3개라는 뜻이다. 네팔은 호수 이름에 숫자나 색깔이 붙은 게 많았다. 숫자가 붙은 호수 주변엔 정말로 그만큼의 호수가 있었다.

3콜 중 마지막 고개를 넘는 날이라 일찍부터 서둘렀다. 후다닥 짐을 꾸리고 나왔더니 하늘이 맑았다. 히말라야에서 숱하게 걷다 보니 짐 꾸리기 달인이 되었

위험하고 환상적인
185

폭포처럼 흘러내린
빙하

다. 야영할 때도 30분이면 짐 싸기부터 세수, 화장실까지 다 해
결했다. 어릴 때부터 손이 빨라서 집안일이고 밭일이고 금방 해
치웠다. 많이라 일도 많이 했다. 봄이면 밭에서 고구마나 고추를
심었던 일, 여름이면 아빠와 농약 주러 논에 갔던 일, 주말마다
밭에 가서 김맸던 일, 한여름에 모기 물려가며 고추 땄던 일, 방
학 때마다 왕골(화문석 재료) 작업을 했던 일…. 그런 경험들이 지
금은 히말라야 오지에서 버틸 수 있는 힘이 되었다. 돌이켜보면,
어떤 경험도 쓸모없는 게 없었다. 언젠가는 다 필요한 경험이 되
었다.

크램폰(등산화에 착용하는 빙벽 장비)과 하네스를 넣었더니 배낭이 묵직했다. 5시 반이 되자 야영지를 나섰다. 파상과 겔젠은 먼저 출발했다. 오늘이야말로 고정 로프를 미리 설치해야 했다. 시작부터 급경사라서 몇 번이나 걸음을 멈췄다. 숨이 차면 쉬고, 그러다 다시 걷기를 여러 번, 바위 구간에 들어서자 파상이 내려왔다. 안 그래도 길이 안 보여서 두리번거리던 차였다. 멀리서만 보던 빙하는 무시무시했다. 고드름은 악어의 이빨처럼 날카로웠고, 아이스폴은 말 그대로 얼어버린 폭포 같았다. 겔젠은 어느새 저 위까지 올라가서 로프를 설치하고 있었다.

"디디!"

넋 놓고 구경하고 있는데 파상이 불렀다. 그가 내 하네스를 확인하고 로프를 걸어줬다. 저 앞에선 겔젠이 대기 중이었다. 그는 내게 주마링을 걸어주며 올라가는 법을 알려줬다. 지난번에 연습했던 그 장비였다. 곧추선 빙하를 올라가는데 고작 두어 발자국 갔는데도 곡소리가 났다. 팔과 다리에 힘이 잔뜩 들어갔다. 두세 걸음 옮기다가 쉬고, 그때마다 거친 숨을 뱉었다. 왜 이렇게 숨이 차고 힘든지 더 갈 수 없었다. 바로 뒤에 있던 겔젠은 내가 쩔쩔매자 손을 어디다 둬야 할지 몰라 당황한 듯 보였다. 그렇다고 손님의 엉덩이를 만질 수도 없는 노릇이고. 겔젠은 내 발이 미끄러지지 않게 자신의 발로 막아주며 잠시 쉬라고 했다. 그렇게 두어 발자국씩 천천히 올라갔다. 평평한 곳에 도착하자 겔

젠은 나에게 주의를 주고, 더 위를 살피러 갔다. 슬그머니 아래를 내려다보니 다와가 짐까지 지고 올라오고 있었다. 장비라고는 허술한 아이젠 하나가 전부였다. 이런 네팔 사람들을 보면 신기할 때가 한두 번이 아니다. 그들의 능력이 한없이 부럽기도 했다. 나머지 구간은 겔젠과 안자일렌을 하고 올라갔다. 보통 손님과 안자일렌을 하고 움직이는 건 가이드 몫이다. 셰르파는 뒤에서 포터들을 챙기는 게 일반적이다. 그런데 겔젠과 파상은 역할이 바뀐 것처럼 보일 때가 한두 번이 아니었다.

암푸랍차 라 정상에 서자 풍경이 360도로 넓게 펼쳐졌다. 3콜 중에서 이곳의 풍경이 가장 멋졌다. 쿰부 쪽으로 거대한 로체 Lhotse Shar, 8,393m가 먼저 눈에 들어왔다. 겔젠은 그 아래 봉우리를 가리키며 아일랜드 피크Island Peak 6,160m라고 알려줬다. 큰 산에 둘러싸여 있으니 6천 미터 넘는 봉우리도 작은 언덕처럼 보였다. 그가 아마다블람Ama Dablam 6,856m도, 메라 피크도 알려줬지만 내 눈에는 다 똑같은 산처럼 보였다. 설산이 숲을 이룬 듯, 신들의 마을이라도 되는 듯 온통 하얀 산뿐이었다. 겔젠이 포터들을 도와주러 내려간 사이 체왕이 올라왔다. 그에게 마지막 남은 타르초를 주면서 꼭대기에 걸어달라고 했다. 체왕은 기꺼이 가장 높은 돌탑까지 올라가서 타르초를 묶었다. 쿰부 쪽으로 휘날리는 타르초를 보니 흐뭇했다. 결국 이렇게, 여기까지 왔다. 이제야 신께 허락을 받았구나. 숙제를 해결한 듯 시원했다.

남아 있던 미련이 눈 녹듯 사라졌다.

걸어서 내려가는 줄 알았더니 하산도 로프가 필요했다. 까마득한 낭떠러지였다. 이미 2개의 고개를 넘어왔는데도 막상 내려갈 생각을 하니 긴장됐다. 겔젠은 내게 안전장치를 해주고 움직이지 말라고 했다. 파상과 포터 둘은 먼저 내려갔고 다와만 남아서 겔젠을 도왔다. 두 사람은 짐을 묶어서 아래로 조심스레 내렸다. 저 짐들도 고생이 말이 아니다. 벌써 세 번째 묶어서 내려가고 있으니 말이다. 겔젠은 지난번 파상처럼 나를 두레박처럼 내려주려고 했다. 나는 이번에는 혼자 내려가 보겠다고 했다. 누군가에게 온전히 의지해서 내려가는 것보다 느리더라도 내 속도대로 가는 게 나았다. 겔젠은 나에게 묶었던 로프를 아래로 휙 던지더니 새로 묶어줬다. 그러고는 몇 번이나 확인했다.

"디디. 비스타리, 비스타리(천천히 천천히)."

그의 말대로 아주 천천히 내려갔다. 아직 눈이 남아 있어 미끄러웠다. 그 짧은 순간이 참 길기도 했다. 아래에서 기다리던 파상이 내 하네스에 연결된 로프를 풀고 이제부터는 로프만 잡고 가라고 했다. 까마득한 절벽이 아직도 한참 남았는데 제정신인가 싶었다. 게다가 눈길이었다. 파상은 종종 내가 클라이머가 아니라는 사실을 망각하는 듯했다.

로프 구간이 끝나고도 한참을 내려갔다. 파상은 발에 모터를 단 것처럼 순식간에 사라졌다. 자비 없는 길이 끝나고 나서야 점

심을 먹을 수 있었다. 그들은 차를 끓이고, 밥을 하고, 반찬을 만들었다. 각자의 역할이 정해진 것처럼 일사불란하게 움직였다. 나는 양지바른 곳에 앉아 그들을 기분 좋게 바라보았다. 이제 기술적인 난이도가 필요한 곳은 모두 끝났다. 그래도 아직 5천 미터급이 5개나 남았지만 걱정되지 않았다. 걸어서 갈 수 있는 곳이라면 어디라도 괜찮았다.

임자 콜라Imja Khola 오른쪽으로 거대한 임자초Imja Tsho 5,010m가 있었다. 주변 큰 산에서 계속 빙하가 녹을 텐데 허술해 보이는 둑이 불안했다. 길 하나를 사이에 두고 왼쪽에 있던 암푸랍차 초 Ampu Lapsta Tsho 4,985m는 비현실적인 눈동자처럼 파랬다.

점심을 먹고 3시간 만에 추쿵에 도착했다. 이제 마칼루 트레킹은 끝났다. 내일이면 겔젠과 체왕은 떠난다. 세어보니 겔젠과는 53일이나 됐다. 그동안 네팔 트레킹을 하면서 만나고 헤어진 스태프가 숱하게 많았다. 그중엔 70일 넘게 다닌 친구도 있었다. 하지만 나는 그 누구의 연락처도 묻지 않았다. 그게 길에서 만난 인연에 대한 예의라 생각했다. 아쉽더라도 마음을 전부 드러낼 수는 없는 일이니까. 저녁엔 그들에게 야크 스테이크와 맥주를 대접했다. 일종의 뒤풀이였다. 5명의 스태프와 같이 다녔지만 나는 혼자나 다름없었다. 걸을 땐 침묵하고, 야영지에선 대부분의 시간을 텐트에서 보냈다. 스태프들과는 밥 먹을 때 짧은 대화 정도만 했다. 기본적인 의사소통은 됐지만 말이 통하는 건 아니었다. 그렇다고 불만은 없었다. 이미 충분히 익숙해진 일이기도 했다. 그래도 가끔은 같이 밥을 먹고, 같이 맥주를 마시며, 수다를 떨 수 있는 사람이 있었으면 했다.

Chapter 5

가이드와의 갈등

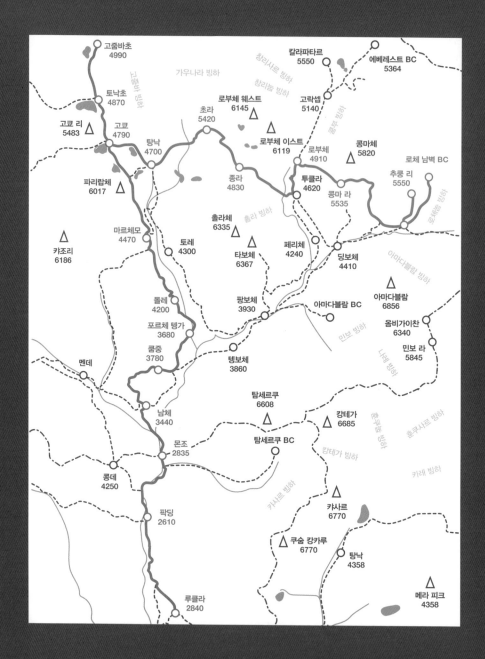

쿰부 지역은 에베레스트Everest 8,848m가 있는 곳으로 네팔 3대 트레킹 지역
중 하나다. 안나푸르나와 랑탕 지역처럼 로지 트레킹이 가능하며 코스도 다양
하다. 난도로 치면 쿰부 〉안나푸르나 〉랑탕 순이다. 쿰부 지역은 고도가 높은
만큼 고산병 위험이 큰 곳이다. 그러나 그만큼 뛰어난 풍광을 자랑하며 신들의
정원이라 불리기도 한다.

최근 들어 쿰부 '3패스 3리3Pass 3Ri'는 대중적이며 모험적인 트레킹 코스로
자리 잡고 있다. 3패스에는 콩마 라Kongma La 5,535m, 초 라Cho La 5,420m, 렌
조 라Renjo La 5,360m가 해당된다. 3리에서 '리'는 5〜6천 미터급의 봉우리를
부를 때 쓰인다. 3리에는 추쿵 리Chkhung Ri 5,550m, 칼라파타르Kala Patthar
5,550m, 고쿄 리Gokyo Ri 5,483m가 해당된다. 세 봉우리 모두 뛰어난 조망을 자
랑하며 특히 고쿄 리는 쿰부 최고의 전망대라고 할 수 있다.

쿰부 3패스 3리는 강인한 체력을 요구하는 곳이다. 이 트레킹을 할 수 있을 정
도의 체력이라면 네팔 어느 지역이라도 트레킹이 가능하다. 우리나라로 치면
백두대간을 종주할 수 있는 정도의 체력이라고 할 수 있다.

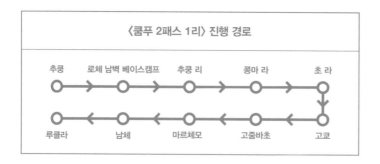

로체 남벽 베이스캠프, 추쿵 리

새벽 6시 반쯤 체왕의 목소리가 들려서 나가보니 짐을 꾸리고 있었다. 어젯밤 꾸려놓은 내 짐을 갖고 나왔다. 암벽 장비와 입지 않는 옷을 모두 보내기로 했다. 거기에 로프, 아이스바(설사면에 박는 확보물)까지 합치니 짐이 꽤 됐다. 체왕은 이걸 지고 앞으로 5일 동안 카트만두로 가야 했다. 언제나 각진 배낭을 메는 겔젠은 여기서 3일을 내려가 집에 간다고 했다. 겔젠의 집은 루클라Lukla에서 멀지 않았다.

그들이 떠나기 전, 봉투에 담은 팁을 전했다. 돈이란 참 좋다. 순식간에 사람을 웃게 하는 힘이 있었다. 겔젠은 "디디, 땡큐." 하며 그 큰 두 손으로 악수를 했다. 체왕도 활짝 핀 얼굴로 악수했다. 순간 나도 내려갈까, 잠깐 마음이 흔들렸다. 두 사람이 문밖으로 사라질 때까지 손을 흔들어주다가 방으로 돌아왔다. 만나고 헤어지는 일이 수도 없이 반복된다지만, 고생을 함께한 사람들이라 빈자리가 더 허전했다.

나는 아침을 먹자마자 1시간 동안 빨래를 했다. 이번 트레킹처럼 빨래를 못한 적이 없어서 간절한 일 중 하나였다. 바람 불고 뿌연 날이었지만 빨래는 잘 말랐다. 텐트와 침낭, 매트리스, 그밖에 말릴 수 있는 건 죄다 꺼내서 볕에 말렸다. 늙은 군인처럼 먼지를 뒤집어쓴 등산화에 왁스도 칠했다.

　남은 스태프와 나는 추쿵에서 총 4일을 보내야 했다. 이곳에서 휴식도 하고 로체 남벽 베이스캠프와 추쿵 리 일정이 있었다. 포터들에겐 긴 휴식인 셈이었다. 발과 다와는 당나귀 마른 똥이 가득한 곳에 텐트를 쳤다. 워낙 물가가 비싼 곳이라 방을 이용할 수 없었다. 그래도 그렇지 똥이 그대로 드러난 곳에서 밥을 하고 자는 건 너무했다.

　로지 메뉴판엔 수많은 메뉴가 있어도 서양식 밀가루 음식이 대부분이었다. 어떤 메뉴도 달밧만큼 좋은 음식은 없었다. 영양 면에서도 그랬다. 가끔은 다른 음식을 주문하기도 했지만 결국은 달밧을 선택했다. 파상은 추쿵에 도착하면서 코빼기도 보이지 않았다. 로지에 도착하면 가이드가 주문을 받고 챙겨주는데, 그는 전혀 신경 쓰지 않았다.

　로체 남벽 베이스캠프 가는 날 '그분'께서 찾아오셨다. 나는 생리가 시작되면 일단 첫날은 종일 몽롱하고 아랫배가 뒤틀리는 것 같다. 하루로는 휴식이 부족했는지 여전히 다리가 무거웠다. 몸 상태가 엉망이었지만 파상에겐 내색하지 않았다. 우리는 약속대로 8시에 로체 남벽 베이스캠프로 향했다. 간밤에 한숨도 못 잔 것처럼 정신이 혼미했다. 땀이 나는데도 추웠다. 손이 시리고 배도 아팠다. 날씨도 흐린 데다 바람까지 부니 마음이 약해졌다. 구름이 걷히면서 3대 미봉 중 하나라는 아마다블람이 모습을 드러냈지만 눈에 들어오지 않았다. 오로지 더 가야 할지 말아야 할지, 그것만 고민했다. 추쿵에서 갑자기 너무 잘 먹었는지 설사까지 했다. 아무 데나 자리 잡고 앉아 왜 이렇게 고생하면서 걸어야 하나 생각했다. 결론은 그럴 필요 없었다.

파상은 늘 하던 대로 혼자서 저 앞으로 내뺐다. 나는 그가 가든지 말든지 상관하지 않았다. 내가 한참 동안 보이지 않으면 파상도 기다리긴 했다. 하지만 나는 일부러 그의 눈을 피했다. 내가 힘들어하는 게 보였는지 파상이 배낭을 받아주겠다고 했다. 그가 내 배낭을 가지고 내빼버리면 더 낭패라 거절했다.

"와…"

고개를 쳐들자 눈앞에 거대한 산이 떡 버티고 있었다. 로체 Lhotse 8,514m였다. 파상은 로체까지 어떻게 올라가는지를 설명해줬다. 나는 고개만 끄덕이고 대꾸는 하지 않았다. 그러면서 등반하는 사람이 트레킹을 해서 그렇게 성의가 없었던 걸까 생각했다. 일부 전문 등반가가 일반 등산객을 낮춰 보는 것처럼, 그런 게 아닐까.

"파상, 베이스캠프까지 얼마나 남았어요?"

"1시간."

"여기서 보는 뷰와 거기서 보는 뷰는 어때요?"

"같아요."

뷰가 같다는 말에 몹시 흔들렸다. 여전히 나는 생리통으로 정

신을 차릴 수가 없었고, 고도시계를 보니 5천 100미터였다. 이만큼 왔으면 됐지 뭘. 그만 내려가기로 했다. 14좌 베이스캠프엔 욕심이 없기도 했다. 파상은 내가 내려가겠다고 하자 당황한 눈치였다. 더 높은 고개들을 넘어서 여기까지 온 여자가, 기껏 1시간을 더 못 가고 내려가겠다는 게 이상했나 보다.

"컨디션 데레이 람므로 처이나(컨디션 아주 나빠요)."

그제야 파상은 고개를 까딱하고 내려가기 시작했다. 분명 올라올 때 그 길이었지만 내게는 전혀 다른 길처럼 느껴졌다.

"디디, 저 배가 아파요."

발은 눈이 쑥 들어간 채 퀭해서 찾아왔다. 똥 밭에서 먹고 자더니 결국 탈이 났다. 어제부터 계속 설사를 했다는데 얼굴이 말이 아니었다. 나도 작년에 설사 때문에 엄청 고생한 기억이 있어서 이번엔 좋은 설사약을 챙겨왔다. 발에게 몇 알 챙겨주면서 설사가 멈추지 않으면 다시 오라고 했다. 물도 반드시 끓여 마시라고 했다. 다와는 살이 얼마나 빠졌는지 입던 청바지가 자루 같았다. 볼도 쑥 들어갔다. 내게 입술 물집이 생긴 것처럼 파상도 코 아래 물집이 생겼다. 여기까지 오는 동안 다들 힘들었던 것이다.

오랜만에 인터넷에 접속했더니 어떤 분이 내게 네팔 문화 체험을 권했다. 그분은 내가 네팔 동쪽부터 서쪽까지 걸으면서 산 속만 헤집고 다닌 줄 아는 모양이다. 나는 이왕이면 한 우물을 파고 싶다. 여러 차례 네팔을 들락거리면서도 관광은 거의 하지 않았다. 그만큼 트레킹에만 관심이 있었다. 나는 그동안 야영, 로지, 홈스테이를 하면서 트레킹을 이어갔다. 현지인의 집에서 먹고, 자고, 지역별로 만든 창과 똥바를 동쪽부터 서쪽까지 다 맛봤다. 쌀, 보리, 꼬도(기장), 옥수수에 심지어 버터나 달걀로 만든 창까지 마셔봤다. 서부 쪽을 걸으면서는 야차굼바(동충하초) 팀을 만나 그들이 직접 캔 걸 보고 만져봤다. 그들의 천막에서 차를 얻어 마시고, 같이 걸으며 도움을 받기도 했다. 깊은 문화 체험은 없어도 히말라야 횡단을 하면서 다양한 경험을 했다. 나는 그 정도가 적당하다고 생각한다. 조금 떨어져서 적당히 실망하고, 적당히 만족하는 정도가 좋다.

생리통은 이제 과거가 되었다. 하루가 지났을 뿐인데 다시 몸이 좋아졌다. 밤새 눈이 내려서 산등성이마다 밀가루를 톡톡 뿌려 놓은 듯했다. 기분 좋게 아침을 먹고 추쿵 리로 향했다. 상태가 좋으니 긴 오르막길도 한결 여유로웠다. 파상은 이번에도 후다닥 올라갔다. 겔젠이 돌아간 뒤로 그는 아무것도 챙기지 않았다. 추쿵에 있는 동안 한 번도 나를 찾아오지 않았다. 식사 주문역시 모두 발이 맡았다. 든 자리는 몰라도 난 자리는 안다는 말처럼 그동안은 겔젠이 챙겨줘서 불편한 줄 모르고 있었다. 솔직히 며칠 후에 넘어야 할 숨나 패스Sumna Pass 5,510m만 아니라면 당장 돌아가라고 하고 싶었다. 하지만 그가 길을 아는 유일한 사람이라서 어쩔 수 없었다.

2시간 30분 만에 추쿵 리에 도착했다. 많은 사람이 다녀가는지 돌탑도 타르초도 많았다. 여름이 시작되고 있어서 보이는 산마다 구름이 빼곡했다. 아쉬운 마음으로 기다리고 있는데 파상이 내려가려고 했다. 나는 구름이 걷힐 때까지 조금 더 있겠다고 했다. 그렇게 30분을 앉아 있었다. 간혹 파상이 조금씩 드러나는 산을 설명해주기도 했다. 그때마다 나는 짧게 답했다. 하늘은 끝내 구름을 거두지 않았지만, 나쁘지 않았다.

내려오는 데 40분이 걸렸다. 도착하자마자 벼르고 별렀던 샤워를 했다. 허름한 샤워실에는 2개의 양동이에 각각 더운물과 찬물이 담겨 있었다. 적당히 섞어서 머리부터 감았다. 떡진 머리가 무겁고 딱딱했다. 꽤 양이 많은 1회용 샴푸로도 거품이 나지 않았다. 그래도 얼마나 개운한지 모처럼 기분이 좋았다.

너는 좋은 가이드가 아니야

꽁마 라를 넘는 날이라 일찍 서둘렀다. 4년 전에는 눈 때문에 넘지 못했던 터라 이번에 꼭 가보고 싶었다. 포터들은 꽁마 라를 넘지 않고 곧바로 종라Dzongla 4,830m까지 가기로 했다. 파상은 여전히 따로 온 사람처럼 걸었다. 내가 영어를 좀 했다면 뭔가 대화가 오가긴 했을까. 이상하게도 그는 내가 본 첫인상처럼, 그렇게 되어가고 있었다.

꽁마 라가 힘든 곳이라 하더니 과연 그랬다. 금방 닿을 줄 알았는데 4시간이나 걸렸다. 위에서 보니 근처에 호수도 있었다. 파상 말로는 7개나 된다고 했다. 날씨가 좋다면 시간을 두고 머물고 싶은 곳이었지만 여름이라 아쉬웠다.

문득 그런 의문이 들었다. 왜 여기가 히말라야 횡단 트레킹 '하이루트'에 포함되지 않았을까? 쿰부 트레킹의 대표적인 고개 3개 중 왜 꽁마 라만 빠졌을까. 왜 넘을 수 있는 높은 고개를 두고 아래로 길을 이었을까. GHT를 최초로 걸었다는 사람이 가지 않아서일까? 네팔 서부 홈라 지역도 마찬가지다. 더 높은 길인 리미 밸리Limi Valley가 있는데 왜 낮은 곳인 마을로 길을 이었을까? 지역경제 활성화를 위해서? 아니면 여기 역시 선답자가 가지 않아서였을까? 그 사람이 갔던 길만이 하이루트가 되는 건가? 그가 갔던 길을 지도로 만들어 표준을 만든 건 좋다. 그러나 그게 반드시 정답은 아니라고 생각한다. 물론 네팔 지방 정부의 인증이 필요하다면 그들이 정해 놓은 길을 벗어나서는 안 된다. 자신이 걸은 길을 증명하고, 그걸 검증하는 과정도 필요할 것이다. 하지만 순수하게 네팔 히말라야 횡단이 목적이라면, 길은 얼마든지 창의적으로 다양하게 만들 수 있다. 누군가의 인증보다 스스로의 인정과 만족이 더 중요하다고 생각한다.

GHT는 지진 이후로 길이 바뀐 곳도 있고, 빙하 지역은 빙하

가 녹으면서 매년 길이 바뀌고 있다. 낮은 길인 컬처루트Cultural Route의 경우 새로 나온 지도에선 루트 자체가 없어졌다. 도로가 늘어나고 길이 자주 바뀌어서 넣을 수 없었던 거다. GHT는 고정된 길이 아닌 수시로 변하는 길이다. 만약 어떤 사람이 현재 하이루트보다 더 높고, 길고, 어려운 길로 네팔 히말라야 횡단을 했다고 치자. 과연 그 사람에게 "당신은, 지도에 그려진 루트를 따라가지 않았기 때문에 네팔 히말라야 횡단이 아닙니다."라고 할 수 있을까? 누군가 만들어 놓은 기준, 그 기준을 참고하되 고집할 필요는 없다. 길은 열려 있어야 하고, 그게 길이다.

로부체Lobuche 4,910m 가는 길은 험난했고 빙하를 건너야 해서 시간도 많이 걸렸다. 한마디로 '더러운' 길이었다. 그래서 사람들이 꽁마 라가 어렵다고 했던 모양이다. 비수기라 로부체 로지엔 손님이 없었다. 점심을 주문하는데 메뉴판을 보고 기절할 뻔했다. 비싸도 너무 비쌌다. 삶은 달걀 2개에 500루피(약 5천 원)나 했다. 달걀 6개면 일반 포터 하루 인건비였다. 게다가 대부분의 메뉴가 우리 돈으로 만 원쯤 했다. 아무리 이곳이 높은 곳이라해도, 네팔 물가를 생각했을 때 살인적인 가격이었다. 갑자기 밥맛이 뚝 떨어졌다. 그래서 그나마 가장 쌌던 달걀과 레몬티를 주문했는데, 파상에게는 푸짐한 볶음밥이 나왔다(가이드라 무료였다). 그걸 보고 있자니 기분이 썩 좋지는 않았다.

종라까지는 여전히 멀었고, 8시간에 걸쳐서 도착했다. 구름 때문에 아무것도 볼 수 없었고, 4년 전에 걸었는데도 전혀 기억나지 않았다. 종라에 도착하니 문을 연 로지가 하나라서 사람이 많았다. 이렇게 사람 많은 곳은 내키지 않지만, 난롯가에 앉아 이번에도 비싼 와이파이에 영혼을 팔았다. 메뉴판을 보니 여기도 무척 비쌌다.

초 라Cho La 5,420m 가는 길에선 뒤돌아볼 때마다 아마다블람이 아름답게 빛났다. 눈이 없는 초 라는 완전히 다른 장소처럼 느껴졌다. 건방지게도 이제는 5천 미터 정도 되는 고개에선 긴장감도 느껴지지 않았다. 파상은 어제보다 더 빠르게 사라졌다. 내가 잠깐이라도 걸음을 멈추면 금방 보이지 않았다. 가이드의 기본은 일단 트레커와 보조를 맞추는 것이다. 트레커가 잘 걷든, 그렇지 않든 그건 중요한 게 아니다. 그런데 파상은 내가 보이지 않을 때까지 쭉 가버렸다. 추쿵에 도착하면서 로체 남벽 베이스캠프, 추쿵 리, 꽁마 라, 초 라까지 계속 혼자 걷고 있었다. 가이드는 늘 보이지 않는 곳에 있었다. 겔젠도 나와 떨어져 걷긴 했지만, 그는 늘 보이는 곳에 있었다. 앞에 가거나 뒤에서 오거나 적당한 거리를 유지했다. 갈라지는 길, 헷갈리는 길, 위험한 길에선 내가 잘 오는지 확인한 다음 움직였다. 그런데 파상은 전혀 그런 게 없었다. 그저 멀찌감치 내가 보이면 그대로 내뺐다. 어차피 저 위에서 기다릴 거면서 왜 그리 혼자 앞서가는지 이해할 수 없었다.

"파상, 다른 팀 가이드는 손님과 같이 가는데 왜 혼자 가요?"

나는 화가 나서 씩씩대며 말했다. 그러자 그는 빨리 내려가서 달밧을 주문해야 한다고 했다. 그래야 포터들이 도착했을 때 바로 밥을 먹을 수 있단다. 손님보다 포터 밥이 더 중요하다고? 그래서 한마디 던졌다. 너는 좋은 가이드가 아니라고.

그렇다고 내가 느린 것도 아니었다. 로지에 있던 사람들은 모두 새벽에 출발했지만 우린 7시가 넘어서 출발했다. 그런데도 그들을 모두 추월했다. 나와 보조를 맞추며 가도 달밧을 주문할

종라와 아마다블람

시간을 충분히 확보할 수 있었다. 내가 화를 내자 파상은 멋쩍었는지, 멀쩡히 시계를 차고도 괜히 시간을 물었다. 나는 그가 그저 기본만 해주길 바랐다. 파상과 같이 걷길 원한 것도 아니었다. 길은 나도 알고 있었다. 이건 태도의 문제였다. 나는 입에 발린 말을 하거나, 환심을 사기 위한 어설픈 한국어에 감동받지 않았다. 나와 친해지기 위해 애쓸 필요도 없었다. 기본을 지키며 본인의 일을 잘하면 됐다. 내가 생각하는 기본은 가이드나 포터로서의 의무를 다하고 시간을 잘 지키는 것이다. 우리가 다그낙 Dragnag 4,700m에 도착하고 1시간 40분 뒤에 포터들이 도착했다. 그렇게 서두르지 않아도 됐다. 포터들을 기다리는 동안 파상은 '나쁜 가이드'라고 말한 건 내가 처음이라고 했다. 그러면서 원하지 않으면 다른 가이드를 쓰라는 얘기도 했다. 나는 아무 대꾸도 하지 않았다.

6천 미터급 고개를 넘는 약 4일 때문에 클라이밍 가이드를 고용했다. 그의 인건비는 지금껏 내가 지불해 본 적이 없는 가장 비싼 금액이었다. 그중에서도 굳이 파상을 고용한 건 순전히 숨나 패스 때문이었다. 그곳을 아는 사람이 그 사람뿐이었다. 내겐 선택의 여지가 없었다. 분명 그는 클라이밍 구간에서 제대로 실력을 발휘했고, 잘했고, 멋졌다. 하지만 일반 루트에선 트레킹 가이드보다 못했다. 전에 쭘세 사장이 이런 말을 한 적이 있었다. 유럽인을 상대하던 가이드는 한국인과 같이 다니기 힘들지만, 한국인을 상대하던 가이드는 어느 나라 사람과도 같이 다닐 수 있다고. 이제야 그 말이 무슨 뜻인지 알 것 같았다. 한국과 유럽의 문화 차이만큼이나 가이드도 다양했다. 고쿄에 도착했지만 역시나 파상은 코빼기도 보이지 않았다. 나중에 보니 옆방에서 카드 게임을 하고 있었다. 나는 그에 대한 기대를 모두 내려놓기로 했다. 알아서 주문하고 필요한 게 있으면 로지 사장에게 직접 말했다. 그리고 파상을 밖으로 불렀다.

"파상은 몰룬 포카리, 세르파니 콜, 암푸랍차 라 모두 잘했고, 멋졌어요. 그때 파상은 좋은 가이드였어요. 하지만 추쿵에서 휴식하고 고쿄까지 올 때는 좋은 가이드가 아니었어요. 너무 빨랐고, 음식을 주문하지도 않았어요. 나는 너무 실망했어요. 그래도 트레킹은 계속할 거예요. 파상, 발, 다와 모두 함께. 알겠어요?"

짧은 영어로 기껏 얘기했더니, 파상은 자기도 어제 천천히 걸었다고 말했다.

"내 생각에 파상은 빨랐어요."

그는 그제야 알았다고 했고, 나는 그에게 악수를 청했다.

고쿄는 내 마음을 사로잡았다. 침대 시트가 극세사라 따뜻하게 잘 잤고, 주문하는 음식마다 훌륭했다. 맛없는 곳에선 달밧만 주문했는데 여기선 매끼 다른 음식을 경험했다. 게다가 빵도 팔았다. 삼시 세끼 뭘 먹을지 고민하는 것만으로도 행복했다. 모처럼 날씨가 좋아서 기분도 덩달아 좋아졌다. 보통 쉴 때는

네팔 호수 중
아름다운 곳으로
손꼽는 고쿄 호수

어딜 돌아다니지 않지만 가만히 있기 아까웠다. 나는 혼자 산책에 나섰다. 고쿄 리 가는 길에서 보고 싶은 풍경만 보고 내려왔다. 4년 전 봄에 충분히 보았기에 미련은 없었다. 그러나 고쿄 호수Gokyo Tso 4,734m에는 미련이 많았다. 그땐 눈이 덮여서 전혀 볼 수 없었다. 짙푸른 물은 보기만 해도 심장이 철렁 내려앉을 정도로 깊어 보였다. 안내판을 보니 수심이 무려 43미터나 됐다. 내가 네팔에서 만난 호수 중 몇 손가락 안에 들 정도로 아름다운 곳이었다.

화가 난 수도승처럼

다음 날 출발 시간을 물었더니 어디까지 갈 거냐며 파상이 엉뚱한 말을 했다. 초오유 베이스캠프라고 하니까, 그럼 다시 고쿄에 올 거냐고 되물었다. 무슨 말이지? 추쿵에서 숨나 패스를 넘어 가는 일정에 대해, 파상에게 지도를 보여주며 2번이나 확인했다. 그가 포터 둘은 필요하다고 해서 일부러 한 명을 내려보내지 않았다. 직접 지도를 짚어가면서 일정도 확인했다. 본인도 그렇게 하겠다고 해놓고는 이제 와서 '롱 웨이'라서 어렵다니? 간혹 일부 스태프들이 말을 잘 바꾸는 건 알고 있었지만 어이가 없었다.

고교 주변엔 총 6개의 호수가 있다. 순서대로 1번 랑푼구초 Langpungu Tso, 2번 타보체초Taboche Tso, 3번 고쿄초Gokyo Tso, 4번 토낙초Thonak Tso, 5번 고줌바초Ngozumba Tso, 6번 갸줌바초 Gyazumba Tso다. 우리 계획은 6번 호수를 지나 초오유 베이스캠프Chooyu BC 5,220m에서 야영하는 것이었다.

고교에서 1시간 만에 네 번째 호수인 토낙초에 도착했다. 다섯 번째 호수인 고줌바초까지는 2시간이 걸렸다. 파상은 베이스캠프는 얼음이니까 여기서 야영하는 게 좋다고 했다. 원정팀도 그렇게 한다면서. 알았다고 했더니, 이번엔 베이스캠프까진 금방 다녀올 수 있을 거라고 했다. 무슨 말이지? 6번 호수에서 베이스캠프를 지나, 숨나 패스를 넘는 건데 왜 자꾸 딴소리를 하는 거지? 무슨 말이냐고 했더니 숨나 패스는 네 번째 호수에서 넘는 거란다. 으악! 방망이로 뒤통수를 맞은 듯했다. 지금까지 같이 지도를 보면서 일정에 대해 얘기한 건 뭔가 싶었다.

지도를 꺼냈다. 늘 보던 지도에는 여섯 번째 호수에서 초오유 베이스캠프를 넘어 숨나 패스를 넘게 되어 있었다. 그런데 새로 나온 네팔 지도에는 네 번째 호수에서 숨나 패스를 넘게 되어 있었다. 그제야 파상의 말이 이해됐다. 보통 고교에서는 당일로 초오유 베이스캠프까지 다녀온다. 그래서 고교로 돌아올 거냐고 물어봤던 거다. '진작 좀 얘기해주지. 4번 호수에서는 전혀 내색도 않다가 이제야 얘기해주면 어쩌라는 거니.' 진작 알았다면 굳

이 고교에서 쉬지 않고 바로 숨나 패스로 넘어갔을 텐데. 그래도 나는 아직 이해할 수 없는 게 있었다. 내가 처음 지도를 보여줬을 때, 그는 숨나 패스를 넘으면 빙하를 따라간다고 했다. 실제로 6번 호수에서 넘으면 꽤 오랫동안 빙하를 따라가야 했다. 그러나 4번 호수에서 이어진 길엔 빙하가 없었다. 도대체 두 지도 중에 뭐가 맞는 건지 모르겠다. 파상이 정말로 숨나 패스를 넘어 봤는지도 의심스러웠다.

도대체 길이
어디라는 거지?

　일단 마음을 가라앉히고 4번 호수로 내려갔다. 낮에 있었던 일은 황당했지만 기분 좋게 저녁 먹고 잊기로 했다. 그런데 일이 잘 안 풀리려니 계속 꼬였다. 잘 되던 석유버너가 고장이 났다. 급한 대로 내가 가지고 있던 버너로 밥을 했다. 저녁을 먹고 파상과 발이 버너를 구할 수 있을까 해서 고쿄까지 다녀왔지만 허사였다. 파상은 이대로는 숨나 패스를 넘지 못한다고 말했다. 야영은 딱 하루가 남았지만 그는 안 된다고만 했다. 그러고는 남체까지 1천 700미터를 내려가서 가스를 구하고, 타메에서 다시 2천 200미터를 올려 숨나 패스를 거꾸로 넘자고 했다. 이렇게 되면 일정이 5일 추가되고, 내 비행기 일정도 연장해야 했다. 게다가 고도가 무슨 장난이냐. 2천 200미터를 어떻게 또 올려.

나의 제안은 포터들은 가까운 길로 넘어가고, 나와 가이드 둘이 넘자는 거였다. 그럼 훨씬 빨리 넘을 수 있었다(포터들은 항상 우리보다 늦었다). 나에겐 둘이 먹을 수 있는 충분한 간식이 있었다. 부족하다면 고쿄에서 추가로 구입하면 된다. 그런데도 파상은 갈 수 없다고 했다. 이유를 물으니 빙하에서 길을 못 찾으면 시간이 오래 걸리기 때문이란다. 그런데 4번 호수에서 넘어가는 길엔 빙하가 없었다. 파상에게 따졌다. 나는 네가 숨나 패스를 안다고 해서 그 비싼 인건비를 주고 여기까지 데려왔다. 숨나 패스가 아니었으면 너는 추쿵에서 내려보냈을 거다. 포터 2명도 필요 없었다. 숨나 패스를 넘지 못하면 나는 너에게 한 푼의 팁도 줄 수 없다. 그랬더니 그건 피크 등반과 비슷한 곳이라서 팁을 줘야 한단다. 사실 숨나 패스까지 잘 넘으면 그에게 몇백 달

네 번째 호수,
토낙초

러의 팁을 줄 생각이었다. 일종의 성공보수인 셈이었다. 그래도 파상은 꿈쩍도 하지 않았다. 그래, 네가 넘을 수 없다는데, 어쩔 수 없지. 내려가자.

　나는 화가 난 수도승처럼 쉬지 않고 걸었다. 걸음이 멈춰지지 않았다. 하산하고 있었지만 입산하는 것처럼 많은 고개를 만났다. 어젯밤 내가 그렇게 화를 냈는데도 포터 하나는 아침부터 콧노래를 불렀다. 그에게는 손님의 기분은 상관없고 그저 하산이 좋았나 보다. 포터들을 추쿵에서 3일, 고쿄에서 하루를 또 쉬게 한 건 숨나 패스 때문이었다. 많이 쉬었으니 많이 걷자. 종일 가이드를 본 거라곤 딱 2번이었다. 한 번은 점심때였고, 다른 한 번은 툭라Thukla 4,620m에서였다. 나보다 걸음이 훨씬 빠른 파상이었지만 이젠 아예 나를 앞서지 않았다. 툭라에 도착했을

가이드와의 갈등
221

때는 해가 지고 있었다. 파상은 여기서 남체까지 가면 포터들은 7시 반에 도착할 거라고 했다. 40분을 기다렸지만 포터들은 오지 않았다. 먼저 가겠다고 하자 파상은 남체에 아는 호텔이 있는지 물었다. 없다고 하자 '힐텐Hill Ten'이라는 곳을 알려줬다. 될 대로 되라는 식으로 혼자서 갔다. 나도 이 길이 처음이었지만 파상은 따라오지 않았다. 그는 포터들을 기다려야 한다고 했다. 그들은 핸드폰도 있고, 네팔어도 되고, 이 지역 경험이 나보다 훨씬 많을 텐데도 파상은 포터들만 챙겼다.

남체에 도착하긴 했는데 저 많은 호텔 중에서 과연 힐텐을 찾을 수 있을까 싶었다. 핸드폰 배터리도 얼마 남지 않았다. 하지만 못 찾아도 상관없었다. 아무 호텔이나 들어가서 자다가 내일 아침 알아서 출발하면 되니까. 걷다가 말을 끌고 가는 남자에게 힐텐을 아냐고 물었다. 남자는 바로 저 아래 있다며 알려줬다. 그렇다. 파상은 내가 찾기 쉽게 하산 길 옆에 있는 호텔을 알려줬던 것이다. 몇 가지만 빼면 괜찮은 친구인데 나는 이미 마음을 닫았다.

가이드가 전화를 해놨는지 호텔에 도착하자 매니저가 내게 방 열쇠부터 내줬다. 방에 배낭을 놓고 식당으로 내려와서 인터넷부터 했다. 그 와중에 맥주와 생라면, 감자튀김을 주문해서 오랜만에 한잔했다. 비수기라 호텔엔 손님이 나 하나뿐이었다. 뒤늦게 도착한 파상은 미안하긴 했는지, 슬그머니 오더니 나를 들여

빽빽한 남체의
호텔들

다봤다. 나는 한번 쓱 쳐다보고 내 할 일을 했다. 몇 번 화를 냈더니 그는 안 보던 눈치를 보기 시작했다.

파상 말대로 포터들은 7시 반에 도착했다. 그중 한 명은 늦어서 미안하다고 했다. 매일 늦었으면서 새삼스럽게 뭘. 나는 이날 하루 동안 4만 6천 보를 걸었다. 하산 거리만 30킬로미터, 13시간 넘게 걸었다. 이틀 동안 루클라까지 52킬로미터를 하산했다. 비까지 내려서 진창길을 걸어야 했고, 포터들은 연달아 1시간 반이나 늦었다. 그들을 기다리느라 땀에 젖은 옷을 갈아입지도 못하고 떨었지만, 아무 말 하지 않았다. 그들도 나도 지칠 때가 되었다. 처음과 다르게 살이 쭉 빠진 포터들을 보면 마음이 안 좋기도 했다.

애초 계획은 이틀을 더 걸은 후 카트만두까지 버스로 이동하는 것이었다. 저지대로 내려오니 여름이 짙어졌고, 거머리를 생각하면 비행기가 나을 듯했다. 루클라에선 7일 동안 비행기가 뜨지 않아 대기자가 많았다. 외국인은 가능했지만 네팔 사람은 자리가 없었다. 가이드와 같이 갈 생각도 없었지만 여행사에서 내 자리만 예약했다. 외국인과 네팔 사람은 금액 차이가 워낙 커서 무조건 외국인 우선이었다. 숨나 패스를 넘지 못한 덕분에 간식이 많이 남았다. 비상약도 남아서 발과 다와에게 똑같이 나눠줬다. 그 안에 넉넉한 팁도 넣어뒀다. 파상 몫으로는 아무것도 준비하지 않았다. 한번 뱉은 말을 지켜야지.

루클라 첫 비행기가 7시라더니 무려 6시 45분에 출발했다. 카트만두에 도착한 건 7시 반쯤이었다. 네팔에서 원래 시간보다 빨리 이동하긴 처음이었다. 공항에 도착하자 쭘세 사장과 인드라가 기다리고 있었다. 파상 때문에 속상했지만 나는 화를 낼 수 없었다. 쭘세 사장이 일부러 더 신경을 써서 경험 많은 가이드를 보냈다는 걸 알고 있었다. 그런 사람이 만나자마자 죄송하다고 사과부터 하는데 내가 무슨 말을 할 수 있을까. 사람이든 여행사든 그 진가를 보려면 문제가 생겼을 때 어떻게 해결하는지 보면 된다. 나의 문제 해결은 서툴렀지만, 쭘세 사장은 사과부터 했다.

그리고 다시는 그 가이드를 쓰지 않을 거라고 했다. 몇백 달러쯤 됐을 가이드 팁을 주지 않은 것도 이해했고, 나의 말을 끝까지 공감하며 들어줬다. 그거면 됐다. 사과하고 잘 들어주는 것만으로도 나의 불만은 더 이어지지 않았다. 나는 약속대로 초과된 인건비와 부수적으로 들어간 비용을 정산했다. 어차피 그건 내 불만과는 상관없는, 정말 힘들게 일한 스태프들에게 지불해야 하는 비용이니까.

한국으로 돌아가기 전 이발소에 들러 머리를 깎았다. 이발사의 현란한 가위질에 더벅머리 총각 같던 머리가 안정을 찾았다. 네팔에 들어온 지 벌써 70일이 넘었다. 이 힘든 트레킹을 정말 다 완주할 수 있을까 의심하기도 했는데, 90퍼센트는 원하는 바를 이루었다. 이만하면 성공이라고 할 수 있다. 나는 비교적 가벼운 마음으로 네팔을 떠났다. 가을을 기약하면서, 그때는 또 어떤 곳을 가게 될지 궁금증을 간직하고.

Chapter 6

최후의 오지, 무스탕

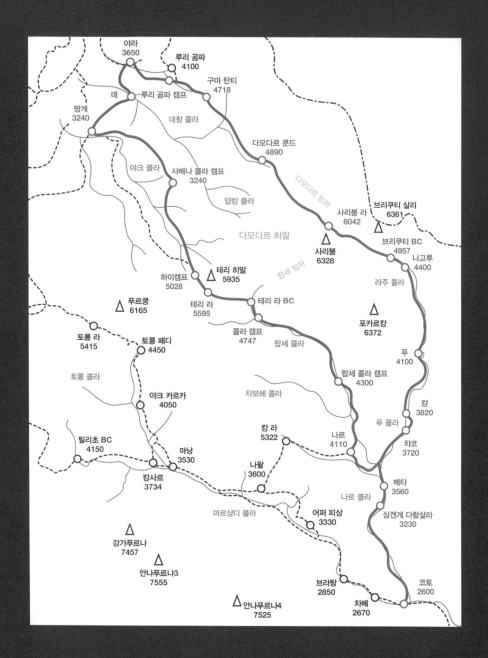

테리 라Teri La 5,595m는 안나푸르나 나르Naar 4,110m에서 시작한다. 반대로 무스탕Mustang에서 시작할 수도 있다. 나르에서 랍세 콜라Labse Khola를 따라가면 3일 만에 테리 라를 넘는다. 무스탕 땅게Tangge 3,240m까지는 4~5일 정도 야영이 필요하다. 트레커가 많이 다니지 않는 길이라 로지 등의 시설은 없다. 간혹 가축을 방목하기 위한 움막이나 야영의 흔적이 남아 있기는 하다. 길은 마을 주민들이 정비해서 뚜렷한 편이다. 그러나 눈이 올 경우 찾기 힘들 수도 있다.

사리붕 라Saribung La 6,042m 역시 안나푸르나 푸Phu 4,100m와 무스탕 양쪽에서 시작할 수 있다. 무스탕에서 시작하는 사리붕 라는 힌두의 신성한 호수인 다모다르 쿤드Damodar Kund 4,890m를 지난다. 해마다 8월 보름이면 큰 축제가 있어 힌두교도들과 불교도들이 이곳을 방문한다. 다모다르 쿤드에서 사리붕 라 가는 길엔 네팔에서 보기 어려운 특이한 빙하 지대를 지난다. 사리붕 라 자체는 특별한 장비 없이 걸어서 넘을 수 있다.

———————

평균 고도 3천 500미터의 무스탕은 티베트와 국경을 마주하고 있는 티베트인들의 작은 왕궁이라 할 수 있는 곳이다. 특이하게도 이곳은 네팔 영토이면서도 역사적, 문화적으로는 티베트의 일부로 간주된다. 무스탕은 쇄국정책을 펴던 네팔 왕국이 19세기 말 외국인의 출입을 전면 금지하면서 '금단의 왕국'으로 불렸다. 외국인의 출입금지가 풀린 건 1991년으로, 요즘은 많은 여행객이 방문하는 지역이 됐다.

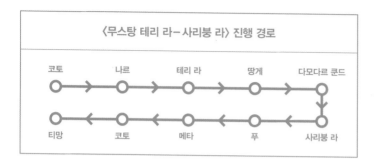

〈무스탕 테리 라 – 사리붕 라〉 진행 경로

코토 → 나르 → 테리 라 → 땅게 → 다모다르 쿤드
티망 ← 코토 ← 메타 ← 푸 ← 사리붕 라

다시 그 길을 걸으며

60일간의 파키스탄 빙하 트레킹에 다녀온 후 한 달 만에 다시 네팔을 찾았다. 오롯이 혼자였다. 이번에도 경비가 문제라서 인터넷으로 동행을 구해봤지만 허사였다. 내가 가고 싶은 곳은 사람들이 잘 모르는 오지에다, 힘들고 경비도 많이 드는 곳이라 더욱 그랬다. 하지만 혼자라도 가고 싶었다. 이미 한곳에 미친 사람에겐 방법이 따로 없었다.

"나마스테, 디디(안녕하세요, 디디)."

다시 만난 겔젠은 내게 먼저 악수를 청해왔다. 이번에 같이하는 스태프는 겔젠을 포함해서 모두 6명이었다. 그런데 안나푸르나 3패스에서 아버지와 같이 왔던 라즈를 빼곤 처음 보는 친구들이었다. 다와는 마칼루 지역에 같이 갔던 포터와 이름도 같고 사는 동네도 같았다. 고산족은 태어난 요일로 이름을 짓는 경우가 많아서 같은 이름이 흔했다. 데브와 비자이는 절친으로 라즈와는 친척 사이라고 했다.

트레킹 난도가 높아질수록 인건비도 올라가는데 테리 라와 사리봉 라가 그랬다. 트레킹 견적만 1만 달러가 나왔다. 내가 고민하자 쭘세 사장이 가이드는 빼도 될 것 같다고 했다. 이번에 가는 곳은 특별 허가 지역이라 반드시 가이드가 필요한 곳인데 의외였다. 대신 쭘세 사장은 퍼밋 검사 시마다 보여주라면서 편지한 통을 겔젠에게 주었다. 편지엔 우리가 가는 곳이 '하이패스'라 일반 가이드는 갈 수 없다는 점, 클라이밍 자격증이 있는 겔젠에 대해 여행사가 보증한다는 내용이었다.

출발하면서 가장 먼저 들은 소식은 우리가 갈 곳이 산사태로 길이 끊겼다는 것이었다. 코토Koto 3,560m는 하루에 갈 수 있는 곳이지만 그럴 수 없다는 의미였다. 우리는 일단 길이 이어진 안나푸르나 바훈단다Bahundanda 1,310m까지 갔다. 카트만두부터 9시간 만이었다. '호텔 슈퍼 뷰'라. 어디서 봤던 이름이다 했더니 《정유정의 히말라야 환상방황》에 나왔던 곳이었다. 가이드에게 방실방실 웃음을 흘리며 요들송 같은 수다를 쏟아냈던 생머리

언니가 있던 곳. 어떤 언니일까 궁금했는데 내가 갔을 때 그 생
머리 언니는 없었다.

"데레이 사노(아주 작네요)."

배정받은 방은 그야말로 침대 하나만 달랑 있는, 짐을 놓지도
못할 만큼 작았다. 카고백을 들고 온 다와조차 너무 작다며 고
개를 까딱했다. 성수기가 막 시작된 터라 로지엔 사람이 많았고,
이럴 땐 로지 주인이 무조건 갑이었다. 나는 종일 먼지를 뒤집어
쓴 터라 샤워실부터 향했다. 창고처럼 생긴 문을 열자마자 지린
내가 진동했다. 화장실 겸 샤워실은 물이 튄 곳마다 페인트가 벗
겨져서 부풀고 들떴다. 피부병을 앓고 있는 것처럼 벽 전체가 얼
룩덜룩했다. 샤워 꼭지에서는 물이 불안하게 흘렀고, 아무런 가
리개도 없는 창문은 그 불안을 가중시켰다.

식당은 골짜기 위에 위태롭게 자리 잡고 있었다. 큰비가 몇 번
내리면 건물이 통째로 떨어질 것 같았다. 나는 우아하게 맥주를
마시며, 이번 여정의 첫 일기를 써 내려갔다. 우리 계획은 이랬
다. 상게까지 걸어간 다음 거기서 다른 지프로 갈아탄다. 예상대
로 된다면 코토까지는 반나절이면 된다. 포터들의 짐은 30킬로
그램쯤, 쌀이 한 포대에 석유버너에 들어갈 기름도 큰 통으로 하
나였다. 이 중에서 일부는 코토에 보관해 두었다가 나문 라 갈
때 가져갈 예정이다. 현지에서는 뭐든 비싸기도 했고, 어차피 차
로 이동할 거라 쭘세 사장이 충분히 챙겨준 듯했다.

상게는 안나푸르나 3패스 시 탈출해서 내려온 곳이었다. 이곳에서 섭외한 지프 주인은 여기서 참제Chamje까지 1시간 반이라며 5천 루피를 요구했다. 우리는 6명이었고 짐도 많았기에 그러자 했다. 그런데 정작 참제까지는 30분밖에 걸리지 않았다. 겔젠을 통해 3천 루피만 줬다. 사실 이것도 비쌌다. 참제에서도 길이 끊겨 잠깐 걸었다. 맞은편에는 손님을 기다리는 지프가 줄지어 있었다. 막 출발하려는 지프는 코토까지 9천 루피를 불렀지만 8천 루피에 가기로 했다. 비싸다는 건 알고 있었지만 그렇다고 이 많은 짐을 가지고 거기까지 걸어갈 수도 없었다. 막 출발하려는데 근처에서 기다리고 있던 네팔 사람들이 당연하다는 듯 무임승차를 했다. 한 젊은 여자는 뒷자리까지 차지했다. 내가 빌린 지프인 만큼 나와 함께하는 스태프들이 편하게 갔으면 좋으련만, 그 친구들이 양보해준 터라 나도 아무 말 하지 않았다.

아슬아슬한 비포장도로를 달려 2시간 만에 코토에 도착했다. 스태프들은 당장 이번 트레킹에 필요하지 않은 것들을 덜어내고 새롭게 짐을 꾸렸다. 나도 짐을 정리해놓고 저녁으로 믹스 마카로니를 주문했다. 이곳에서 믹스는 채소, 달걀, 치즈, 참치 따위가 들어간 것을 뜻했다. 그런데 정작 내 접시엔 채소뿐이었다. 주인을 불러서 확인했더니 다시 만들어줬다. 그런데 이번에 나온 건 짜다 못해 썼다. 다시 주인을 불러 너무 짜서 먹지 못하겠다고 말했더니, 잠시 후 짜지 않은 새로운 마카로니가 나왔다.

네팔 트레킹이 잦아지자 나도 점점 뻔뻔함이 늘었다. 예전이라
면 불평만 하고 아무 말도 하지 못했을 텐데 이젠 적어도 말은
꺼내 볼 여유가 생겼다.

　메타 가는 길은 한창 공사 중이었다. 길을 넓히려는 모양인데
바위를 일일이 수작업으로 쪼개고 있었다. 저걸 어느 세월에 다
하려나. 계곡 맞은편에서도 바위를 깨서 길을 내고 있었다. 한
달쯤 후에 다시 이 길로 내려올 텐데 얼마나 진척되어 있을지 궁
금했다. 성수기를 맞이하면서 다람살라에도 로지 비슷한 게 생
겼다. 방이라고 할 수는 없었지만 넓은 마루가 있는 건물이라 하

룻밤 머물긴 나쁘지 않았다. 포터들을 기다리면서 잠시 고민했다. 메타까지는 오르막길만 1시간 반이고, 포터들 짐도 무겁고, 어차피 내일 갈 길도 짧았다. 나는 이곳에서 야영하기로 했다. 무엇보다 새로운 곳에서 야영하는 게 좋았다.

배낭이 무거워서 며칠 있다가 주려고 했던 선물을 미리 나눠줬다. 지난번 트레킹 때 발에게 가장 받고 싶은 선물이 뭐냐고 했더니 장갑이라고 했다. 그래서 나름 두툼한 장갑으로 준비했는데, 정작 발은 함께하지 못했다. 포터들은 뜻밖의 선물에 고마워했다. 그런데 유독 비자이만은 아무 말도 하지 않았다. 겔젠은 나와 동갑인 걸 알고 있었고, 라즈는 열아홉, 나머지 3명은 스물네 살이라고 했다. 어쩌면 그들의 어머니는 나와 비슷한 또래일지도 모르는데, 내가 '디디(누나)'라고 불려도 되는지 괜히 미안했다. 라즈가 내 나이도 물어서 솔직하게 얘기해줬더니 서른다섯으로 보인다며 기분 좋은 거짓말을 했다. 이왕이면 서른이라고 했으면 더 좋았을 텐데.

여행을 다니면서, 없을 수 있는 일은 없다는 걸 알게 됐다. 그 말은 곧 모든 인간은 모든 가능성이 있다는 말과 같았다. 누구도 어떤 일을 저지를지 알 수 없었다. 사람들은 종종 내가 상상할 수 있는 범위를 넘어섰다. 내가 알던 그 사람이 맞는지, 어떻게 그런 일이 가능한지. 마찬가지로 나 역시 내가 상상하는 범위를 넘어설 때가 있었다. '내가 이럴 수도 있구나, 나도 이런 사람이

구나.' 그때 알았다. 사람은 그 상황이 되어 봐야 자기가 어떤 사람인지 알게 된다는 것을. 내가 겪어보지 못한 일을 겪은 사람에게 함부로 말할 수 있을까. 자신도 그 상황이 되면 같은 행동을할지도 모르는데, 어쩌면 그보다 더할 수도 있을 텐데.

세상일은 돌고 돈다. 언젠가는 입장이 바뀔 날이 온다. 나의 해외 트레킹 경력은 기껏해야 5년인데, 그사이 다양한 입장이 되어봤다. 누군가 애써 준비한 여행에 숟가락만 얹어 보기도 했고, 내가 모든 것을 준비하는 입장이 되어 보기도 했다. 그리고 두입장은 너무도 달랐다. 숟가락을 얹은 입장에선 처음에는 정말고마워한다. 하지만 여행이 길어질수록 고마움은 불만으로 바뀐다. 여행을 준비하는 입장에선 나의 수고를 무료로 베푼다고 생각한다. 일종의 봉사인 셈이다. 그런데 숟가락만 얹은 사람들이이것저것 요구하기 시작하면 슬슬 짜증이 치민다. 차 한 잔 사준적도 없으면서 의무를 강요하는 걸 보면 어이가 없다. 웃긴 건그렇게 다 겪어보고도 언제나 내 입장만을 생각하게 된다는 거다. 인간은 이기적인 존재가 맞았다.

체테 곰파Chhete Gompa에서 점심을 기다리는 동안 티베트 불교음악을 틀었다. 곰파는 우리나라로 치면 절과 같은 곳이다. 나는 불교 신자가 아니지만 히말라야 트레킹에선 '옴마니밧메훔'이나 '만타라' 같은 걸 들었다. 이 음악들은 예전에 같이 다니던포터가 보내줬다. 젊은 친구들도 핸드폰에 옴마니밧메훔 정도는

체테 곰파

가지고 있는 걸 보면 종교라기보다 생활에 가까운 것 같았다. 점심을 먹으려고 일어서는데, 할머니 한 분이 음악을 끄지 말아 달라며 손짓을 했다. 이 산중에 울려 퍼지는 만타라가 묘하게 감동을 주기는 했다. 나는 할머니 옆에 핸드폰을 가만히 두고 밥을 먹으러 갔다. 달밧은 무려 700루피나 했다. 지금껏 어느 집도 이렇게 비싸게 받지 않았지만 라마(승려)가 직접 해주는 거라 그 값이라 생각했다. 이 절은 숙식이 가능했고, 나름 현대적인 시설을 갖추고 있었다.

출발하기 전 라마에게 밥값 외에 1천 루피를 더 드렸다. 밥을 할 때는 내내 굳어 있던 라마의 표정이 활짝 피었다. 그는 내게 합장을 해주며 고맙다는 인사를 했다. 나는 큰 부자가 될 자신은 없지만 이런 오지 트레킹을 돈 걱정 없이 다녔으면 하는 소망은 있다. 직장 다니면서 모아 놓은 재산으로 여행을 하고 있지만, 미래에 대한 불안이 없는 건 아니다. 그럼에도 이렇게 돈을 쓰는 게 가치 있다고 생각한다. 나중에 돈 떨어지면 6개월은 일하고 6개월은 여행을 다닐 생각인데, 그사이 뭔가 방법이 생길 거라고 믿는다.

나르 가는 길은 극심한 오르막길이었다. 지난번에 이어 두 번째였지만 더는 오고 싶지 않았다. 사람들은 어쩌자고 저 꼭대기에 마을을 만들었는지, 이웃 마을에 가는 것도 반나절에서 하루가 꼬박 걸렸다. 사람들은 이곳을 오지라고 생각하지만, 이젠 여기도 안나푸르나의 다른 지역들과 다를 바 없었다. 마을에 들어서면 전통 가옥보다 화려한 색깔의 로지들이 가장 먼저 눈에 띄었다. 자체 발전으로 전기가 들어와서 물을 끓일 때 전기 포트를 이용했고 가스레인지도 있었다. 사람이 몰리는 곳에 문명의 이기가 함께하는 건 당연했다. 저녁엔 로지 주인에게 앞으로 갈 길에 대해 물었다. 그의 기억은 분명하지 않았지만, 일정을 확인하는 데 도움이 됐다. 걱정하는 것만큼 길이 나쁘지는 않은 듯했다.

거친 물살에서 중심 잡기

침낭 펴기 귀찮아서 담요 두 장만 덮고 잤다가 밤새 떨었다. 저녁에 널어놓은 빨래는 나무판자처럼 딱딱하게 얼었다. 이제 4천 미터 조금 넘었는데 벌써 이러면 어쩌지. 봄이 그랬던 것처럼 가을도 내 생각보다 추웠다. 올봄부터 고산 트레킹을 했으니 5개월째다. 그런데도 4천 미터가 넘는 곳에선 밤새 깨어 있는 느낌이 들곤 했다. 분명 잠을 잔 것 같지 않은데도 시간은 잘 갔다. 아침에 피곤할 것 같지만 막상 그렇지도 않았다. 꿈 역시 마찬가지였다. 뭔가 희한하고 기분 나쁜 꿈을 꾼 것 같은데 생각나지 않는 경우가 많았다. 고산에선 흔한 증상이긴 하지만 올 때마다 매번 새로 적응해야 했다.

시작하자마자 주르륵 떨어지더니 끝도 없이 올라갔다. 지도엔 계곡 쪽에 바짝 붙어서 길이 있었지만 우리는 한참 위까지 올라갔다. 그사이 길이 정비되면서 새로운 길로 바뀐 듯했다. 풀을 뜯다가 우리를 발견한 야크들은 괜히 겁을 먹고 도망갔다. 점심을 먹어야 하는데 가도 가도 물이 없었다. 중간에 만난 할아버지가 알려준 곳에도 물이 없었다. 집 한 채를 만난 건 한참을 더 가서였다. 집은 굳게 잠겨 있었지만 집이 있다는 건 근처에 물이 있다는 뜻이었다. 가장 먼저 도착한 다와가 짐을 내려놓고 물을 찾으러 다녔다. 겔젠은 주변을 살피더니 금방 물을 찾아냈다. 젊

은 포터들이 아무리 날고 기어도 겔젠의 경험 앞에선 기를 펴지 못했다. 그러고 보니 포터들 모두 겔젠의 자식뻘이었다. 그런데도 그는 잔소리를 한다든지, 권위적인 모습을 보인 적이 없었다. 자신을 그저 팀원의 하나 정도로만 생각하는 듯했다.

징그럽게 올라갔다가 다시 징그럽게 내려갔다. 뭐 이런 길이 있나 싶었다. 하루 동안 올려놓은 고도를 순식간에 다 까먹었다. 적당한 야영지가 없어서 계속 걷다 보니 계곡 아래까지 내려왔다. 이쪽은 길을 아는 사람이 없어서 야영지가 어딘지도 몰랐다. 우리는 일단 계곡 옆에 텐트를 치기로 했다. 내가 산기슭에 텐트

끝도 없이 구불구불
이어지는 길

를 치려고 하자 겔젠은 위를 가리켰다. 언제라도 부서질 준비를
한 암벽을 보니 그가 하려는 말이 이해가 됐다. 계곡 가까이는
바람이 심했지만 겔젠이 팩을 꼼꼼하게 박아줬다. 그는 텐트를
치고 나면 물 한 통과 버너, 코펠을 내 텐트로 가져다줬다. 그럼
나는 그걸로 차나 라면을 끓였다.

5시 반도 안 됐는데 저녁이 준비됐다. 어두워지면 행동에 제
약이 따르기 때문에 어쩔 수 없었다. 그릇이 모자라서 내가 먼
저 먹고 나서야 그들이 먹었다. 지난번과 같은 시스템이었다. 그
들은 돌아가면서 밥과 설거지 당번을 정했다. 어쩐지 매번 밥맛
이 바뀐다 했다. 이렇게 일찍 밥을 먹고 나면 할 일이 없었다. 일
기를 쓰고 음악을 들어도 1시간이면 족했다. 그러다 보니 저녁
7시면 잠들었고 하루에 10~11시간이나 자게 됐다. 한국에서 집
에 혼자 있을 때는 밤과 낮이 바뀌어서 점심때쯤 일어나는 일이
많았다. 아침에 일어나려면 마음을 굳게 먹어야 했고, 점심 약속
도 부담스러웠다. 그런데 트레킹을 할 때는 새벽 5시에 저절로
눈이 떠졌다. 충분히 자고 일어나면 몸도 가볍고 개운했다. 나는
히말라야를 걸을 때 더 건강해졌다. 몇 달씩 연이어 걸어도 이곳
에 있으면 마음이 편안했다.

저녁에 누룽지를 코펠에 담가 놓으면 아침에 포터들이 끓여줬
다. 내가 누룽지를 먹는 동안 겔젠은 내 텐트를 걷고, 포터들은
짐을 꾸렸다. 다와는 내 텐트가 걷히면 내 카고백과 함께 묶어서

지고 다녔다. 거의 실질적인 대장 역할을 하는 포터 데브는 압력 솥과 쌀 같은 걸 짊어맸다. 비자이는 각종 채소와 부식을 맡았다. 막내인 라즈는 석유 한 통과 키친 텐트를 담당했다. 석유는 걷는 내내 찰랑거리고 냄새도 심했다. 키친 텐트는 가장 마지막에 정리되는 거라 라즈는 매번 꼴찌가 됐다.

우리가 걷는 길 대부분이 새로 낸 길이었다. 계곡 쪽에선 다리 공사가 한창이었다. 계곡 양쪽에 텐트를 쳐놓고 상주하면서 만드는 듯했다. 다리를 만드는 이들은 대부분 마을 사람들로, 오로지 돌과 나무로만 만들었다. 옛날 방식 그대로였다. 다리를 만들 정도면 그만큼 테리 라를 넘어 다니는 일이 많은 것 같

다리를 만드는
사람들

았다. 아니면 방목 때문인지도 몰랐다. 다리가 완공되었다면 좋았겠지만 아쉽게도 아직 연결되지 않았다. 그들은 우리에게 계곡의 위쪽을 가리켰다. 그쪽으로 건너야 한다는 뜻이었다. 그들이 알려준 곳으로 가보니 확실히 물살이 덜 셌다. 그렇다고 약한 건 아니었다. 겔젠이 등산화를 벗어서 나도 벗었다. 그사이 라즈는 벌써 계곡을 지나고 있었다. 괜찮은지 확인하는 중이었다. 맨발을 물에 넣는 순간 전기라도 오른 것처럼 찌릿했다. 너무 차서 발이 찢어지는 것처럼 아팠다. 몇 발자국만 가도 비명이 터졌다. 물살은 어찌나 센지 중심 잡기가 힘들었다. 갑자기 겔젠이 업히라는 시늉을 했다. 옆에 있던 라즈도 얼른 업히라며 거들었다. 뭐, 나를 업겠다고? 업혀본 적이 언제인지 기억도 나지 않았다. 내가 기어코 사양하자 양쪽에서 겔젠과 라즈가 팔짱을 꼈다. 충분히 혼자 갈 수 있었지만 못 이기는 척 그들의 도움을 받았다. 갑자기 노인이 된 기분이 들었지만, 계곡이 너무 짧아서 아쉽기도 했다.

라즈는 그 차가운 물을 몇 번이나 왔다 갔다 했다. 다른 포터가 건널 때는 옆에서 잡아주기도 했다. 잠깐만 있어도 다리가 떨어져 나갈 것 같은 곳에서 용케도 버텼다. 그런데 이 친구가 마지막으로 자기 짐을 가지고 오다가 계곡에 빠지고 말았다. 단화나 다름없는 신발이 미끄러웠던 것이다. 물에서 나온 라즈는 덜덜 떨었다. 그의 짐은 다 젖었고 안에 있던 옷도 마찬가지였다. 그나마 덜 젖은 옷으로 갈아입었지만, 순식간에 입술이 파래졌다. 그 와중에 모자까지 잃어버렸다. 나는 예비용으로 가지고 다니던 고소 모자(방한모)를 그에게 건넸다. 바람막이와 장갑도 내줬다.

다와는 여기까지 오는 동안 만나는 사람마다 길을 물었다. 짐만 지고 있지 않았다면 영락없는 가이드였다. 이곳이 처음인데도 길을 아는 사람처럼 걸었다. 야영지도 자기가 정했다. 이번 야영지는 내일 출발하는 곳과 가까운 곳에 자리 잡았다. 똑똑한 친구다. 겔젠은 텐트를 쳐놓고 내일 가야 할 길을 살피러 갔다. 저 까마득한 오르막을 참 쉽게도 올라갔다.

간밤에 눈이 내려 밀가루를 뿌려 놓은 것처럼 하얬다. 산짐승
들이 다닌 흔적은 달팽이가 기어간 것처럼 구불구불했다. 눈은
그쳤지만 구름은 그대로였다. 시작부터 희뿌연 안개 속을 걸었
다. 어제 겔젠이 확인한 곳까지 올라섰더니 평평한 초지가 나타
났다. 우린 눈이 덮인 희미한 길을 따라 걸었다. 스태프들은 안
개 속에서도 작은 돌탑을 잘 찾아냈다. 베이스캠프로 추정되는
야영지도 만났다. 여기서부터는 철 성분 때문인지 시뻘건 물이
흘렀다. 겔젠은 그 계곡을 따라 더 안으로 들어갔다. 사람 다닌

밀가루를 뿌려 놓은
것 같은 눈길

흔적이 없어서 길이 맞나 싶다가도 드문드문 만나는 돌탑이 길을 확인해 주었다. 계곡이 끝날 때까지 올라갔다. 내내 좁던 계곡이 이번엔 드넓은 초지로 바뀌었다. 이제 고도는 5천 미터를 넘었다. 발이 빠른 다와는 벌써 정상 근처까지 가 있었다.

나는 네팔 트레킹을 하면서 좋은 사람들보다 그렇지 않은 사람들을 먼저 겪었다. 작년에는 별일을 다 겪으면서 왜 이렇게 운이 없을까 생각했다. 지금 생각해보면 그게 좋은 약이 되었다. 더 힘들고 더 긴 히말라야를 걷기 위한 훈련이 되었다. 다행히 올해는 모두 좋은 사람들을 만났다. 가끔 그런 생각을 한다. 내가 히말라야 횡단을 시작하기 전에 쭘세 사장을 먼저 알았다면 어땠을까. 아마 완전히 다른 트레킹이 되었을 거다.

아무리 좋은 책을 많이 읽어도 직접 경험하지 않으면 내 것이 되지 않는다. 깨우치고 알아가려면 깨지고 아플 시간이 있어야 한다. 마음의 상처가 아물려면 원망스러운 마음이 곪다가 터지는 과정이 필요하다. 딱지가 지고 새살이 돋아날 때까지 시간이 드는 것처럼, 미련이 남지 않을 때까지 되새김질하는 과정을 겪어야 한다. 과정을 생략한 채 얻을 수 있는 건 없다.

테리 라 정상에 도착한 건 무려 4시간 만이었다. 그곳의 자그마한 돌탑 위에서는 타르초가 펄럭이고, 아래로는 삭막한 풍경이 펼쳐졌다. 이미 이런 풍경에 익숙해진 내 눈은, 예전처럼 쉽게 감동하지 않았다. 일정한 시점이 되면 모든 게 반복되었다.

테리 라 정상 가는
길에 만난 초승달
호수

테라 라 정상에서

무덤덤하게 주변을 바라보며 의무라도 되는 것처럼 단체 사진을 찍었다. 올라갈 땐 4시간이 걸려도 내려갈 땐 순식간이었다. 올라갈 때보다 3배나 빠르게 내려갔다. 위에서 별 볼 일 없다고 생각했던 풍경도 무스탕 지역으로 넘어가자 슬슬 진가를 드러냈다. 다른 행성인 것 같은 풍경이 펼쳐지기 시작했다. 오로지 황량하고 척박함만이 존재하는 곳, 그게 이곳의 매력이었다.

멀고 긴 길을 지나며

"굿모닝. 디디, 틱처(괜찮아요)?"

겔젠이 모닝티를 가져다주면서 안부부터 물었다. 간밤엔 텐트가 통째로 들썩거려서 자다 말고 나가서 돌로 눌러놔야 했다. 보통은 저녁에 바람이 불고 아침엔 멈추는데 이번엔 출발할 때까지도 멈추지 않았다.

어제 그렇게 많이 내려왔는데, 오늘은 올라가는 길부터 시작됐다. 한 사람만 간신히 다닐 정도로 좁은 길에 왼쪽은 낭떠러지였다. 이 낭떠러지조차도 이제는 흔한 일이 되었다. 히말라야의 많은 곳을 다녔지만, 길은 매번 내가 상상하는 것 이상이었다. 이토록 큰 산 사이에 인간이 지날 수 있는 길이 가느다란 실처럼 연결되어 있단 사실이 놀랍다고 해야 할까. 이런 길이 곳곳

에 있을 거라고 생각하면 거긴 어떤 곳인지 궁금하다. 평생 그런 길만 찾아다녀도 재미있을 것 같은데, 내 다리가 버텨줬으면 좋겠다. 기껏 올라왔더니 다시 내려가기 시작했다. 길은 살짝 얼어서 올라올 때보다 더 긴장됐다. 조심히 내려서는데 여전히 왼쪽은 뻥 뚫린 낭떠러지였다. 이런 길을 포터들은 슬리퍼만 신고 내려갔다. 나는 최대한 천천히 내려갔고, 그때마다 겔젠이 기다려줬다.

겔젠은 그동안 길에서 얼마나 많은 시간을 보냈을까. 그리고 앞으로 얼마나 많은 시간을 길에서 보내게 될까. 10대부터 일했어도 20년은 족히 넘었을 텐데, 그에게 길은 무엇일까. 그동안 얼마나 많은 트레커를 만나고, 얼마나 지독한 악천후를 견뎠을까. 내가 네팔어를 배우게 되면, 그들의 이야기를 가장 먼저 들어보고 싶다.

야크 콜라 캠프Yak Khola Camp까지 2시간이 걸렸다. 이곳엔 최근에 누군가 머문 흔적이 있었다. 한쪽 귀퉁이에선 신라면 봉지도 뒹굴었다. 그렇다고 꼭 한국인이 다녀간 것 같지는 않았다. 신라면은 네팔 사람들이나 외국인들 사이에서도 제법 인기가 있었다. 야영지 주변을 둘러보니 물도 깨끗하고 아늑했다. 이렇게 금방 오는 곳인 줄 알았으면 어제 하이캠프에서 머물지 않았을 거다. 사실 우리에겐 쓸 만한 정보가 별로 없었다. 현지인들의 몇 마디와 축척이 1:10만이나 되는 지도 한 장뿐이었다. 이러다 보니 제대로 결정하지 못하고 곤란한 상황에 빠지기도 했다. 계곡을 그대로 따라 내려갔으면 좋으련만 길은 다시 산으로 향했다. 오른쪽 위로는 무스탕 특유의 흙산이 내려다보고 있었다. 흙산은 바삭바삭한 쿠키를 갈아서 만든 것처럼 부실해 보였다. 장맛비 같은 큰비가 한 번 쏟아지면 그대로 녹아내릴 것 같았다. 실제로 이곳은 산사태로 여러 군데 길이 끊겨 있었다. 산사태 자국마다 걸쭉한 토사물이 흘러내린 것처럼 흙더미가 덮여 있었다. 범위가 넓다 보니 길이 상당 부분 없어지기도 했다. 흙더미가 흘러내린 자리엔 계곡과 함께 사람 키만 한 장벽도 생겼다. 벽을 타고 올라가면 힘없는 흙이 와르르 무너졌다.

너덜과 사태 지역을 통과하는 데만 3시간이 걸렸다. 지도에는 이곳에 계곡도 있고, 초원도 있는 것처럼 나오지만 돌과 흙뿐이었다. 이미 점심때를 지난 뒤였지만 물을 찾을 수 없었다. 아까

산사태로 깊이 파인
곳을 지나며

야크 콜라 캠프에서 점심을 먹었어야 했는데 아무도 그 사실을 몰랐다. 포터들은 아침도 제대로 먹지 않았다. 그들은 가끔 아침밥 대신 블랙티 정도만 마시고 움직이는데, 그날이 오늘이었다. 나 역시 배고픔이 극심해서 위를 쿡쿡 찌르는 것 같았다. 포터들이 배고프다고 하는데 마땅히 줄 게 없는 나도 안타까웠다. 비상용으로 가지고 다니던 에너지젤을 만지작거리며 고민했다. 이걸 줘야 하나 말아야 하나. 앞으로 갈 길이 먼데 아껴야 하지 않을까. 큰맘 먹고 비싼 에너지젤을 준비해왔는데 꺼내기 아깝기도 했다. 여행경비로는 몇천만 원씩 겁 없이 쓰면서도 이상하게 적은 돈이 더 아까웠다. 이내 마음을 고쳐먹었다. 얼마 안 되는 이익을 갖겠다고 배고프다는 사람들을 그냥 둘 수는 없었다. 그들에게 가지고 있던 에너지젤과 사탕을 모두 주고 나는 사탕 하나만 물었다.

조금만 가면 될 줄 알았더니 또 한참을 걸었다. 우리가 다시 고개 위에 섰을 때 다크룽 콜라Dhakrung Khola의 시커먼 물이 보였다. 여름이면 방목을 했을 넓은 초지도 보였다. 곧추선 길을 내려갈 때마다 미끄러졌다. 하지만 겔젠이나 포터들은 지팡이 하나 없이도 잘 갔다. 나는 양쪽에 스틱을 잡고 가장 좋은 등산화를 신고도 그들을 따라잡지 못했다. 내가 얼마나 이곳을 헤매고 다녀야 그들만큼 다닐 수 있을까.

"빠니 데레이 람므로 처이나(물이 많이 안 좋아요)."

짐을 내려놓자마자 계곡부터 다녀온 라즈는 빈손으로 돌아왔다. 그들 중 가장 터프한 데브는 작은 콜라병에 물을 담아왔다. 개흙을 잔뜩 풀어 놓은 것처럼 시커먼 물이었다. 그는 뭐라고 중얼거리더니 눈을 꼭 감고 코를 막았다. 그러더니 물을 벌컥벌컥 들이켰다. 이미 배고픔은 절정에 달했고, 물 한 방울도 없이 6시간을 왔으니 가릴 처지가 아니었다. 나는 그들에게 내 미니 정수기를 내줬다. 포터들은 땡큐를 연발하며 시커먼 물을 정수해서 각자 한 병씩 챙겼다. 물만 괜찮다면 이곳에서 야영해도 좋을 텐

다크룽 콜라로
내려서며

데 포터들은 더 가자고 했다. 다시 까마득한 고개를 올라가야 했지만, 선택의 여지가 없었다. 나는 다와를 불러서 카고백을 풀었다. 그러고는 정말 중요할 때 먹으려고 했던 다이제스티브 쿠키와 에너지젤을 꺼냈다. 충분하지는 않겠지만 허기를 면할 정도는 되었다.

1시간 20분 만에 사메나 콜라Samena Khola에 도착했다. 이번에도 먼저 간 다와가 야영지를 찾았다. 희한하게도 이 삭막한 곳에 그곳만 초지가 있었다. 양쪽 실계곡에서는 물이 졸졸졸 흘렀다. 주변엔 소금기가 하얗게 맺혔지만 물은 짜지 않았다. 오후 3시가 넘어서야 스태프들은 늦은 점심을 준비하고 나는 국수를 끓였다. 한 줌밖에 안 되는 양이라서 국물도 남김없이 먹었다. 이제 배고파서 쓰러질 것만 같던 고통은 지난 일이 되었다. 걷다 보면 많은 것이 자주 과거가 되었다.

트레킹이 길어지고 오지로 향할수록 마음은 점점 단순해졌다. 과거를 원망하고 미래를 두려워했었는데, 이제는 무모한 현재의 자신감만 커졌다. 사실 나의 소원은 이번 생의 40대를 오롯이 한량 백수로 지내는 것이다. 막걸리 한잔할 수 있는 여유, 같이 어울려 놀 수 있는 친구 한두 명만 있으면 된다. 하지만 혼자여도 괜찮다. 가난한 여행을 하고 가난한 밥을 먹어도 나의 마음은 가난해지지 않았으면 좋겠다. 그렇다고 현실을 부정하지는 않는다. 나는 직장생활을 시작할 때부터 노후 준비를 했고, 아직도 진행형이다. 아무 준비도 없이 지금의 자유를 얻지 않았다. 통장 잔고를 무시할 만큼 현실에 무감각하지 않으며, 나의 자유가 가족이나 친구에게 폐가 되는 것을 원치 않는다.

아침에 출발하면서 지도를 좀 더 주의 깊게 봤어야 했다. 이곳은 야크와 염소를 방목하는 곳이라 가축들이 만들어낸 발자국이 어지럽게 찍혀 있었다. 우리의 발길은 자연스럽게 푸라노 코그Purano Kog라는 폐허가 된 마을로 향했다. 위태로운 절벽 아래 아직 몇몇 집은 형태가 남아 있었다. 이런 마을을 지날 때면 자연스럽게 물부터 찾았다. 역시나 마을 옆엔 계곡이 있었고, 하얀 소금기가 군데군데 있었다. 손가락으로 찍어서 맛을 보았더니 텁텁한 짠맛이 입안에 퍼졌다. 까마득하게 먼 옛날, 이곳은 얼마나 깊은 바다였을까.

여기 어디쯤에서 올라가야 하는데, 길은 자꾸 아래로만 향했다. 지도를 보면서 겔젠에게 위에 길이 있을 것 같다고 했지만 결론은 '길 없음'이었다. 이상하다. 우린 올라가야 하는데, 길이 바뀐 걸까. 그때 다와가 계곡 쪽을 가리키며 길이 있다고 알려왔다. 모두 그쪽으로 향했다. 이런 곳에서는 뚜렷한 길이 '대세'라는 나름의 기준이 있었다. 그래서 의심하지 않고 다와를 따라갔다.

길은 계곡 아래까지 내려갔다가 올라가게 되어 있었다. 그런데 뭔가 이상했다. 가축들이 다닌 흔적은 뚜렷했으나 사람이 다니는 길은 아닌 것 같았다. 지금까지 봤던 것 중에 가장 가파른 길이었지만 포터들은 의심 없이 내려갔다. 데브는 아래에 짐을 내려놓자마자 다시 올라와서 내 배낭을 받아갔다. 스틱으로 콕콕 찍어가며 간신히 내려갔더니 이번엔 올라가는 게 문제였다. 한 사람이 지나가기도 비좁았다. 염소들이나 지날 수 있는 길이었다. 짐이 큰 포터들은 더 조심해야 했다. 그사이 힘 좋은 데브는 벌써 위까지 짐을 놓고 내려왔다. 나는 그의 뒤를 조심조심 따라갔다. 얼마쯤 가자 비자이가 내려와서 손을 잡아주려고 했다. 하지만 나는 이미 위험 구간을 모두 빠져나온 뒤라 그의 손

뒤돌아서 바라본
다크룽 콜라

이 필요하지 않았다. 그는 민망한 듯 손을 거두고 자기 짐이 있는 곳으로 갔다. 비자이는 처음부터 나와 눈도 마주치지 않았다. 뭘 줘도 고맙다는 말을 하지 않았고, 밥 먹을 때도 애써 나를 피했다. 그래서 저 친구가 나를 싫어하나보다 했다. 그런데 지금 보니 수줍음 많고 소심한 아이였다. 그런 친구들에게는 먼저 다가가서 친해져야 하는데, 그러기엔 나도 변변치 않아서 미안했다.

좁은 곳을 무사히 빠져나온 건 좋은데 뭔가 찝찝했다. 하지만 아래로 향하는 길이 워낙 뚜렷해서 따라갈 수밖에 없었다. 길은 넓은 초지를 따라 지루하게 내려갔다. 그럴수록 우리는 점점 지도상의 길과 멀어졌다.

"디디, 바토 처이나(누나, 길이 없어요)."

1시간도 넘게 내려왔는데 결국 우려하던 일이 벌어졌다. 포터들은 짐을 내려놓고 주변을 샅샅이 뒤지기 시작했다. 그러나 이곳에서 통하는 길은 없었다. 한참을 지도를 들여다보다가 그들에게 3가지 방법을 제시했다. 하나는 처음으로 돌아가는 것, 다른 하나는 계곡을 건너 더 먼 길을 돌아가는 것, 마지막은 여기서 그대로 치고 올라가는 것. 데브와 라즈는 바로 치고 오르는 길을 살피더니 오케이 하며 고개를 옆으로 까딱했다. 우리로 치면 거절의 뜻이지만 이곳 사람들은 그게 예스였다. 포터들의 특징 또 하나, 절대 돌아가는 길을 선택하지 않았다. 늘 '다이렉트'

를 택했다. 곧장 치고 오르는 곳은 거짓말 좀 보태서 탁상용 달력만큼의 경사도였다. 그렇다고 길이 있는 것도 아니었다. 위에 뭐가 있는지도 몰랐다.

그런 면에서 우리는 좀 겁이 없었다. 고생할 걸 뻔히 알면서도 일단 갔다. 출발하자마자 겔젠은 우아하게, 숨소리 하나 없이 순식간에 올라가 버렸다. 나는 스틱 2개를 사용하고도 서 있는 자리에서 코가 땅에 닿을 정도로 자꾸만 미끄러졌다. 두어 발자국만 떼도 숨이 찼다. 도대체 이런 경사가 어디까지 있는 걸까. 슬슬 배도 고파오는데. 놀라운 점은 이런 곳에도 누군가의 발자국이 있다는 사실이다. 아마 우리처럼 '대세'를 따르다가 잘못 온 팀 같았다. 그나마 그게 위안이 되어서 올라가는데 겔젠이 내 배낭을 받으러 왔다. 헉헉대는 상황이라 배낭을 넘기지 않을 수 없었다. 뒤에 있던 다와는 어느새 우리를 추월해서 선두에 섰다. 저리 깡마른 몸으로, 참 대단한 녀석이다.

꾸역꾸역 올라가서 도착한 곳은 어느 능선이었다. 거기만 도착하면 길이 나타날 줄 알았는데 아직도 산 하나를 더 넘어야 했다. 신경질이 났다. 겔젠과 다와는 계속 앞서갔다. 무엇보다 먼저 길을 찾아야 했다. 저 아래 야크들은 우리를 무심하게 쳐다봤다. 뒤에서 비자이가 징징대며 올라왔다. 그 아인 내가 있을 때는 말이 없다가, 자기들끼리는 말을 많이 했다. 노래도 자주 부르고, 힘들게 올라가는 곳에선 '옴마니밧메훔'을 외기도 했다.

"야크가 있으면 근처에 사람도 있어요."

예전에 같이 다니던 가이드가 해준 말이 생각났다. 실컷 올라갔다가 내려가는데 정말 저쪽에 천막이 보였다. 사람이 있는 곳엔 물도 있는 법. 물이 콸콸 쏟아지는 계곡을 지나서 천막에 도착한 건 출발하고 5시간 만이었다. 지도상 길은 여기보다 더 위에 있었지만, 이것만으로도 다행이었다. 천막 주인이 물을 그냥 내줬다. 이걸 떠 오려면 계곡까지 다녀와야 하는데 얼마나 고마운지 몰랐다. 겔젠은 천막 주인에게 사과 2개도 얻어왔다. 사과에 밥까지 배불리 먹고 나니 길을 찾지 못해 헤맸던 일은 금세 또 과거가 되었다.

땅게Tangge 3,240m까지는 3시간이면 간다고 해서 바로 일어났다. 의외로 스태프들은 야영하는 걸 그다지 좋아하지 않았다. 나보다 더 마을에 가고 싶어 했다. 이제 내려가는 일만 남았다고 생각하니 마음이 가벼웠다. 빨리 갈 마음에 쉬지도 않고 3시간을 내리 걸었더니 다리가 저렸다. 1시간에 5분만 쉬어도 힘든 길이 아닌데 스스로 힘든 길을 만들어 버렸다. 결국 제일 앞서가던 나는 맨 뒤에서 느릿하게 갈 수밖에 없었다.

땅게 마을로 향하는
포터들

해가 지면서 땅게 마을이 나타났다. 저녁 빛을 받은 마을이 신
비하게 빛났다. 1천 년 전의 마을을 만난 것처럼 생경함을 넘어
다른 세상에 접속하고 있는 것 같았다. 나는 유럽의 예쁜 마을보
다 무스탕에서 만난 흙집이 더 아름다웠다. 잘 가꾸어진 건 하루
이틀만 보면 금방 지루해졌다. 반면에 투박하고 소박한 건 오래
되어도 지루하지 않았다. 땅게 마을 위로는 오래된 사원의 흙기
둥 같은 절벽이 있었다. 오랫동안 바닷속에 감춰져 있던 지구의
속살을 보는 듯했다. 어디에도 입구가 없는데 절벽 가운데 뻥 뚫

린 동굴들도 신비함을 더했다. 실제로 무스탕 사람들은 먼 옛날부터 그 동굴에서 살았다. 지금처럼 집을 짓고 산 지는 얼마 되지 않았다. 그런 땅게에는 로지가 2개뿐이었는데, 하나는 방이 없었고 하나는 주인이 없었다.

내가 네팔에 처음 와서 걸은 곳이 무스탕이었다. 그때 땅게에서 머물던 로지에 이번에도 가게 된 걸 보면 다시 올 수밖에 없는 인연이었나 보다. 로지 건물은 4년 전 그대로였지만 화장실과 샤워실이 새로 생겼다. 샤워는 꿈도 꾸지 않았는데 희망이 생겼다. 양동이 샤워라도 열흘 만에 하는 샤워는 매일 하는 것보다 값졌다. 기분이 좋아서 저녁엔 맥주를 시켰다. 뚜껑을 따는 순간 그윽하게 올라오는 향에 입안에 침이 고였다. 감자튀김도 주문했다. 행복했다. 옆에 있던 데브는 노트를 꺼내서 뭔가를 적기 시작했다. 처음엔 그 친구가 돈을 관리해서 장부를 정리하는 줄 알았다. 그런데 가만 보니 한글이 적혀 있었다. 노트 좀 보자고 했더니 부끄러운 듯 내줬다. 세상에, 데브는 한국어를 배우는 중이었다! 노트에 적힌 글자를 제법 읽을 줄도 알았다. 어디서 베꼈는지 틀린 글자가 많아서 일일이 고쳐줬다. 새로운 글자도 몇 개 적어줬다. 한국어를 공부하는 친구들을 보면 괜히 도와주고 싶다. 사실 나는 같이 다니는 스태프 5명과 의사소통이 될 만한 언어가 없었다. 나는 네팔어를 몰랐고, 그들은 한국어를 몰랐다. 그리고 우리 모두 영어가 서툴렀다. 그런데도 신기하게 잘 먹고

잘 걸으면서 왔다. 이런 걸 보면 언어가 꼭 중요한 것만은 아니라는 생각이 든다.

마을 여자가 창을 가져오더니 한잔 가득히 따라줬다. 무슨 이유인지도 모르고 덥석 받았다. 여자는 내게 노트를 내밀더니 무슨 말인가를 했다. 눈치를 보니 마을을 위해 기부를 해달라는 거였다. 그러면 그렇지, 괜히 창을 줄 리가 없지. 5달러를 주면서 남은 창은 놓고 가라고 했더니, 내가 맥주 마시는 동안 냉큼 가져가 버렸다. 맛있었는데.

삶은 달걀로 아침 식사를 하고 곧바로 빨래터로 향했다. 조금만 늦으면 포터들에게 밀리기 때문에 일부러 서둘렀다. 하지만 동네 공용식수인 곳이라 빨래가 호락호락하지 않았다. 먼 길 떠나기 전에 물 마시러 오는 말에게 양보하고, 아침 물을 받으러 오는 아주머니들께 양보하다 보니 한없이 밀렸다. 그중 한 아주머니는 내 빨랫비누를 빌려서 세수를 했다. 외국인이 가져온 비누라 좋아 보였나 보다.

마을은 한창 추수 시기라서 바빴다. 우리 포터들도 주인집을 도와주러 멀리까지 나갔다. 잠시 후 돌아온 그들은 메밀같이 생긴 작물을 잔뜩 지고 나타났다. 놀랍게도 여기 사람들은 여자나 남자나 똑같이 짐을 지고 걸었다. 말 세 마리는 마당 한 가운데 박혀 있는 말뚝을 중심으로 빙빙 돌았다. 그 아래는 마른 작물이 놓여 있었고, 말들이 지나갈 때마다 털어졌다. 말을 이용한 타작 방법이었다. 무스탕은 사과가 유명한 곳인데 땅게 마을에도 사과밭이 있었다. 빨갛게 잘 익은 사과를 보자 침이 고였다. 주인 여자에게 사과 좀 살 수 있는지 물었더니, 마을이 바빠서 저녁에나 된다고 했다. 저녁때가 되자 한 여자가 사과를 한가득 가져왔다. 킬로그램당 100루피라서 3킬로그램 사서 포터들과 나눠먹었다.

신성한 호수, 다모다르 쿤드에 가다

대부분 테리 라를 넘으면 무스탕으로 내려가지만, 나는 여기서 사리붕 라를 잇기로 했다. 모험적인 코스를 만들고 싶었다. 마을을 벗어나는 길은 상당히 가파른 자갈길이었다. 원래는 마을 뒤에서 완만하게 올라가야 하지만 우리는 지름길을 선호했다. 지름길은 올라가는 만큼 자갈을 타고 미끄러졌다. 포터들은 늘 그렇듯 슬리퍼만 신고도 잘 올라갔다. 고도가 높아질수록 겔젠의 야크 소리도 잦아들었다. 그때마다 나는 불편한 느낌이 들어 침을 꿀꺽 삼켰다. 길은 마을에서 보던 긴 흙벽 사이로 이어졌다. 두 번째 오는 곳인데도 마냥 신기했다. 타임머신이 생긴다면 나는 먼 과거 히말라야의 모습을 보고 싶다. 두 대륙이 부딪혀서 솟아나기 전의 모습을 보고 싶다.

이미 걸었던 길이라도 반대 방향에서 걸으면 완전히 새로운 곳이 되었다. 4년 전에 왔을 때 그 길이 아니었다. 곰보빵 같은 둥근 산은 기억나는데 이렇게나 멀었나, 이렇게 많이 올라갔던가. 고개에 올라서자 데Dhey가 보였다. 많은 트레커가 지나갔지만, 데에서 머무는 외국인은 나와 백인 노부부뿐이었다. 나는 어둡고 낡은 방에 짐을 풀었고, 노부부는 텐트를 쳤다. 나이가 많은 분들이라 하루 일정을 짧게 끊는 듯했다. 나도 나이가 들면, 그때도 기력이 있으면, 마음 맞는 사람과 천천히 다녀보고 싶다. 4년 사이 데 주변엔 강을 따라서 많은 사과나무가 생겼다. 이곳은 사과나무가 자라기엔 너무 척박해 보였지만, 10년 후에 왔을 땐 잘 자란 모습을 봤으면 좋겠다.

점심을 먹고 볕을 쬐고 있는데, 고양이 한 마리가 천연덕스럽게 내 무릎 위로 올라왔다. 나는 녀석이 어떻게 하나 보려고 방으로 데려갔다. 아끼던 육포를 나눠줬더니 겁도 없이 받아먹었다. 침낭 안으로 데리고 들어가자 처음 보는 내 품에 안겨서 그대로 곯아떨어졌다. 30분을 잤는데도 녀석은 깨어날 생각을 하지 않았다. 돌려보내는 게 좋을 것 같아 일부러 깨웠더니, 졸린 눈으로 왜 그러냐는 표정으로 바라봤다. 그러더니 볼일 끝났다는 듯 열린 창문으로 훌쩍 나갔다. 뒤도 안 돌아보고 갈 줄 알았더니 그래도 한번은 쳐다봐줬다. 역시 고양이는 남의 눈치 안 보고 자기 하고 싶은 대로 한다. 그게 매력이라서 어이없으면서도

좋다. 저녁 먹으러 부엌에 갔더니 못 보던 외국인 2명이 더 있었다. 네팔 할아버지 품에는 아까 그 녀석이 있었다. 나는 밥을 다 먹고 할아버지께 얘기해서 녀석을 내 품으로 옮겼다. 녀석은 낮에 실컷 자고도 얼마나 잘 자는지, 오랫동안 안고 있었다.

야라Yara 3,650m까지 3시간이라더니 정말 그랬다. 예전에도 이런 길이었는지 생전 처음 온 것 같았다. 오토바이 한 대가 앵앵거리며 지나갔다. 4년이 지나는 동안 이곳에도 찻길이 뚫렸다. 요새 네팔은 전국에서 길 공사를 한다고 해도 과언이 아니다. 그렇게 뚫어 놓은 길은 2~3년 묵혔다가 다시 정비해서 차를 다니게 한다고 들었다. 무스탕은 한때 은둔의 왕국이라 불리는 곳이었지만, 이제는 차로 돌아볼 날도 멀지 않아 보였다.

야라는 막 단풍이 들기 시작했다. 내가 무스탕에 처음 왔을 때 마을마다 노랗게 물든 단풍에 반했다. 그래서 사람들이 무스탕에 가겠다고 하면 꼭 가을을 추천한다. 흔히들 무스탕은 '비 그늘Rain Shadow(산으로 구름이 가로막혀 강수량이 적은 지역)' 지역이라서 여름에 가도 된다고 하지만 나는 반대다. 비가 덜 올 뿐, 우기의 영향을 받아서 구름 낀 날이 많기 때문이다. 무스탕 같이 척박하고 황량한 곳은 하늘이 파랗고 해가 쨍할 때 가장 멋있다. 구름이 끼면 그 매력을 절반도 보지 못한다.

데브와 라즈는 사리붕 라를 넘은 적이 있어서 길을 잘 알았다. 특히 데브는 리더십이 있는 친구라 척척 안내했다. 우리는 푸융 콜라Puyung Khola 위에서 야영했다. 지도상 루리 곰파Luri Gompa 야영지였다. 곰파를 보려면 더 위로 올라가야 하지만 전에 왔던 곳이라 가진 않았다. 티베트 문화권을 다니다 보면 이런 곰파는 수도 없이 만난다. 계곡은 야영지에서 약간 멀었지만 수정처럼 맑았다. 보통은 흙이 씻겨가면서 흙탕물이 되기 마련인데 너무 맑아서 이상했다.

5시간 가까이 오르막길이 이어졌다. 고도를 1천 미터나 올렸다. 가을이 깊어가고 있어서 마른풀밖에 없었지만 곳곳에서 염소가 보였다. 저 녀석들은 얼마나 재주가 좋은지 험하고 높은 곳도 자유자재로 다녔다. 쉬는 동안 포터들을 기다리는데 겔젠이 누군가와 한참이나 통화했다. 그는 전화를 끊더니 친구가 타시 랍차 라에서 죽었다며 바보같이 웃었다. 하지만 나는 같이 웃어줄 수 없었다. 타시랍차 라는 작년에 내가 넘었던 고개 중 하나였다. 그때는 눈이 워낙 많아서 낙석에 대해선 생각해보지 않았다. 하지만 눈이 녹는 가을엔 낙석 때문에 사망사고가 종종 있었다. 네팔에 들어올 때마다 매년 사고 소식이 들렸고, 죽은 사람들은 대부분 셰르파였다. 바보같이 웃던 겔젠은 걷는 동안 '옴마니밧메훔'을 중얼거렸다. 20년 넘게 히말라야에 다니면서 숱한 죽음을 보고 들었을 텐데, 그의 마음이 어떨지 나는 짐작조차 되

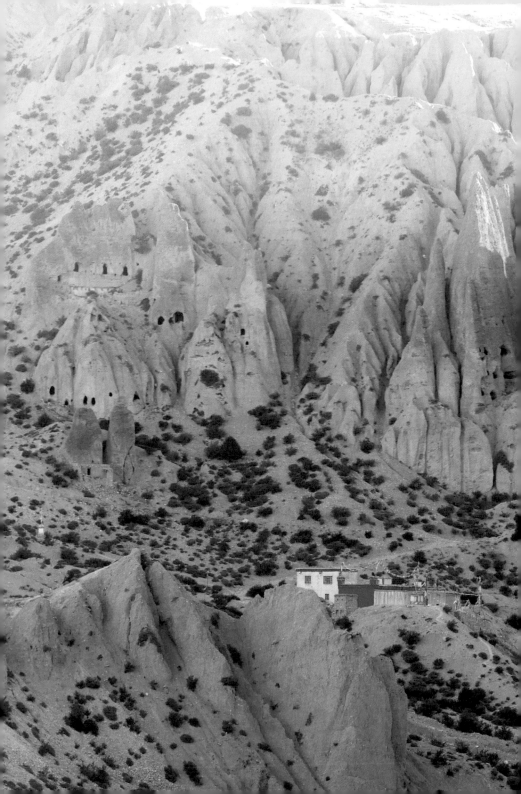

루리 곰파

지 않았다.

셰르파Sherpa는 티베트 동쪽에서 넘어온 사람들로, '동쪽 사람'
이라는 뜻이다. 직업이면서 종족의 이름이고 성씨이기도 하다.
이들은 주로 에베레스트가 있는 쿰부 지방에 모여 산다. 셰르파
는 세상에 존재하는 직업 중에서도 가장 위험한 직업에 속한다.
그들은 대개 원정팀에서 로프를 설치하고, 등반 안내자 역할을
한다. 아마 이들이 없었다면 8천 미터가 넘는 고봉을 밟은 사람
은 극소수에 불과했을 거다. 그만큼 고산 등반에서 없어서는 안
될, 중요한 존재들이다.

4천 미터쯤에서 구마 탄티Ghuma Thanti 4,718m까지 내려서는
길은 아찔했다. 한 번씩 미끄러질 때마다 먼지가 감쌌다. 야영
지엔 몇십 명이 들어갈 정도의 건물과 작은 건물 몇 채가 있었
다. 신성한 호수인 다모다르 쿤드 가는 길이라 여름이면 많은 사
람이 몰린다고 한다. 스태프들은 건물 안에 짐을 풀고 나는 언
덕 위에 텐트를 쳤다. 텐트를 칠 때는 꼭 화장실을 염두에 두었
다. 정해진 화장실이 있는 게 아니라서 스태프들과 너무 가까워
서도 안 됐다. 스태프들은 밥 먹으라고 부를 때 빼고는 내 텐트
근처에는 얼씬도 하지 않았다. 나 역시 그들의 텐트 주변엔 가지
않았다. 서로 안심하고 볼일을 보기 위한 방편이었다.

트레킹 내내 들었던 노자 강의가 끝났다. 해야 할 일을 하며
살았던 시기를 끝내고 지금은 하고 싶은 일을 하면서 살고 있다.

선택에 있어 남이 아닌 내가 우선이 된다. 기쁘고, 슬프고, 힘든 일 역시 있는 그대로 보려고 한다. 실수하거나 실패해도 자책하지 않으려고 한다. 나는 욕을 먹더라도 내가 하고 싶은 걸 하면서, 내키는 대로 살고 싶다. 어차피 뭘 하든, 누구한테라도 욕을 먹게 되어 있다. 관심에 굶주린 사람처럼 모두에게 좋은 사람이고 싶지 않다. 나다움을 지키면서, 적당히 욕도 먹어가면서 그렇게 살고 싶다.

다모다르 쿤드까지는 5천 미터가 넘는 고개를 2개나 지나야 했다. 그중 하나가 오늘이다. 계곡부터 시작된 고개는 올라갈수록 시원하게 트였다. 뒤로는 티베트 고원이, 오른쪽으로는 다울라기리Dhaulagiri 산군이 모습을 드러냈다. 황량한 무스탕과 그 위로 솟은 하얀 다울라기리의 조화가 신비로웠다. 밋밋한 소 잔등 같은 곳에 도착하자 이곳이 고개임을 알려주는 작은 돌탑이 보였다. 지도엔 이름이 없었지만 나는 주변 능선 이름을 따서 큐무파니 패스Kyumupani Pass 5,297m로 이름 붙였다. 4~5시간은 가야 한다고 해서 더 올라가는 줄 알았더니, 바차 콜라Bacha Khola까지 3시간 만에 도착했다. 지도를 보면 이쪽 길은 봄에 눈이 많으면 길이 끊길 수도 있다고 되어 있다. 실제로 내려가는 길을 보니 눈이 올 때 어떨지 짐작이 갔다.

"우깔로 꺼띠 건따(오르막 몇 시간 걸려요)?"

"메이비 띤 건따(아마도 3시간)."

지도를 보니 5천 400미터가 넘는 고개를 넘어야 했다. 시작부터 오르막길이 지독했다. 어제 내려오면서 봤던 것보다 더 했다. 지그재그로 올라가는데 돌 한 무더기가 와르르 쏟아졌다. 순간 정적이 흘렀다. 다들 긴장하며 위만 쳐다봤다. 다행히 우리가 있는 곳까지 쏟아지진 않았다. 나는 시린 손을 주무르고 있는데 데브는 맨발에 슬리퍼만 신고 올라갔다. 펄펄 끓는 젊음이 부러웠다.

신성한 호수인 다모다르 쿤드Damodar Kund 4,890m, 티베트와 가까운 이 지역이 개방된 건 2002년부터다. 이곳은 무스탕에서도 외진 곳이라 다른 순례지에 비해 찾는 이가 덜하다. 힌두교에서 유명한 다모다르 쿤드는 8월 음력 보름이면 큰 축제가 있다. 이때는 힌두교도들은 물론 불교도들까지 찾아온다. 불교 신자인 스태프들은 짐을 내려놓자마자 호수를 보러 갔다. 그들에게는 신성한 호수에 왔다는 것만으로도 의미가 있어 보였다. 호수 주변은 유독 바람이 심했다. 바람이 불 때마다 가축들의 마른 똥 부스러기가 텐트 안으로 날렸다. 단단히 팩을 박았지만 누군가 위에서 잡아당기는 것처럼 텐트가 들썩거렸다. 꽤 신경질적인 바람이었다. 여기서 하루 쉬기로 했는데 내키지 않았다. 스태프들도 마찬가지였는지 겔젠이 내일 출발하는 게 어떠냐고 물었다. 그동안 반나절씩만 걸었기 때문에 그러자 했다.

점심을 먹고 본격적으로 다모다르 쿤드 탐사에 나섰다. 이곳엔 호수가 3개 있는데 사람들이 귀하게 여기는 곳은 첫 번째 호수 같았다. 이 호수 양옆으로 한쪽은 티베트 불교를 상징하는 초르텐이 있었고, 맞은편엔 힌두교의 상징인 탑이 있었다. 진녹색 눈동자처럼 보이는 호수 중앙은 보기에도 아주 깊어 보였다. 마치 누군가의 눈을 마주하는 기분이었다. 이 근처 어디에도 물 나올 곳이 없는데, 늘 이렇게 물이 고여 있다면 땅속 깊은 곳에서 솟아나는 듯했다. 여기서 흘러내린 물은 다음 호수로 이어져서 계곡까지 내려갔다. 주변에는 하얀 소금기가 눈곱처럼 잔뜩 끼었는데도 물은 짜지 않았다. 여기서 조금 떨어져 있는 호수는 물

병 모양으로 셋 중 가장 컸다. 설산이 가득한 곳에선 빙하가 녹아서 호수를 만든다지만, 이곳은 척박함뿐이었다. 그런데도 주변에 이런 호수가 몇 개나 되는 걸 보면 신비스러웠다.

2002년에서야
개방된 신비한 호수,
다모다르 쿤드

사리붕 라 가는 길

간밤엔 몹시 추웠다. 우모 바지에 핫팩까지 썼는데도 새벽엔 으슬으슬 떨렸다. 온도를 확인했더니 영하 10도였다. 텐트 안은 바깥과 온도에 큰 차이가 없었다.

이곳 지형은 마른 흙을 쌓아 놓은 것처럼 퍼석했다. 비나 눈이 자주 내리면 지형이 남아나질 않을 듯했다. 무스탕은 구름이 히말라야산맥을 넘지 못하는 비 그늘 지역인데도 사태로 무너진 곳이 제법 있었다. 우리가 지나는 곳은 엄청난 진흙더미가 밀고 내려와서 길을 쓸어 버렸다. 흙더미는 그대로 계곡까지 내려가서 물길을 막아 버렸고 지금은 그 자리에 호수가 생겼다.

오지를 걸을 땐 문정희 시인의 「한계령을 위한 연가」 같은 장면을 상상하기도 한다. 히말라야 트레킹을 하다가, 조난을 당하는 상상. 누군가와 산을 넘다가 낯선 동굴에 머물게 되고, 간신히 불을 피워 몸을 녹이고, 말없이 그렇게 하룻밤을 지새우고 싶다는 생각. 이게 현실이 되면 목숨이 위태로운 상황이겠지만, 상상이니까.

베이스캠프를 지나자 빙하 지대가 시작됐다. 그전까지 황량한 길을 걸었다면 이제부터는 얼음 세상이다. 황량한 사막 같은 땅과 새하얀 빙하가 한 공간에 머무는 곳, 그 둘의 조화가 상당히 이질적이라 한 장면만 뚝 떼어놓고 보면 화성이라고 해도 믿을 것 같았다. 빙하 안은 하얀 세락Serac(빙하가 떨어질 때 생겨난 빙벽이나 빙탑)이 양옆으로 길게 이어져 있었다. 파키스탄 빙하 트레킹을 할 때 무지막지한 세락을 많이 보긴 했지만, 이곳은 상당히 독특

했다. 얼음이 양쪽으로 장벽처럼 서 있고 가운데는 도로처럼 뻥 뚫려 있었다.

고도가 높아질수록 눈이 많아지자 데브가 짐을 내려놓고 길을 확인하러 갔다. 이제부터는 빙하를 가로질러야 했다. 딱히 길이 있는 게 아니라서 방향만 잡고 겔젠이 앞장섰다. 딱딱한 눈에 발이 빠지기 일쑤였지만 새롭게 나타난 풍경에 사진 찍기 바빴다. 히말라야는 어디를 가나 매번 이렇게 다른 풍경을 보여주었고, 지루한 법이 없었다.

지리산에 한참 빠져서 살 때가 20대 중후반이었다. 지리산은 아흔아홉 개의 골짜기가 있다고 할 정도로 큰 산이었다. 평생을 다녀도 다 못 간다고 했다. 30대 중후반부터 빠진 히말라야는 그보다 더 크고 무지막지했다. 여기야말로 평생 다녀도 못 갈 곳이었다. 그래서 나는 앞으로 10년 동안, 나의 40대를 오로지 히말라야 트레킹에 바치기로 했다.

하이캠프High Camp 5,800m는 큰 바위산 아래에 있었다. 온통 돌무더기인 곳에 간신히 야영지 몇 개가 있었다. 돌무더기 주변엔 고여 있는 물도 있었다. 하이캠프 자체가 얼음 위였던 거다. 낮 동안은 텐트 안이 따뜻해서 지내기 좋았다. 내일 넘어갈 사리붕 라를 위해 등산화에 왁스칠을 하고 잠시 고민했다. 유일하게 가죽 등산화를 신은 비자이에게 왁스를 빌려줄까 말까. 그 녀석은 나한테 인사도 안 하고 본 척도 안 하는데 괜한 오지랖일까.

어떤 면에선 비자이의 그런 성격이 나와 닮기도 했다. 나도 모르거나 불편한 사람에게는 그리 대했으니까. 이해 못 할 바도 아니면서, 내가 반대 입장이 되니 그가 무례한 것처럼 생각되기도 했다. 역시나 모든 입장은 돌고 돌게 되어 있나 보다.

"비자이!"

키친 텐트로 가서 녀석을 불러냈다. 비자이는 놀라고 당황스러운 표정으로 나를 바라봤다. 녀석에게 왁스를 내주고 방법을 알려주었다. 가죽 등산화에 왁스를 발라두면 수명도 길어질 뿐만 아니라 방수역할도 한다. 녀석의 등산화는 이미 충분히 낡았지만, 괜히 내 마음이 그러고 싶었다.

"볼리 비한 카자 꺼띠 버제 카니(내일 아침 몇 시에 먹어요)?"

"싸레 처(6시 반이요)."

"오케이, 수바 라뜨리(오케이, 잘 자요)."

"수바 라뜨리, 디디(잘 자요, 누나)."

나는 저녁을 먹고 나면 꼭 다음 날 시간을 물어봤다. 그동안 배운 말을 써먹는 재미가 쏠쏠했다. 내가 잘못 말하면 그때마다 겔젠이 바로잡아줬다. 네팔에 이렇게 자주 오게 될 줄 알았으면 진즉에 네팔어 공부를 해둘 건데, 가끔 그게 아쉬웠다.

간밤엔 뭔가 누르는 것처럼 답답했다. 숨이 막혀서 잠깐 일어나기도 했다. 온도계는 영하 20도를 가리켰다. 옷이란 옷은 다 껴입고 잤더니 그나마 추위는 덜했다. 거의 뜬눈으로 밤을 새다

보니 나사가 빠진 것처럼 정신이 오락
가락했다. 짐을 꾸리면서도 자꾸 뭔가를
빠트려서 몇 번이나 텐트 안을 들락거려
야 했다. 시간마저 얼어버린 듯, 바람 한
점 없이 조용한 아침은 너무 괴롭고 아
팠다. 오래 걷는 것보다, 험한 곳을 걷는
것보다 추위가 더 두려웠다. 사람을 무
기력하게 만드는 데 추위만 한 것도 없
었다. 특히나 나는 다른 사람보다 추위
를 많이 타서 더 고생스럽다.

아침 햇살을 받은 흰 산은 차가움 속에
서도 빛났다. 저 산 중 어딘가를 넘으면
테리 라도 나올 터였다. 햇살이 나에게
오는 동안 나 역시 햇살로 향했다. 내가
자주 걸음을 멈추자 햇살이 먼저 다가왔
다. 그제야 따가운 얼굴도 저릿한 손가락
에도 온기가 돌았다.

내가 네팔에 처음 온 게 2014년, 무스
탕이었다. 그때 우리는 무스탕에서 사리

붕 라를 지나 안나푸르나 토롱 라를 넘기로 했다. 나는 히말라야 가 처음이었고, 고산 트레킹에 대한 개념도 없었지만 무작정 따라나섰다. 지금 생각해봐도 상당히 모험적인 여정이었다. 더군다나 초보자가 가기에는 너무 위험하고 높았다. 결국 우리는 계획대로 하지 못했다. 그 당시 내린 폭설로 수많은 사람이 죽었고, 우리보다 앞서갔던 미국팀 29명이 사리붕 라에서 모두 사망했기 때문이다. 그 뒤로 몇 년이 흘렀고, 나는 그 일을 잊고 있었다. 옛날 기억을 다시 떠올린 건 지도를 보면서였다. 새로운 코스를 만들기 위해 골몰하던 중 사리붕 라를 보았던 거다. 그 옆 테리 라까지. 이걸 한 번에 넘어보면 어떨까. 사리붕 라에 대한 미련은 없었지만 궁금했다. 두 높은 고개를 이어서 걸으면 어떨지, 이 모험적인 코스가 마음에 들었다.

"나마스테, 디디!"

가장 먼저 도착한 데브가 짐을 놓고 뛰어 내려왔다. 저 짐승 체력. 그는 내 배낭을 받아주려고 했지만 얼마 남지 않아서 괜찮다고 했다. 배낭을 받으러 와준 마음으로도 고마웠다. 곧 도착한 사리붕 라에는 흔한 돌탑도 초르텐도 없었다. 대신 사리붕 6,328m 정상까지 긴 발자국이 있었다. 여기까지 오는 사람들은 정상에도 가는 모양인데, 나는 관심이 없었다. 정상에 점을 찍는 행위보다 고개를 넘어 길을 잇는 게 좋았다. 밋밋한 고개에선 북쪽으로 티베트 고원과 다모다르 히말, 남쪽으로는 안나푸르나

정상에서 내려가는
길에 만난
안나푸르나 산군

산군이 보였다. 고개 하나를 두고 두 곳의 풍경은 참 달랐고, 그 게 고개를 넘는 매력이기도 했다.

내려가는 길은 내내 모레인 빙하 지대라 돌무더기를 몇 개 나 넘었다. 길이 희미해서 돌아가기도 여러 번이었다. 몇 개 의 야영지가 있었지만 데브의 말을 따라 브리쿠티 베이스캠프 Bhrikuti BC 4,957m까지 내려갔다.

내려가는 길

겨울 바지를 벗고 가벼운 옷으로 갈아입었다. 모레인(빙하가 이동하다가 녹으면서 섞인 암석, 자갈, 토양으로 이루어진 퇴적층) 빙하 지대를 벗어난 것만으로 발걸음이 가벼워졌다. 그러나 길은 끝까지 호락호락하지 않았다. 10월 중순인데도 벌써 계곡이 얼어서 돌마다 반질반질했다. 포터들은 돌을 들어다 나르고, 얼음을 깨고, 흙을 뿌려서 지나갈 길을 만들었다. 계곡 맞은편으로 실처럼 가는 길이 우리와 같은 방향으로 이어져 있었다. 저긴 어디로 가는 길일까. 길을 보면 언젠가는 꼭 가봐야 할 것 같은 의무감이 든다. 길에 대한 호기심이 나를 여기까지 데려다 놓은 것만 봐도 그랬다. 여력이 된다면 지도에 그려진 길을 모두 다녀보고 싶다.

뒤돌아볼 때마다 지나온 길이 새삼스러웠다. 얼마 전만 해도 한번 갔던 곳은 다시 가고 싶은 마음이 없었다. 그런데 지금은 다시 가도 좋겠다는 생각이 더 많이 든다. 내가 본 히말라야가 찰나의 히말라야였다는 것을, 한 장소에 10번을 가도 그때마다 다를 거라는 것을 어렴풋이 알게 됐다.

금방일 것 같은 푸Phu 4,100m는 가도 가도 나오지 않았다. 비슷한 길이 계속 나오는 바람에 환상방황을 하는 것 같았다. 푸 마을은 좁은 언덕 위에 옹기종기 모여 있었다. 마을 전체가 하나의 성 같았다. 작고 좁은 골목으로 집과 집이 연결되어 미로 같

푸 마을 가는 길

기도 했다.

　데브를 따라간 로지 주인은 얼굴에 심술기가 가득했다. 손님은 나밖에 없는데도 침대 하나만 달랑 있는 방을 400루피나 불렀다. 짐 넣을 공간이 없어서 옆방을 물었더니 800루피라고 했다. 이토록 더럽고 허름한 방이 너무 비쌌다. 포터들도 비싸다며 입을 모았다. 200루피만 깎아달라고 했더니 시즌이라 안 된다는 말만 돌아왔다. 오랜만에 만난 마을이라 맥주도 마시고, 스태프들에게 밥을 살 생각이었다. 어차피 방값 이상으로 충분히 돈을 쓸 텐데, 무조건 안 된다는 말에 기분이 상했다. 할 수 없지. 나는 짐을 빼서 마을 야영장으로 향했다. 그리고 그 로지엔 저녁까지 손님이 들지 않았다.

빨랫감을 죄다 들고 물가로 향했다. 실컷 빨래를 하고, 머리도 감고, 양치질까지 하니 날아갈 것 같았다. 머리칼의 기름기만 뺐을 뿐인데도 개운했다.

"디디, 틱처(누나, 괜찮아요)?"

아침 먹으러 키친 텐트에 갔더니 포터들이 안부부터 물었다. 무슨 영문인가 싶어 멀뚱멀뚱 쳐다봤더니 라즈가 설명해줬다. 간밤에 큰 짐승이 다녀갔단다. 키친 텐트를 툭툭 치면서 소리도 내고 그랬다는데 나는 전혀 몰랐다. 잠을 얼마나 잘 잤는지 한 번도 깨지 않았다.

내려가는 길만 남았다고 생각했는데 오르막길도 자주 나왔다. 그사이 단풍이 들어서 잎들이 노랗고 빨갛게 물들었다. 폐허가 된 마을도 자주 나타났다. 마을의 기능은 잃었지만 푸 마을이 알려지면서 로지가 들어선 곳도 있었다. 점심을 먹으러 들른 곳도 마을에 로지만 있었다. 그런 곳은 잠깐 쉬어가기에는 좋지만 혼이 없는 껍데기 같은 느낌이 들었다. 작년에 갔던 메타 로지는 그사이 2층이 생겼다. 오랜만에 네팔 생라면에 창을 마셨다. 창을 마실 땐 겔젠이 술친구가 되었지만, 그는 내 앞에서 술을 자제했다.

나는 내가 다녔던 회사에 대해 좋은 기억이 별로 없다. 그 회

사를 다니면서 얻을 수 있는 건 다 얻었기 때문에 섭섭한 것도 아니다. 17년간의 직장생활을 하면서 내가 참 조직에 안 맞는 인간이라는 걸 확실히 알았다. 뭐랄까, 말을 잘 안 듣는 직원이었다. 해야 할 일은 하지만 나에게 필요하지 않으면 동참하지 않았다. 이를테면, 회사 상조회가 생겼을 땐 6천여 명의 직원 중 가입하지 않은 사람은 4명뿐이었고, 그중 하나가 나였다. 자기계발 취지로 1인 1자격증을 요구했을 때도 회사가 정해놓은 자격증을 공부하지 않았다. 대신 내가 원하는 걸 찾아서 공부했다.

히말라야의 가을,
메타 가는 길에 만난
단풍

한창 맘먹고 공부를 할 때는 1년 동안 단 한 번도 회식에 참석하지 않았다. 나는 진즉에 이 회사에서 클 수 없다는 걸 알고 있었기에, 그들이 원하는 대로 움직이지 않았다. 나의 평판에도 관심이 없었고, 사람들과의 교류에도 무심했다. 매주 산에 갈 궁리나 하면서 열심히 저축만 했다. 회사를 그만두고 히말라야에 다니면서 이제야 내 길을 찾았다는 생각이 든다. 오랫동안 접혀 있던 날개가 비로소 펼쳐지고, 조금씩 더 높이 나는 법을 배우고 있다. 타인의 기대에 부응하는 삶이 아닌, 나의 뜻대로 사는 삶, 내가 주인인 삶, 그걸 히말라야에 다니면서 알았다.

겨울이 깊어질수록 나의 아침도 깊어져서 침낭을 벗어나는 일이 힘들어졌다. 그렇지만 이제부터는 원하던 대로 내리막길만 있었다. 짐이 가벼워진 포터들은 눈 깜짝할 사이에 날아가 버렸다. 겔젠만이 속도를 조절하면서 나를 기다렸다. 우리는 말없이 걷기만 했다. 다리는 쉴 새 없이 움직였고, 머릿속에선 끊임없이 뭔가를 써댔다. 그러다 정신이 들어 주변을 살피면 네팔이었다. 그렇게 생각이 있는 듯 없는 듯 걷다 보니 어느새 코토에 도착했다. 내 몸이 걷는 동안 정신은 다른 곳을 여행하고 돌아온 것처럼, 지나온 길이 기억나지 않았다.

코토에서 티망Timang 2,750m은 고작 1시간 거리였다. 예약한 시간보다 일찍 저녁을 먹고 민트티를 마시는데 겔젠이 내게 닭고기를 가져왔다. 이번 로지에선 포터들이 직접 밥을 해 먹는 모양이었다. 쉬는 날이라 특별식을 준비한 것 같은데 나는 저녁을 빨리 먹어서 사양했다. 챙겨준 것만으로도 고마웠다. 막 일어서려는데 로지 언니가 축제가 시작됐다면서 커피 한 잔씩을 돌렸다. 카페인엔 약했지만 공짜라서 기꺼이 받았다. 어차피 내일도 쉴 테니까.

Chapter 7

다시 안나푸르나로

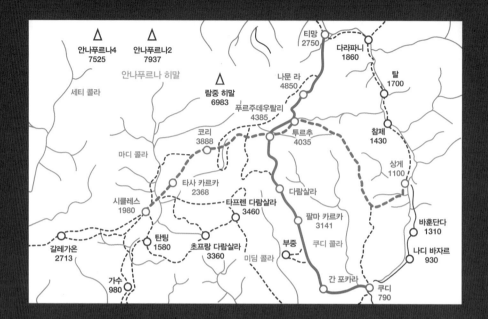

안나푸르나 3패스 중 하나인 나문 라Namun La 4,850m는 안나푸르나 지역에서
도 아름다운 풍광을 자랑하는 곳이다. 특히 마나슬루가 손에 잡힐 듯 가깝게
보인다. 안나푸르나 지역 대부분은 로지 시설이 잘 되어 있지만, 나문 라 트랙
은 최소 3일에서 6일 정도 야영이 필요하다. 시작과 끝을 제외하고 로지가 없
으며, 능선 산행의 경우 물을 만나기 어려우므로 사전 파악이 필요하다.

나문 라는 지도상에 5,560미터의 상당히 높은 고개로 표시되어 있지만 실제
로는 4,850미터의 고개를 넘는다. 한 외국 사이트에 의하면 5,560미터 고개
는 낙석 등으로 길이 끊겼고, 그 대신 만들어진 게 그 아래 4,850미터라고 한
다. 그러나 고개가 낮아졌다고 해서 결코 호락호락한 곳은 아니다. 나문 라를
두고 양쪽 모두 가파른 오르막이며, 눈이 많이 내리는 봄철의 경우 못 넘을 가
능성이 크다. 필자 역시 지난봄 이곳을 넘지 못해 같은 해 가을 다시 찾을 수
밖에 없었다.

이 트랙은 안나푸르나 트랙과 연결하기에 좋고, 테리 라 또는 사리붕 라를 이
어서 무스탕까지 진출하면 좀 더 모험적인 트레킹이 가능하다.

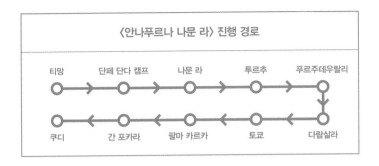

〈안나푸르나 나문 라〉 진행 경로

티망 → 단페 단다 캠프 → 나문 라 → 투르추 → 푸르주데우랄리

쿠디 ← 간 포카라 ← 팔마 카르카 ← 토쿄 ← 다람살라

약간의 수고만 더한다면

히말라야 트레킹을 하면서 어쩔 수 없이 실패하거나 포기한 곳들이 있다. 간자 라는 포터의 동상으로, 틸만 패스는 하도 위험하다고 해서 지레 겁먹고 포기했다. 마칼루 3콜 역시 살인적인 칼바람으로 포기할 수밖에 없었던 곳이다. 하지만 나는 이 세 곳 모두를 올해 다시 도전했고, 성공했다. 나문 라도 마찬가지였다. 지난봄에는 폭설로 포기할 수밖에 없었지만, 다시 찾아왔다. 단순히 점을 찍기 위해서 찾은 건 아니다. 그 길이 어떤지, 거길 넘으면 뭐가 보이는지 궁금했다.

나는 혼자 다니더라도 필요한 인력은 꼭 고용하는 편이다. 무리하게 사람을 줄이지는 않는다. 인건비도 깎지 않는다. 싼 인력을 쓰면 그만큼 전문성이 떨어지고, 그 고생은 모두 나의 몫이 된다는 걸 경험을 통해서 알았다. 약간 더 비싸더라도 일 잘하는 검증된 스태프가 좋다. 사람들은 다른 사람 얘기만 듣고 무조건 싼 인력을 구할 때가 있다. 그 스태프가 뭘 할 수 있는지를 확인하기보다 가격만 본다. 우리가 경력자를 인정하듯이, 그들에게도 경력이라는 게 있을 텐데 모두가 같은 가격이라면 경력자가 억울하지 않을까? 그런 면에서 그들의 경력에 대해 적정한 가격을 치르는 것에 동의한다.

올라가는 내내 입김이 나왔다. 밤새 내린 서리도 그대로였다. 시작부터 평지 한 번 나오지 않는 계단을 지그재그로 올라갔다. 아마 이렇게 거꾸로 시작하는 사람은 없을 거다. 나는 고산 적응이 돼서 상관없지만, 그게 아니라면 낮은 곳부터 조금씩 올리는 게 좋다. 10월이면 날씨가 가장 좋은 때인데도 오전 11시가 되자 구름이 차올랐다. 발아래도 구름이고 우리가 올라갈 곳도 마찬가지였다. 4천 미터가 조금 넘었을 뿐인데도 엊그제 내린 눈이 그대로였다. 티망에서 단페 단다 Danfe Danda 4,280m까지는 고도를 1천 600미터 올리고 나서야 도착했다. 6시간 만이었다.

밤사이 눈이 내렸다. 옷을 갈아입을 때면 얼음장이 스치는 것처럼 움츠러들었다. 나문 라를 넘으려면 700미터나 올라가야 했다. 고개를 넘을 땐 늘 이런 식이다. 눈앞에 빤히 보이는 고개를 보면서 몇 시간이나 걸릴까 가늠해보지만, 의미 없었다. 그래도 공짜는 없는 법이었다. 뒤돌아볼 때마다 감탄이 터졌다. 어제는 내내 갇혀서 보이지 않던 것들이 모습을 드러낸 것이다. 감히 상상하지 못한 풍경이었다. 거대한 마나슬루 산군이 장군처럼 버티고 있었다. 이런 걸 볼 때마다 사람들이 ABC(안나푸르나 베이스 캠프)나 안나푸르나 라운딩, 랑탕에 만족하는 게 아쉽기만 하다. 약간의 수고만 더한다면 더 멋진 히말라야를 볼 수 있을 텐데 말이다.

나문 라에선 약속이나 한 듯 다 같이 사진을 찍었다. 내가 스태프들과 사진을 찍는 곳은 정상이 유일했다. 정상에 도착하면 왠지 그런 의무감이 들었다. 나는 걸으면서 굳이 내 모습을 남기려고 애쓰지 않았다. 같이 가는 스태프들을 찍는 게 좋고, 특히 그들이 짐을 지고 걷는 뒷모습을 좋아했다.

나문 라에 대해선 약간의 설명이 필요하다. 안나푸르나 지도를 보면 나문 라는 5천 560미터로 되어 있다. 어느 지도를 봐도 마찬가지다. 하지만 실제로 사람들이 넘는 곳은 4천 850미터다. 왜 지도와 다른 걸까? 그 이유는 나중에 쭘세 사장을 만나고 나서 풀렸다. 그도 궁금해서 알아보다가 어느 독일 사이트에서 제법 설득력 있는 답을 찾았다. 그 사이트에 의하면 지도상 5천 560미터 구간은 바위가 떨어져서 길이 막혔고, 그 뒤로 4천

단테 단다와 캉가루
히말

850미터 고갯길이 새로 생겼다고 한다.

나는 어디라도 정상에서 오래 머무는 법은 없었다. 이번에도 곧바로 내려왔다. 아직 눈이 남아서 미끄러운 내리막길을 포터들은 후루룩 지나갔다. 그들은 체구가 작아도 힘이 좋고 잘 걸었다. 그들 뒤를 따라 정신없이 내려가다가 낯익은 얼굴을 만났다. 작년에 마칼루 지역에서 40일간 같이 다녔던 요리사 체왕이었다. 그때는 요리사였는데 지금은 짐을 잔뜩 지고 있었다. 요리사는 짐을 지지 않는데, 그의 요리 실력을 알아주는 곳이 없었나 보다. 같이 다닐 때도 썩 솜씨 좋은 요리사는 아니었지만 반가웠다. 체왕 뒤로 몇십 명이나 되는 포터들이 올라왔다. 더 한참을 내려가서야 백인 트레커 10명을 만났다. 모두 70대로 보이는 노인들이었다. 노후를 즐기는 방법이 남달랐다.

투르추는 기억에 남아 있던 곳이었다. 지난봄, 폭설 때문에 어쩔 수 없이 쉬어야 했던 곳. 결국 포기하고 17시간 30분에 걸쳐 탈출해야 했던 곳이다. 그 당시엔 나문 라가 정확히 어디에 있는지도 몰랐다. 나는 5천 560미터 지점을 나문 라로 생각했기 때문에 늘 더 위만 바라보고 있었다. 그런데 막상 내려와서 보니 길을 알았다고 해도 넘지 못했을 게 뻔했다. 오히려 길을 몰라 탈출한 게 다행이다 싶었다.

쉬는 동안 겔젠에게 지난봄에 어디까지 갔었냐고 물었더니 5천 560미터라고 했다. 거기엔 작은 돌탑이 있었고, 가기 전에

있는 두드 포카리Dudh Pokhari는 '데레이 람므로 처, 데레이 툴루
(아주 좋고 아주 크다)'라고 했다. 두드는 '우유'라는 뜻으로 아마 호
수 색이 우윳빛이라 그랬던 듯싶다. 이곳도 신성한 호수 중 하나
라서 8월이면 많은 순례자가 몰린다. 왠지 가봐야 할 것 같아서
고민됐다. 신성한 곳은 가보고 싶은 욕심이 생기는 데다가, 나는
유독 높은 산에 있는 호수를 좋아했다. 하지만 다시 올라가야 한
다는 건 내키지 않았다. 나중에 또 올 기회가 있겠지 하면서 마
음을 접었다.

　텐트를 치는 동안 또 한 팀이 왔다. 이틀 사이에 세 팀이나 만

났다. 우리나라 사람들에겐 알려지지 않았지만, 백인들에겐 인기 코스인 듯했다. 그도 그럴 것이 일정도 짧은 데다가 풍광은 내가 본 안나푸르나에서 으뜸이었다.

저녁마다 눈이나 비가 내렸지만 아침엔 맑게 갰다. 구름이 걷히면서 나문 라도 모습을 드러냈다. 오른쪽 송곳니처럼 생긴 곳 안쪽이 나문 라다. 저기서 내려온 사람이 아니라면 길이 있는 줄도 몰랐을 거다. 의도하진 않았지만 나는 이틀 만에 나문 라를 넘었다. 여기서 안나푸르나 라운딩 트랙과 연결되는 상게까지 이틀, 상게뿐만 아니라 쿠디, 시클레스도 마찬가지다. 고소가 완벽하게 적응된 사람이라면 나흘 만에도 가능하다는 얘기다. 고산 적응을 하며 천천히 하더라도 일주일이면 가능하다.

푸르주데우랄리Furjudewrali 4,385m에서 보는 나문 라와 마나슬루는 황홀했다. 봄에 왔을 땐 폭설로 아무것도 보지 못했는데 이렇게 멋진 곳이었다니. 다시 오지 않았다면 분명 후회했을 거다. 이곳에선 쿠디와 시클레스로 가는 길이 나뉘었다. 쿠디는 아래로 내려가다가 계곡을 따라서, 시클레스는 능선 사면을 따라가게 되어 있었다. 시클레스 길은 폭설이 내릴 때 천둥 번개를 맞으며 걸었던 곳이었다. 그때는 눈이 하도 많아서 발만 보고 걸었는데 여기서 능선을 보니까 아찔했다. 가파른 길이 능선 사면을 따라 아슬아슬하게 이어졌다. 폭설에 저런 곳을 지나왔다니, 정말 위험했구나.

투르추와 마나슬루
산군

우리는 쿠디로 향했다. 이곳은 두드 포카리로 가는 순례자들이 자주 다니는 길인지 1시간 간격으로 대피소가 있었다. 첫 번째 카르카에 있던 대피소는 넓고 깨끗했다. 주변이 온통 랄리구라스 숲이라 4~5월이면 근사할 듯했다. 척박하고 황량한 곳만 걷다가 숲이 나오니 발걸음이 가벼웠다. 다람살라Daramshala 역시 대피소가 있었다. 넓은 초지에 맑은 물도 있고 불도 피울 수 있었다. 오늘은 여기서 야영해야 하는데 포터들은 계속 내려가고 싶어 했다. 점심이라도 먹고 내려갔으면 했는데, 그들은 더 내려가서 먹었으면 하는 눈치였다. 그래, 그러면 내려가자.

몇 시간을 내려갔는데도 물이 없었다. 지금까지 물을 자주 만났기 때문에 설마 물이 없을 것이라곤 아무도 생각하지 않았다. 그렇게 7시간 동안 걷다가 팔마 카르카Palma Kharka 3,141m에서 30분을 더 내려갔다. 우거진 숲이었지만 계곡은 말라 있었다. 그나마 대피소 옆으로 방울방울 떨어지는 물이 있었다. 먼저 도착한 데브는 물통을 대놓고 주변을 살피러 갔다. 대피소는 너무 좁고 지저분해서 머물기에 좋지 않았다. 우리는 축축한 풀밭에 텐트를 쳤다. 포터들은 불을 피우고, 번갈아 물을 떠 왔다.

다리근육이 뭉쳐서 아침에 일어나기 힘들었다. 내가 부스럭거리자 겔젠이 포터들을 깨우는 소리가 들렸다. 이슬이 얼마나 내렸는지 텐트 바닥이 축축했다. 간밤엔 산짐승이 텐트 주변을 어슬렁거리는 소리를 들었다. 진정한 내리막길이 시작되면서 고도

간 포카라 마을과
축제용 그네

가 떨어지는 속도도 빨라졌다. 포터들은 너무 빨라서 옷자락도 보이지 않았다. 나는 아무리 빨리 걸어도 맨 뒤로 처졌다.

간 포카라Ghan Pokhara는 큰 마을이었다. 이곳은 구룽족 마을로 유명한 곳이라 궁금했는데 사진에서 보던 모습과 달랐다. 옛날 지붕이 대부분 양철지붕으로 바뀌었다. 요새 네팔은 어디를 가나 지붕이 똑같았다. 마을 한가운데엔 축제 기간이라 거대한 그네가 설치되어 있었다. 우리나라로 치면 단오 때 만드는 그네와 비슷했다. 점심을 먹고 출발하려는데 다와가 버스가 다닌다고 알려줬다. 여기서 베시사하르까지 한 번에 갈 수 있었다. 반면 쿠디까지는 3시간이나 내려가야 했고, 거기서 다시 베시사하

르까지 버스를 타야 했다. 그런데 무슨 고집인지 나는 걸어가자
고 했다. 2시간 40분 동안 계속 내려가기만 하니, 무릎이 후들거
렸다. 쿠디에 도착했지만 포터들은 베시사하르까지 가고 싶어
했다. 그래야 내일 아침 카트만두로 바로 갈 수 있다. 지나가는
현지 버스마다 만원이라 우리가 탈 자리가 없었다. 겔젠과 다와
가 지프를 알아보니 30분 거리인데도 2천 500루피나 됐다. 이
럴 줄 알았으면 다와 말을 들을 걸.

저녁이 다 되어 베시사하르에 도착했다. 걷기 위해서 왔지만
내려오니 좋았다. 앞으로 며칠간은 더 걷지 않아도 된다는 마음
에 안도감마저 들었다. 며칠을 걷기만 하다 보면 집에 가고 싶
은 생각이 굴뚝이었다가, 하루 이틀 쉬고 나면 어디로 갈까 궁리
하게 된다. 겔젠은 이틀 후에 다시 일하러 간다고 했다. 데브, 비
자이, 라즈 역시도 마찬가지였다. 다와는 나와 다음 일정을 같이
하기로 했다. 한 달 가까이 지켜보니 괜찮은 친구였다.

꿀 같은 휴식

이른 아침, 버스를 기다리면서 스태프들에게 봉투에 담은 팁을
나눠줬다. 역시 뭔가를 줄 때는 기분이 좋다. 받는 기쁨보다 주
는 기쁨이 더 크다는 게 괜한 말이 아니다. 그들과 일일이 악수

를 했다. 이제 헤어질 때가 됐다. 나는 다와와 포카라로 향하는 버스를 탔고 나머지는 카트만두행 버스를 탔다.

버스는 비포장 길을 굽이굽이 돌아갔다. 아침에 차 한 잔 마신 게 전부인데도 방광이 차오르는 게 느껴졌다. 쌀쌀한 아침 기온이 문제였다. 2시간쯤 지나자 버스가 멈췄다. 사람들이 우르르 내리더니 앞뒤로 흩어졌다. 남자들은 한쪽을 보며 오줌을 누기 시작했고, 몇몇 간 큰 아주머니들은 버스 옆에서 소변을 보았다. 긴 상의의 용도를 그때 처음 알았다. 슬프게도 길 아래는 덤불이 가득한 낭떠러지였고, 위로는 가파른 숲이었다. 젊은 네팔 처자 둘은 나처럼 주변을 살피더니 이내 포기하고 다시 버스를 탔다. 나는 어떻게든 해결하려고 버스 뒤로 내려갔지만, 버스가 빵빵거리는 바람에 돌아와야 했다. 30분쯤 더 가자 타이어를 교체한다고 버스가 섰다. 이때다 싶어 내리자마자 화장실부터 살폈다. 아까 그 처자들이 어딘가로 가는 게 보였다. 느낌에 화장실 같아서 무작정 따라갔다. 처자들이 멈춘 곳은 너무 허름해서 발로 차면 날아가 버릴 것 같은 허름한 변소 앞이었다. 다 같이 급한 상황인데도 처자들은 내가 외국인이라고 양보해줬다. 정말 고마웠다.

버스는 4시간 만에 포카라에 도착했다. 쭘세 사장은 카트만두에서 일부러 포카라까지 왔다. 호텔도 예약해주고 필요한 장비도 가져다주었다. 짐을 풀고 쭘세 사장과 다와와 함께 삼겹살을 먹으러 갔다. 나는 지금까지 내 돈 내고 삼겹살을 먹은 적이 한 번도 없었다. 좋아하는 메뉴가 아니어서다. 그런데 한 달쯤 걷고 나니까 고기 생각이 간절했다. 노릇노릇 익어가는 삼겹살을 보는데 군침이 돌았다. 이렇게 맛있었구나. 포카라에서 이틀 동안 휴식하며 매끼 어떤 한식을 먹을지 즐거운 고민을 했다. 아예 메뉴판까지 찍어 와서 시간 날 때마다 들여다보았다. 혼자 먹어도 맛있어서 밥도 두 공기씩 먹었다.

다음 트레킹을 위한 간식을 사고 맥주도 몇 캔 샀다. 호텔 주인에게 얘기해서 더 밝은 방으로 바꾸고, 맡겨두었던 빨래도 찾았다. 머리칼이 신경 쓰여서 한식당 앞에 있는 이발소로 들어가 이발사에게 사진 한 장을 보여주면서 똑같이 해달라고 했다. 그는 사진을 쓱 보더니 거침없이 잘라냈다. 공들여 가위질을 하더니 사진을 한 번 더 보여 달라고 했다. 마무리 가위질까지 마친 이발사는 마음에 드는지 물었다. 내가 마음에 든다고 하자 그는 구둣솔 같은 것에 분가루를 잔뜩 묻혀서 얼굴과 목을 털어줬다. 두피 마사지는 덤이었다. 여자 550루피, 남자 350루피로 이곳 이발소도 우리나라처럼 여자와 남자의 커트 금액이 달랐다. 빳빳한 350루피를 이발사에서 주면서 말했다.

"내 머리 남자 머리잖아."

"오케이."

Chapter 8

구르자 히말을 바라보며

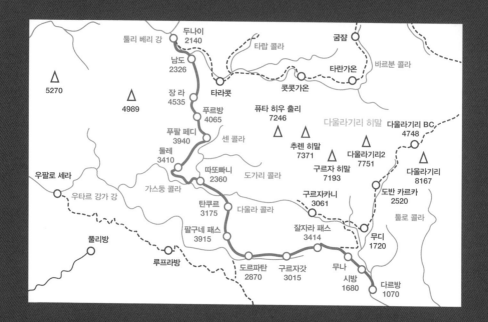

포카라에서 다르방Darbang까지 버스로 8시간, 여기서 다울라기리 베이스캠프 ── 도보 이동
트랙을 따라가면 무나Muna라는 마을을 만난다. 이곳까지는 버스나 택시로 가
능하다. 이후 모레니Moreni에서 3시간 정도 올라가면 잘자라 패스Jaljala Pass
3,414m가 나온다. 이 고개에서는 야영이 가능하며 구르자 히말, 다울라기리,
닐기리, 안나푸르나 사우스를 모두 볼 수 있다. 낮은 고개여도 풍광이 좋아 짧
은 일정으로 다녀오기 좋다.

잘자라 패스에서 계속 진행하면 이틀 거리에 도르파탄Dorpatan이 있다. 이 지
역은 '도르파탄 수렵지구Dhorpatan Hunting Reserve'로 네팔에서 사냥을 할 수
있는 유일한 곳이다. 이후 돌포Dolpo, 두나이Dunai까지 연결된 길은 오르막과
내리막이 무척 심하며 여러 마을을 지난다. 로지와 홈스테이가 가능하지만 일
부 구간은 야영이 필요하다.

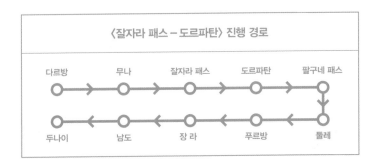

〈잘자라 패스 – 도르파탄〉 진행 경로

다르방 → 무나 → 잘자라 패스 → 도르파탄 → 팔구네 패스

두나이 ← 남도 ← 장 라 ← 푸르방 ← 둘레

내 눈앞에 구르자 히말이 있다니

이틀을 쉬었더니 몸이 근질거렸다. 지도를 보며 어디로 갈까 궁리하던 중 도르파탄을 발견했다. 나중에 네팔 서부 오지 트레킹 때 연결하려던 곳이었다. 주변을 살펴보니 이 지역만 따로 떼서 코스를 만들어도 좋을 것 같다. 일단 다르방에서 도르파탄까지 넘고, 거기서 다시 하돌포에서 줌라Jumla까지 가면 멋질 듯했다.

　이번에 함께하는 스태프는 2명뿐이었다. 한 명은 지난봄 안나푸르나 3패스를 같이했던 라전, 다른 한 명은 사리붕 라에 같이 갔던 다와였다. 라전은 가이드 자격증이 있었고 한국어를 조금

할 줄 알았다. 쭘세 사장은 가이드 자격이 있는 친구라도 일을
잘할 때까지 포터 일을 시켰다. 이후 가이드 겸 포터를 시켜보고
손님이 오케이 하면 그다음부터 정식 가이드가 된다. 이번에 라
전은 가이드 겸 포터로 와서 인건비도 다와보다 약간 높았다. 나
는 라전이 더 나이가 많은 줄 알았더니, 두 친구 모두 스물넷으
로 동갑이었다.

　포카라에서 다르방까지 현지 버스로 8시간쯤 걸렸다. 우리가
들어간 호텔은 주로 현지인들이 묵는 곳이라 지저분했다. 내가
들어가자 그제야 방과 화장실을 청소했다. 방 창문에는 유리가

없어서 커튼만 젖히면 그대로 안이 보였다. 이 집 할머니는 내가 있는데도 방에 들어와서 빤히 쳐다봤다. 저녁때는 어떤 남자가 바로 옆에서 뚫어지게 쳐다봤지만 자주 겪은 일이라 그러려니 했다.

입수된 정보에 의하면 여기서 무나까지 버스가 다닌다고 했다. 출발은 정오였다. 택시를 알아보니 4천 루피, 나는 3천 루피가 아니면 안 타겠다고 했다. 택시 기사는 물러서지 않았다. 그래서 라전에게 3천 루피면 내일 아침 택시를 타고, 안 되면 걸어갈 거니까 알아서 설득해보라고 했다. 택시는 포터들이 더 원했기에 곧 3천 루피로 깎았다는 소식이 들렸다. 이것도 비싸긴 했지만 외국인용 바가지라 생각했다.

택시는 우리나라 경차만큼 작았다. 이 작은 차에 커다란 짐을 2개 싣고 어른이 셋이나 타야 했다. 택시는 비포장 길을 힘겹게 올라갔다. 언덕길에선 헉헉대며 힘을 쓰지 못했다. 그때마다 라전과 다와가 내려서 차를 밀었다. 바퀴가 헛돌 때마다 차 바닥에선 뿌연 먼지가 올라왔고 나는 수동으로 창문을 내리기 바빴다.

다라파니Dharapani 1,560m를 지나는데 앞에 웬 흰 산이 나타났다. 다울라기리 산군이었다. 이렇게 멋진 곳을 차를 타고 지나가야 하다니. 후회가 몰려왔다. 일단 사진이라도 찍자 싶어 차를 세웠다. 전에 다울라기리 베이스캠프 트레킹을 할 때는 다르방으로 바로 하산해서 이런 풍경을 볼 수 없었다. 시방Sibang 1,680m

에 도착했을 땐 후회가 곱절이 되었다. 이 예쁜 길을 그냥 지나
치다니! 가슴이 아팠다. 다시 차를 세우고 사진을 찍었다. 여긴
차를 타고 갈 게 아니라, 걸어야 하는 길이었다. 무나까지는 택
시로 1시간 40분이 걸렸다. 좀 이르긴 했지만 점심을 먹고 출발
하기로 했다. 라전과 다와는 택시에서 내린 짐을 정리했다. 뭘
가져왔는지 꽤 무거워 보였다. 아마 쭘세 사장이 이것저것 챙겨
가라고 했을 거다. 이번 여정은 아무도 길을 몰랐지만 걱정하지
않았다. 길을 모른 채로 현지인에게 물어서 가는 게 더 재미있기
도 했다.

모레니Moreni 2,275m에는 홈스테이 하는 곳이 두 군데 있었다. 처음 만난 곳에서 물어보니 1시간쯤 더 가면 또 있다고 했다. 아직 시간이 있어서 좀 더 가보기로 했다. 마지막 민가에서 쉬는 동안 홈스테이 하는 곳을 물었더니, 어제 거기 주인이 죽었다고 했다. 괜히 기분이 이상해서 이 집 마당에 텐트를 쳤다.

"라전, 저 산 이름이 뭐예요?"

"구르자 히말이에요."

"구르자 히말이요?"

"네, 집주인이 그러는데 구르자 히말이래요."

그 말을 듣는 순간 소름이 돋았다. 나는 구르자 히말이 어디에 있는지 몰랐다. 그저 다울라기리 어디쯤에 있는 줄 알았다. 이번 루트를 만들 때도 전혀 염두에 두지 않았다. 여기 오기 전에 김창호 대장님 일행의 사고 소식을 들었다. 그분들이 돌아가신 곳이 구르자 히말이라고 했을 때도, 내가 가려고 하는 곳이 그곳과 가까운 줄은 몰랐다. 그런데 내 눈앞에 구르자 히말이 있다니.

고도가 낮다고 길이 쉬운 건 아니었다. 사람을 더 환장하게 하는 길은 고도가 낮으면서 산을 몇 개씩 넘는 거였다. 여기서부터 하돌포까지 가는 길이 그랬다. 아침부터 1천 미터나 올라가야 해서 땀을 뺐다. 현지인들은 2시간이면 된다고 했지만, 나는 어림도 없었다. 아래서부터 쉬지 않고 올라가도 3시간은 걸릴 듯했다. 숨을 돌리느라 뒤돌아보다가 내 눈을 의심했다. 다울라기

뒤돌아보았다가
눈을 의심하게 만든
다울라기리 산군과
구르자 히말

리 산군을 비롯해서 구르자 히말이 무섭게 버티고 있었다. 저 멀리 있다가 갑자기 나타나서 얼굴을 들이민 것 같았다. 나는 이번 여정을 계획하면서 아무 기대도 하지 않았다. 그저 이 길이 돌포와 어떻게 연결되는지가 궁금했다. 고도를 올릴수록, 고개가 가까워질수록 풍경은 더했다. 잘자라 패스가 가까워질수록 주변 산군이 한눈에 들어왔다. 진짜 미쳤다! 고작 3천 미터대에서 이런 풍경을 볼 수 있다니. 숨겨진 보물을 찾아낸 것 같았다.

잘자라 패스에서는 구르자 히말이 잘 보였다. 포터들을 기다리는 동안 눈부시게 흰 산을 물끄러미 바라보았다. 언제나 남 일 같았던 죽음에 대해 생각했다. 그곳에서 죽음을 맞이한 네팔 사람 중에는 다와의 친구도 있었다. 아무리 사람 목숨이 하늘의 뜻이라 해도, 그분들의 사고는 너무나 허망했다.

파키스탄 트레킹을 마치고 돌아온 뒤 뜻밖의 만남이 있었다. 쟁쟁한 파키스탄 마니아들과 함께할 기회가 있었는데, 그 가운데 김창호 대장님이 있었다. 큰 산 열넷을 무산소로 가장 빠르게 등반한 분이었지만 무척 겸손하셨다. 지적이고, 조용하고, 철학 또한 멋진 분이었다. 이제 안락함을 누리셔도 될 텐데 여전히 개척 등반을 하고 계셨다. 개인적으로 그분과의 만남은 감동이었고, 마치 큰 배를 만난 듯한 기분이었다. 하지만 그게 마지막일 줄은 몰랐다.

나는 트레킹만 하는 사람이라 높고 큰 산에 오르는 사람들에

대해 잘 모른다. 그런데 어쩌다가 올해는 그런 사람을 둘이나 만나게 됐고, 그들 모두 히말라야에서 돌아가셨다. 뜻하지 않았지만, 뜻한 것처럼 구르자 히말이 가장 잘 보이는 곳을 지나게 됐다. 하필이면 그곳의 이름이 '잘자라' 패스여서 여기까지 오는 동안 곱씹게 됐다. 산쟁이는 결국 산에서 돌아갈 수밖에 없는 건가. 자주 찾는 그곳이 언젠가는 목숨을 가져갈 수도 있다는 걸 그분들은 알고 계셨을 거다. 저 높은 산은 언제나 경외의 대상이다. 그래서 나는 여기서, 이만큼 떨어져서 보는 게 좋다. 가까이 갈수록 산은 무섭기만 하다.

잘자라 패스에는 예전 마을의 흔적이 있었다. 지도에 어퍼 잘자라Upper Jaljala로 표시된 곳이었다. 근처에 샘도 있고 초지가 넓어서 야영하기에도 좋아 보였다. 여기서 보는 히말라야 산군은 덤이었다. 우린 계곡을 따라 한참을 내려갔다. 짐이 무거운 포터들의 속도가 늦어서 먼저 갔다. 내가 앞으로 갈수록 그들이 보이지 않았지만 어차피 마을을 만날 거라 괜찮았다.

"나마스테, 호텔 처(안녕하세요, 호텔 있어요)?"

"호텔 처(호텔 있어요)."

내가 할 줄 아는 말은 이게 전부였다. 하지만 구르자갓Gurjaghat 3,015m 아저씨는 나를 네팔 사람으로 보는 것 같았다. 내 외모가 네팔 따망족과 비슷해서 가끔 네팔 사람으로 오해받기도 한다. 여러 날 걸어서 까매진 얼굴에, 네팔어라도 조금 하면 영락없이 그랬다. 아저씨는 이것저것 물어보았지만 내가 알아들을 턱이 없었다.

"메로 네팔리 호이너. 코리안 호(나는 네팔 사람 아니에요. 한국인이에요)."

그래도 아저씨는 말을 멈추지 않았다.

"네팔리 바사 토레이(네팔 말 조금 해요)."

그제야 알아들었는지 말을 멈췄다. 혹시 몰라서 나는 혼자 온 게 아님을 알렸다.

"사티 두이 저나 뼈차리(친구 두 사람 뒤에 있어요)."

문법은 엉망이겠지만 의미는 통했다. 인사를 하고 아저씨가 알려준 다 쓰러져가는 호텔로 갔지만 그나마도 문이 닫혀 있었다. 포터들을 기다리며 앉아 있는데 할아버지 한 분이 자꾸 말을 걸었다. 다행히 곧 다와가 도착했다. 할아버지는 자기네 집이 호텔이라며 우리를 데려갔다. 하지만 거기나 거기였다. 워낙 외지고 사람들이 찾지 않는 곳이라 지도에 표시된 곳이 꼭 호텔이라고는 할 수 없었다. 포터 둘은 할아버지에게 네팔 라면을 부탁했고, 나는 챙겨온 신라면을 끓였다. 그래도 내가 손님이라고, 할아버지가 염소 가죽을 내주셔서 깔고 앉았다. 뭘 팔아드리고 싶어도 살 게 없어서 미안했다.

"디디, 도르파탄 꺼띠 건따(언니, 도르파탄까지 몇 시간 걸려요)?"

"두이 건따(2시간이요)."

첸퉁Chhentung 2,945m에서 동네 언니한테 물어보니 내가 예상
한 것보다 더 걸렸다. 마땅히 머물 곳도 없고 맵스미로는 1시간
정도라서 도르파탄까지 가기로 했다. 이번에도 나는 두 친구보
다 먼저 갔다. 도르파탄 입구에 도착해서 포터들을 기다리며 있
는데 하필 학교 앞이었다. 하교 시간이라 아이들이 우르르 쏟아
져 나왔고, 나는 졸지에 동물원 원숭이 신세가 되었다. 저학년부
터 고학년까지 아이들은 그냥 지나가지 않았다. 나를 볼 때마다
"나마스테!" 하며 인사를 했다. 그때마다 나도 같이 인사를 해줬
다. 아마 백번은 한 것 같다. 다섯 살쯤 되어 보이는 꼬맹이들은

내 앞을 떠나지 않고 자기들끼리 킥킥거렸다.

"버히니(손아래 여자를 부르는 호칭) 도르파탄 호텔 처(도르파탄에 호텔이 있니)?"

녀석들은 호텔이 뭔지 모르는지 자기들끼리 웃기만 했다.

"타 처이나(모르니)?"

"허즐(네)!"

서너 명이 동시에 대답하는 모습이 너무나 귀여웠다. 하지만 아이들과의 대화는 오래가지 못했다. 포터들이 도착한 건 20분 뒤였다. 다와는 고학년으로 보이는 아이들에게 마을에 호텔이 있는지 물었다. 그중 한 아이가 여기서 1시간쯤 가면 호텔이 있다고 했다. 첸퉁 언니가 2시간이라고 말한 이유가 있었다. 아이들을 따라서 동네를 가로질렀다. 도르파탄은 큰 마을이었고, 호텔까지 1시간이라는 건 마을 끝에 있다는 얘기였다.

다리가 석고처럼 굳어갔다. 곡소리가 절로 나왔다. 다와는 사라진 지 오래다. 군인에게 호텔을 물으니 금방이라고 했다. 도대체 어디에 호텔이 있다는 건지. 모레니 마을에서 약 28킬로미터 4만 2천 보나 걸었다. 가는 날이 장날이라고 호텔에는 손님이 많았다. 모두 네팔 사람들, 현지인들을 위한 호텔이었다. 그들의 시끄러움은 말해 무엇하랴. 그래도 방은 깨끗한 편이라 만족스러웠다. 종일 걸었지만 씻지도 못하고 물티슈로 세수하고 발만 닦았다.

오르막과 내리막

예상했던 대로 간밤엔 난리도 아니었다. 북 치고 장구 치고 노래
하고 캠프파이어까지. 옆방 남자들은 술을 마셨는지 토하는 소
리가 내 방까지 들렸다. 세 남자의 코 고는 소리는 밤새 한숨을
쉬게 만들었다. 하필이면 내 방이 식당 바로 위라서 모든 소리가
그대로 올라왔다. 누군가 복도를 지날 때마다 진동이 그대로 전
해졌다. 건물 전체가 방음이라고는 눈곱만큼도 되지 않았다.

아침 식사를 6시 반으로 예약했지만 아무것도 준비되지 않았
다. 할 수 없이 삶은 달걀 4개를 주문했다. 계산서를 보니 메뉴판
과 벽에 붙어 있는 금액이 달랐다. 벽에 붙어 있는 가격이 좀 더
저렴했다. 나는 그 가격대로 계산했다. 되는 것도 없고 안 되는
것도 없는 네팔이라 주인장은 주는 대로 받았다.

밖으로 나가니 서리가 잔뜩 내렸다. 어느덧 10월의 마지막 날
이었다. 쿠쿠르 데우랄리Kukur Deurali 3,000m까지 헉헉대며 올랐
다. 네팔에는 유독 데우랄리와 관련된 노래가 많다고 한다. 데우
랄리는 마을과 마을을 연결해주는 고개로, 자연스럽게 처녀 총
각이 만나는 연애 장소가 되었다. 나도 누군가 '데우랄리'에서
만나자고 했으면 좋겠다.

라전과 다와의 짐은 줄지 않았다. 쌀이고 기름(버너 연료)이고
많이도 챙겨왔다. 야영을 해야 줄어들 텐데 가는 곳마다 마을이

있어서 숙소에 묵었기 때문이다. 라전은 다와보다 키가 크고 덩치도 좋았지만, 걸음은 다와가 빨랐다. 내가 먼저 출발해도 다와는 금방 따라잡았고 라전은 늘 맨 마지막에 도착했다. 어쩌면 일부러 그랬는지도 모르겠다. 손님보다 먼저 가버리면 손님 상태를 알 수 없을 테니까.

본격적인 오르막은 이제부터였다. 이 동네에서는 매일 반복되는 일이었다. 여기는 오르막길과 내리막길뿐, 도대체 평지라는 게 없었다. 매일이 고됐다. 5천 미터가 넘는 고개는 며칠에 걸쳐서 올라간다. 하지만 3~4천 미터급의 고개는 하루에 하나씩 넘어야 했다. 고도를 1천 미터씩 올리는 건 일상다반사였다.

네팔 히말라야 트레킹 대부분은 계곡을 따라서 걷게 된다. 아무리 높은 곳이라도 트레킹 하는 곳은 물길을 따른다. 이게 능선을 따르는 우리나라 백두대간이나 정맥산행과 다른 점이기도 하다. 고개를 넘는 길은 계곡을 따라 올라갔다가 다시 계곡을 따라 내려간다. 능선과 고개는 물을 가르는 기준이 된다. 어느 쪽으로 흘러가느냐에 따라 전혀 다른 물길과 만난다. 팔구네 패스 Phalgune Pass 3,915m도 줄곧 계곡을 따라 올라갔다. 이 계곡을 지도로 보면 나무의 뿌리처럼 생겼다. 굵은 줄기 옆으로 작은 줄기들이 합류하는 게 영락없이 그랬다. 자연을 보고 있으면 서로가 참 많이 닮았다.

고개까지 올라가려면 아직 멀었기에 바람이 덜 닿는 곳에 자리를 잡았다. 점심을 어떤 식으로 해결하게 될지 몰라서 배낭에 코펠, 버너, 라면을 들고 다녔다. 그들은 그들대로 나는 나대로 라면을 끓였다. 내가 그들에게 라면을 끓여 달라고 부탁해도 이상할 게 없지만 그러고 싶지 않았다. 올라갈수록 길이 으깨졌다. 물기가 축축한 곳은 자잘한 돌 때문에 미끄러웠다. 한 걸음을 뗄 때마다 허벅지 근육이 단단해졌다. 팔구네 패스에선 추렌히말Churen Himal 7,371m 쪽이 보였다. 황량한 산과 흰 산의 조화는 묘한 기분에 젖게 했다. 하지만 감상도 잠시, 추워서 더 있을 수 없었다.

　어렸을 땐 누군가 나에게 비밀을 얘기해 주면 은근히 기분이 좋았다. 내가 그 사람에게 믿음을 주는 존재라고 생각했다. 지금은 생각이 다르다. 누군가의 비밀을 내가 간직한다는 게 버겁고 힘들다. 상대방의 치부를 모두 알게 되어서 좋을 건 아무것도 없다. 오히려 나도 모르게 선입관만 생긴다. 너무 빨리, 너무 가까이 다가오는 것도 그렇다. 모든 모습을 보여주고, 모든 것을 공유하길 바라는 것도 내키지 않는다. 나는 나만의 영역이 필요하며, 아무에게도 그곳을 허용하고 싶지 않다. 돌이켜보면 내 영역을 넘어온 사람들과는 늘 문제가 생겼다. 내 쪽에서 먼저 관계를 정리하게 됐다. 그래서 나는 누구하고라도 적당히 떨어진 관계가 좋다. 가족도 마찬가지다. 적당히 떨어져 있을 때 평정심이 유지된다.

　길은 무지막지하게 벌어졌다. 짐이 무거운 포터들은 올라갈 때보다 더 천천히 갔다. 나는 먼저 내려가면서 갈림길이 나타날 때마다 표시를 해뒀다. 어차피 길이 하나라 잃을 염려는 없었다. 마을에 내려선 것 같은데 집이 달랑 두 채뿐이라 이상했다.

　"나마스테, 여하 탄쿠르(안녕하세요, 여기 탄쿠르예요)?"

　밭에서 일하는 사람들이 있어서 물어보니 탄쿠르Thankur 3,175m가 맞았다.

　"호텔 처(호텔 있어요)?"

팔구레 패스에서
마주한 추렌 히말

"처(있어요)."

일하던 남자애는 밖으로 나오더니 나를 자기 집으로 데려갔다. 말이 호텔이지 홈스테이였다. 방은 빛이 하나도 들어오지 않아서 굴 같았다. 웬만하면 텐트를 치고 싶었지만, 그들의 경제에 조금이나마 보탬이 되고 싶어 방을 잡았다. 퀘퀘한 냄새가 나는 방에 짐을 풀면서, 벼룩과 쥐만 없기를 바랐다.

워낙 깊은 산속이라 해가 금방 졌고 금세 기온도 떨어졌다.

"창 처(창 있어요)?"

이런 오지에선 한 잔 마셔줘야 했다. 문제는 한 잔이 아니라 한 병이라는 거였다. 대충 1.5리터쯤 될 것 같았다. 두 친구는 술을 마시지 않아서 혼자 다 마셨다. 물을 많이 섞은 창이라 취기는 올라오지 않고 배만 불렀다. 라전은 밭에 다녀오더니 무채 안주를 만들어줬다. 무뚝뚝하긴 한데 은근히 세심했다.

굴 같은 방이라도 따뜻하게 잘 잤다. 흙집이라 포근했다. 주인 아주머니는 장작불 하나로 감자와 달걀을 삶고, 차도 끓였다. 압력솥에 감자와 달걀을 넣고, 불가 옆에 주전자를 놓아두는 식이었다. 밀크티를 주문했더니 정체불명의 흰 가루를 넣어줬다. 이맛도 저 맛도 아닌 맛이 났지만 가려 먹을 처지가 아니었다.

계곡까지 내려가는 길은 험난했다. 깊은 산골인데도 집이 나타났다. 적게는 두 채, 많게는 다섯 채씩 모여 살았다. 출렁다리를 넘자마자 오르막길이 시작됐다. 잘 만든 계단은 끝이 보이지

않았다. 이렇게 가파른 곳에 길을 낸 사람들도 대단했다. 길은 파도를 타는 것처럼 올라갔다 내려갔다를 반복했다. 숲을 빠져 나오자 카얌Kayam 3,000m이 눈앞에 보였다. 드디어 중간 목적지에 도착했다.

"디디, 달밧 처(언니, 달밧 있어요)?

"처(있어요)."

"꺼띠 건따(얼마나 걸려요)?"

"엑 건따(1시간이요)."

주인 언니는 대답만 그렇게 했지 정작 쌀은 한참 뒤에 씻었다.

네팔에서는 늘 있는 일이었다. 이곳에 있는 집이라곤 서너 채가 전부였다. 여자들은 마당에 모여서 축제에 필요한 꽃 장식을 만들고 있었고, 한쪽에선 딸내미 머리의 이를 잡고 있었다.

"토일렛 처(화장실 있어요)?"

"처이나(없어요)."

여자들이 동시에 대답했다. 이곳엔 물이 없어서 화장실도 없었다. 먹는 물은 한참 떨어진 곳에서 떠 온다고 했다.

다르방에서 시작하는 날부터 3일째 강행군이었다. 매일 나타나는 수많은 고개에 피곤에 찌들어갔다. 포터들도 걸음이 느려졌다. 길에 대한 정보가 없다 보니 어디에서 멈춰야 할지 감이 오지 않았다. 인터넷에 떠돌던 일정은 하루에 걷는 양이 지나치게 많았다. 지도를 보니 근처에 따또빠니Tatopani 2,360m라는 곳이 있었다. 이런 이름을 가진 곳에는 반드시 온천이 있는 터라 구경 나온 아이들에게 물었다.

"따또빠니 람므로 처(온천 좋니)?"

"람므로 처(좋아요)."

"캠프 사이트 처(야영지 있니)?"

"…."

"캠프 사이트 타 처이나(캠프 사이트 모르니)?"

아이들은 캠프라는 말을 모르는 듯했다. 40분 만에 도착한 따또빠니는 생각보다 괜찮았다. 적당한 공터도 있었고 깨끗한 계

구이방 가는 길에
만난 온천, 따또빠니

곡 옆으로 온천탕이 있었다. 시멘트로 네모반듯하게 만들어 놓은 탕은 20명이 한꺼번에 들어갈 정도로 컸다. 물 온도도 씻기에 적당했다. 한 가지 치명적인 단점이라면 출렁다리에서 이쪽이 환히 보였다. 다음 야영지는 2시간을 더 가야 해서 여기서 쉬기로 했다. 후다닥 텐트를 쳐놓고 빨랫감과 코펠을 챙겼다. 라전에게 30분 동안 내려오지 말라고 당부하고 온천으로 향했다. 코펠로 물을 떠서 머리부터 감고 샤워를 했다. 탕에 슬쩍 몸을 담그자 그간의 피로가 싹 녹아내렸다. 최고의 휴식이었다. 계곡에서 빨래까지 마치고 올라가자 라전과 다와가 기다렸다는 듯이

구이방 직전에 만난
작은 마을 힘Him

내려갔다. 그들 손에도 코펠과 빨랫감이 들려 있었다.

요리는 다와의 몫이었다. 그 친구가 요리를 하면 라전이 물을
떠 오거나 설거지를 했다. 다와는 요리를 좋아한다면서 앞으로
한식 요리사가 되고 싶다고 했다. 어떤 한식을 할 수 있는지 물
었더니 닭볶음탕, 백숙, 김치찌개 등 기본 한식은 다 알고 있었
다. 가이드를 해도 잘할 것 같은데, 한식 요리사도 괜찮을 듯했
다. 요리사를 하다가 가이드를 하는 사람도 많았다.

오늘은 무려 1천 600미터를 올려야 하는 날이라 각오를 단단
히 했다. 길은 위로 가파르게 뻗쳐 있었다. 작은 마을 몇 개를 지

났다. 이런 오지 마을에도 전기가 들어와서 신기했다. 어제 왔어야 했던 구이방Guibang 2,760m까지는 예상대로 2시간 걸렸다. 마을에 도착할 때마다 라전과 다와는 길을 묻기에 바빴다. 둘레까지는 1시간 반, 마침 마을 언니가 간다고 해서 같이 갔다. 그 언니는 나보다 훨씬 나이 들어 보였지만 걸음은 다와만큼 빨랐다. 꾸역꾸역 올라가서 고갯마루에 섰더니 둘레Dhule 3,410m가 보였다. 집도 꽤 있었고 로지도 두어 개 있었다. 공터엔 백인 팀 텐트가 몇 동, 그들은 내일 헬기를 타고 내려간다고 했다.

점심엔 오랜만에 염소고기가 들어간 달밧을 먹었다. 물라 어짜르가 맛있어서 이틀 치를 사고 심심함을 달래기 위한 창도 샀다. 작은 병에 담아달라고 했는데도 로지 언니는 기어코 1.5리터 병에 담았다. 막 출발하려는데 마을 사람들이 우르르 몰려왔다. 도르파탄은 수렵지구라며 입장료를 내라고 했다. 세금까지 해서 3천 360루피나 됐다.

지도에는 푸팔 페디까지 3시간 정도로 보였는데 마을 사람들은 4시간이라고 했다. 주름 깊은 산을 넘어 다니는 것처럼 가는 내내 오르막과 내리막이 반복됐다. 3시간이 지났는데도 목적지가 나타나지 않았다. 다 왔다고 생각하고 가보면 아무것도 없었다. 날도 저물어 가는데 어디에서 멈춰야 할지 막막했다. 텐트 한두 동 들어갈 공터가 있긴 했지만 조금만 가면 된다는 생각에 번번이 지나쳤다. 쉬지 않고 걷기만 했더니 다리가 쑤셨다. 바위

에 걸터앉아 물을 마시는데 금세 다와가
따라왔다. 한참 떨어져 있는 걸 봤는데
진짜 빠르다.

"디디, 푸팔 페디!"

다와가 앞쪽을 가리키며 소리쳤다. 푸
팔 페디Phuphal Phedi 3,940m에는 천막 몇
동이 있었다. 이른바 천막 호텔이었다. 천
막 안은 생각보다 아늑했다. 마른풀이 깔
려 있었고 낮 동안 태양광에 충전된 배터
리로 불을 밝힐 수 있었다. 천막 언니가
차를 한 잔씩 내줬다. 해도 지고 땀이 식
어서 떨고 있던 터라 무척 고마웠다.

마른풀 위에 매트리스를 깔고 침낭을
폈다. 이곳에서 저녁을 사 먹으면 좋겠지
만 우리에게도 식량과 연료가 충분했다.
다와가 저녁을 하는 동안 라전이 창을 데
워왔다. 물라 어짜르 안주에 따뜻한 창
한 잔만으로도 만족스러웠다. 이날 밤 나

 구르자 히말을 바라보며

는 천막 안에서 닭들과 같이 잤다(밤에는 기온이 영하로 떨어지기 때문에 안에 들여놓는다).

출발하려고 등산화를 신는데 안에 마른풀이 가득했다. 내가 어제 풀을 넣어 놨었나. 풀을 전부 끄집어내 보니 쌀까지 한 줌 있었다. 간밤에 쥐가 등산화에 집을 지어 놓고 식량까지 갖다 놓은 모양이다. 그러니까 나는 닭은 물론 쥐 하고도 같이 잤던 거다. 천막 언니들이 알려준 길은 무지막지하게 올라갔다. 염소나 산양 따위가 다니는, 그렇게 곧추선 길이었다. 지도상으로는 완만하게 돌아서 가게 되어 있지만, 우리는 지름길로 가고 있었다. 코가 닿을 것 같은 길에선 뒤돌아볼 때마다 다리가 후들거렸다. 고갯마루에 이르자 호수가 나타났다. 그 옆으로 완만한 길도 보였다. 날씨가 흐려서 가뜩이나 칙칙한 산이 더 칙칙하게 보였다.

지도상 고개는 장 라Jang La 4,535m뿐이었지만 이미 우린 2개를 넘었다. 다음 목적지인 푸르방Purbang 4,065m까지 미친 듯이 내려갔다. 저 앞에 떡 버티고 있는 장 라까지 다시 올라가야 하는데, 어제에 이어 오늘도 까먹는 일이 반복됐다. 푸르방에 도착하자 흐리던 하늘에서 눈발이 날렸다. 그래도 점심은 먹어야 했기에 짐을 풀고, 나는 신라면, 라전과 다와는 불닭 볶음면을 끓였다. 어떻게 알고 샀는지 물었더니 신라면인 줄 알았단다. 나는 사악한 미소를 지으며 '데레이 삐로(엄청 매워)'를 날려주었다. 하지만 다와는 아랑곳하지 않았다. 라면을 끓이는 것도 '네팔 스타일'로 했다. 기름에 마늘, 양파, 고추, 면을 볶은 후 마지막에 수프를 넣고 물을 부었다. 보기에도 엄청나게 시뻘건 국물이었다.

멀리서 보던 대로 길은 위로만 향했다. 저 고개만 넘으면 쉴 수 있다는 생각에 계속 걸었다. 장 라 직전까지는 야영할 곳이 많았다. 물도 풍부했다. 여름이면 얼마나 많은 야크가 머물지 상상이 됐다. 장 라에 머문 시간은 몇 분밖에 되지 않았다. 추워서 더 있지 못했다. 다와는 훌쩍 내려가 버렸다. 먼저 가서 야영지를 찾으려는 듯했다. 날카로운 돌길은 속도도 내지 못하게 했고, 피로감도 더했다. 장 라에 가기 전에는 그리 물이 많더니, 고개를 넘었다고 물이 싹 말랐다. 이러다 마을까지 내려가게 생겼다. 다와는 타게 두리 단다Thage Dhuri Danda에서 주변을 살폈다. 하

지만 능선일수록 물을 찾기 더 어려웠다. 다와는 저 아래 마을이 있으니 거기까지 가자고 했다. 우린 이미 많이 걸었고, 시간도 늦었고, 마을까지는 몇 시간을 더 가야 했다. 나의 계획은 타게 두리 단다를 따라가는 것이었지만 지금 상황에선 미친 짓이었다. 가장 안전하고 빠른 방법은 마을로 내려가는 수밖에 없었다.

지금까지보다 더 미친 듯이 내려가기 시작했다. 정보가 없으니 몸만 고생한다. 다와는 힘들지도 않은지 가장 빨리 내려갔다. 마을이 보이자 그나마 안심이 됐다. 첫 번째 마을은 곰파만

푸팔 페디와 천막
호텔

멀리 보이는 장 라

클 뿐 머물 곳이 없었다. 두 번째 마을로 내려갔다. 거기 역시 머물 곳이 없기는 마찬가지였다. 학교 운동장에서 야영을 할 수 있었지만 너무 늦어서 번거롭기만 했다. 구경 나온 사람들을 상대하는 것도 귀찮았다. 로지가 있는 곳은 세 번째 마을이었다. 이미 해가 져서 어둑어둑해졌다. 내가 힘들어 보였는지 다와가 배낭을 달라고 했다. 가뜩이나 짐이 무거운 친구에게 차마 그럴 수 없었다. 다시 1시간을 더 내려갔다. 남도 Namdo 2,326m라는 마을에 도착했을 땐 완전히 어두워진 뒤였다. 길이 보이지 않아서 눈

구르자 히말을 바라보며

뜬 봉사처럼 걸었다. 발바닥은 껍질이 벗겨질 것처럼 아팠다. 얼마나 피곤한지 눈알이 활활 타는 듯했다. 이날 하루 자잘한 고개까지 5개를 넘었고, 고도는 2천 200미터를 내렸다.

드디어 만난 마을

아침에 먼 산을 보니 눈이 내리고 있었다. 우리가 위에서 야영했으면 추위도 대단했을 거고, 지금쯤 저 눈 속을 걷고 있을 거다. 그러고 보면 뭐든 좋기만 한 것도, 나쁘기만 한 것도 없다. 돌포로 가는 길은 폭격을 맞은 것처럼 엉망진창이었다. 산사태로 길이 끊기고 굴러 내려온 돌이 길을 막기도 했다. 사람들이 어렵게 쌓아 놓은 축대도 힘없이 무너졌다. 아무리 길을 정비해도 이런 곳은 어쩔 수 없는 것 같다. 차가 다닐 수 있을 만큼 넓게 닦아놓은 길이 몇 년 사이에 이렇게 변한 걸 보면 말이다.

현지인은 3시간이면 된다고 했지만 우리는 4시간 만에 두나이Dunai 2,140m에 도착했다. 다르방에서 출발한 지 8일만인데 한 달은 된 것 같았다. 이 구간은 평지가 거의 없어서 매일 오늘은 얼마나 걸어야 할지부터 걱정했다. 하루 일정이 고되기도 했다. 다행히도 함께 한 라전과 다와가 말없이 잘 갔고, 길을 찾는 데 있어 누구보다 적극적이었다.

쉬는 동안 양지바른 곳에 앉아 구멍 난 양말과 장갑을 꿰맸다. 바느질을 마치고 어제 사두었던 맥주 한 병을 꺼냈다. 이런 날, 이런 시간, 이런 마음엔 이것만 한 것도 없었다. 나는 쉬는 날이라도 대부분 방에서 보냈다. 굳이 마을을 돌아다니거나, 현지인들과 어울리지 않았다. 나는 그저 고산을 다니며 길을 이어보는 게 좋을 뿐, 다른 것에는 관심이 없었다.

여행에 정석이라는 게 있을까. 원하는 방식으로 깨지면서, 스스로 알아가는 게 여행 아닐까. 여행은 목적지가 아니라 그 전체가 과정이지 않을까. 남들이 객지에서 춤춘다고 해서, 남들이 유명 관광지나 맛집에서 사진을 찍는다고 나도 그럴 필요는 없다. 자유는 남을 흉내 내는 게 아니라, 스스로 선택하고 행하는 거라고 생각한다. 살아가는 방식이 다른 것처럼 여행도 다를 수밖에 없다. 정말로 그렇게 하고 싶어서 하는 여행, 하고 싶은 대로 사는 인생. 나는 그렇게 살고 싶다.

Chapter 9

춥고, 배고프고

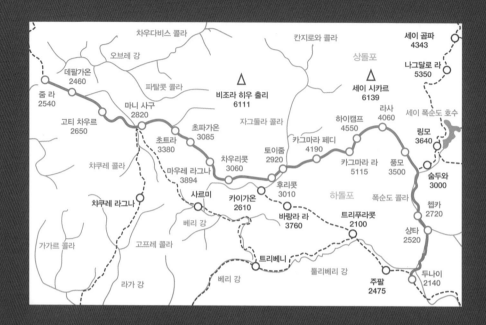

차우다비스 콜라
칸지로와 콜라
세이 곰파
4343
오브레 강
상돌포
나그달로 라
5350
데팔가온
2460
파틸콧 콜라
비조라 히우 출리
6111
세이 시카르
6139
세이 폭순도 호수
줌 라
2540
마니 사구
2820
자그둘라 콜라
하이캠프
4550
라사
4060
링모
3640
고티 차우르
2650
초트라
3380
초파가온
3085
카그마라 페디
4190
풍모
3500
숨두와
3000
차쿠레 콜라
마우레 라그나
3894
차우리콧
3060
토이줌
2920
카그마라 라
5115
차쿠레 라그나
사르미
카이가온
2610
후리콧
3010
하돌포
폭순도 콜라
첸카
2720
가가르 콜라
고프레 콜라
바랑라 라
3760
트리푸라콧
2100
상타
2520
라가 강
베리 강
트리베니
돌리베리 강
주팔
2475
두나이
2140
베리 강

네팔 북서쪽의 돌포Dolpo 지역은 네팔에서도 가장 외진 곳 중 하나며, 하돌포
와 상돌포로 나뉜다. 돌포는 티베트 고원에 속하는 지역으로 여전히 티베트 문
화를 유지하고 있다. 춥고 척박한 곳이라 1년 농사를 지어도 4~5개월분의 식
량밖에 수확하지 못한다. 하지만 5~6월이면 야차굼바Yachagumba(동충하초)로
활기를 띠며, 이 시기에는 마을 사람들 대부분이 산으로 들어간다.
카그마라 라Kagmara La 5,115m는 하돌포에 속하는 곳으로 아직은 찾는 이가
많지 않다. 교통편이 좋지 않고, 로지가 없는 곳이 있어 최소 이틀은 야영해야
한다. 중국 국경과 가까운 곳이라 특별 허가를 받아야 하고, 국립공원 입장료
외에 특별 입장료를 별도로 내야 한다. 최근에는 외국인 1명당 캠핑비도 추가
되었다. 그만큼 트레킹 비용이 네팔의 다른 지역에 비해 비싼 편이다. 이곳은
예전에 야크 캐러밴Yak Caravan 루트였다. 돌포파Dolpo-Pa라고 불리는 돌포인
들은 수백 년 동안 무역으로 살아왔다. 그들은 야크와 양가죽, 약간의 식량 등
을 가지고 5천 미터가 넘는 국경지대를 넘어 다녔다. 티베트 창탕 고원 호수의
천연 소금과 바꾸기 위해서였다. 돌포인들은 소금과 차, 공산품 등을 교환하여
다시 고개를 넘어왔는데, 그때 넘어 다닌 고개 중 하나가 카그마라 라였다.

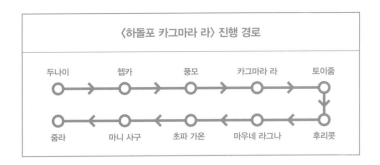

〈하돌포 카그마라 라〉 진행 경로

두나이 → 쳅카 → 풍모 → 카그마라 라 → 토이쭘
줌라 ← 마니 사구 ← 초파 가온 ← 마우네 라그나 ← 후리콧

고약한 추위

흔들다리를 지나 돌포 안쪽으로 향했다. 살다 보면 같은 길을 여러 번 갈 때가 있다. 이 흔들다리는 벌써 세 번째다. 나는 내 인생이 히말라야와 연결될지 몰랐다. 해외 트레킹에 관심이 많았지만, 히말라야보다 유럽을 생각하고 있었다. 유럽이 끝나면 남미로 갈 생각이었다. 하지만 이제는 히말라야를 비롯해서 티베트 고원이나 파미르 고원에 더 관심이 간다. 그 어디도 히말라야와 견줄 곳은 없다고 생각한다.

직장을 그만둔 지 6년째가 됐다. 10년쯤은 돈벌이 없이 살 수도 있겠다고 생각했는데 정말 그러고 있다. 인생이란 참으로 알 수 없다. 회사 다닐 때는 대부분 예측 가능했지만 지금은 예측이 안 된다. 내가 어떻게 살지 모르기 때문에 사는 게 더 재미있고 신난다. 회사 다닐 땐 상상하지 못했던 것들을 백수가 되면서 하는 것도 신기하다. 그때는 회사에서 만난 사람들이 세상의 전부였다. 그들이 높고 대단하게 보였다. 임원쯤 되면 가까이할 수 없는 사람들이라 생각했다. 지금은 그들이 어렵지도, 대단해 보이지도 않는다. 그들의 눈치를 볼 일도, 바라는 것도 없으니 그저 한 인간으로만 보인다.

쳅카Chhepka 2,720m를 비롯한 이 동네 방값은 모두 700루피였다. 아무래도 담합한 것 같았다. 나는 첫 손님이라 나름 제일 좋은 방에 짐을 풀었다.

"디디, 로컬 창 미토 처(누나, 로컬 창 맛있어요)."

국내 산행을 할 때 전국을 다니며 그 지역 막걸리를 마시는 게 좋았다. 마찬가지로 네팔에서도 각 지역의 창을 맛보는 게 좋았다. 다와는 내가 창을 좋아한다는 걸 알고 물어보기도 전에 알려줬다. 사실 창이나 똥바는 네팔 전통이라기보다 티베트 문화다. 히말라야 산군엔 티베트에서 넘어온 사람이 많았고, 티베트 불교 문화가 주를 이루고 있다. 그중에서도 돌포는 티베트 문화가 잘 유지되고 있는 곳 중 하나다. 주인 언니는 맑은 창인 니가르 Nigar 한 통을 가져왔다. 니가르는 막걸리 맑은 부분과 비슷하다

길을 막고 있는 야크 떼

고 생각하면 된다.

이 길엔 사람 발자국보다 야크 발자국이 많았다. 녀석들은 떼로 몰려다니면서 길을 비켜주지 않기도 했다. 난감해하고 있는 인간을 무심하게 쳐다보기만 했다. 야크는 순한 동물이지만 건드려서 좋을 게 없었다. 자극하지 않으려고 조심하는데 라전이 회초리를 들고 나타났다. 야크들은 라전의 어설픈 위협에 비켜주는 척만 했다.

우린 산두와Sanduwa에 가기 전에 흔들다리를 건넜다. 많은 사람이 여기에서 폭순도 호수로 향하지만 우리는 풍모Pungmo

3,500m로 향했다. 풍모 가는 길도 온통 야크 발자국이었다. 길 한 가운데 앉아 있던 야크는 맞은편에서 남자 다섯이 내려오자 부리나케 산으로 달아났다. 푸석푸석한 땅에서 먼지가 한껏 피어 올랐다. 풍모는 계곡 안쪽에 있어서 해가 금방 떨어졌다. 3시밖에 안 됐는데도 늦은 저녁처럼 춥고 차가웠다. 침대가 2개 있는 방은 작았지만, 사방이 나무라 쾌적했다. 문득 사는 동안 이렇게 작은 방 하나면 되지 않을까 하는 생각이 들었다. 이 안에 딱 필요한 것만 넣고 살아도 살 수 있을 것 같았다. 이사 갈 때마다 필요하지도 않은 짐이 왜 그리 많은지, 심지어 집을 떠나 있어도 짐은 계속 늘어난다.

풍모부터 완만한 계곡을 따라갔다. 지도에 표시되어 있지 않지만 쓸 만한 야영지도 몇 군데 지났다. 잘 찾아가는가 싶더니 유룽 콜라Yulung Khola와 푸푸 콜라Phuphu Khola 사이에서 헷갈렸다. 두 길 모두 뚜렷했다. 생각 없이 걸었으면 분명 푸푸 콜라 쪽으로 들어갔을 거다. 지도를 몇 번이나 들여다보면서 우리는 왼쪽, 유룽 콜라로 가야 한다는 결론에 이르렀다. 그 입구엔 돌무더기에 타르초가 잔뜩 매달려 있어서 좋은 표식이 됐다.

하이캠프는 다와가 먼저 발견했다. 그는 내가 야영할 곳까지 미리 파악해두고 요리할 공간을 만들었다. 바람이 덜 닿는 곳에 돌을 쌓고 그 안에 주방 장비를 풀었다. 다와는 뭘 대충하는 법이 없었다. 무엇을 하든 적극적이고 알아서 챙겨주었다. 그동안

봤던 여러 포터 중에서 가장 영리하고 일을 잘했다.

겨울이 오고 있는데도 이 주변엔 방목하는 야크가 많았다. 야크는 폭설이 내릴 때 아무것도 먹지 않고 일주일을 버틸 수 있다고 들었다. 배를 덮는 풍성한 털을 보면 어떤 추위에도 까딱없을 것 같긴 했다. 저녁이 되자 그 많던 야크들이 보이지 않았다. 따로 머무는 곳이 있는 걸까. 해가 물러가자 추위가 엄습했다. 텐트 안에서도 입김이 나오는 걸 보니 밤이 길 것 같았다. 라전은 오후 4시에 달밧을 가져왔다. 날이 더 어두워지기 전에 밥을 하

고 치워야 했다.

야크들은 어디에 있다가 다시 나타났
는지 이른 아침부터 풀을 뜯었다. 종일
풀만 먹는데도 살이 찌는 야크를 보면,
채식만 한다고 다이어트가 되는 건 아닌
듯했다. 시린 손을 주무르면서 라전과 함
께 텐트를 정리했다. 간밤엔 진저리나게
추웠다. 하이캠프는 4천 500미터밖에 안
됐지만, 추위는 5천 800미터급 이상이었
다. 몸 전체가 으슬으슬했다. 밤새 한기가
들어서 코가 맹맹했다. 두꺼운 다운재킷
과 장갑을 카트만두로 보내버린 게 후회
됐다. 11월 서쪽은 예상보다 추웠고, 자주
추위에 떨었다. 찬 기운에 콧물이 눈물처
럼 뚝뚝 떨어졌다. 나중엔 제어가 되지 않
아서 저 혼자 주르륵 흘러내렸다. 이런 곳
을 걸을 때마다 그만 와야겠다는 다짐을
몇 번이나 하지만 금세 잊어버린다. 그러

고는 또다시 찾아올 궁리를 한다. 힘든데도 자꾸만 찾아오는 건 '궁금함' 때문이다. 궁금함이 해소되면 미련도 없다. 히말라야는 평생을 가도 다 못 갈 곳이지만, 미련이 남지 않을 때까지 다니고 싶다.

가다가 멈추기를 반복하다 보니 어느새 고개 언저리가 보였다. 언젠가는 가겠지, 힘든 길에선 그런 마음으로 걸었다. 카그마라 라 정상 주변은 온통 야크 똥 밭이었다. 덩치에 맞게 똥도 사람 얼굴만 했다. 내려가는 길은 악랄했다. 길은 험난했고, 경사가 심했으며, 벼랑길도 있었다. 우리보다 1시간 먼저 도착한 다와는 벌써 밥과 반찬을 해놓고 기다리고 있었다. '뭐 이런 친구가 다 있지?' 그렇다고 라전이 아무것도 안 하는 건 아니다. 그는 내가 가파른 길에서 속도를 내지 못할 때 내내 기다려줬다. 평소 말이 별로 없고 약간 긴장된 표정이지만, 누구보다 성실했다.

점심 먹은 곳이 카그마라 페디Kagmara Phedi 4,190m라서 좀 더 내려가 보기로 했다. 그런데 이게 실수였다. 우리는 적당한 야영지가 있을 거라고 생각하면서 하염없이 내려갔다. 갈림길이 나올 때마다 희망을 품었지만 어디에도 야영지는 없었다. 좁고 가파른 길만 줄기차게 이어졌다. 마지막 희망은 토이줌Toijum 2,920m이었다. 지도에는 계곡이 합수되기 전에 야영지가 있었다. 하지만 막상 그 자리에 도착했을 때 가장 중요한 물이 없었다. 또다시 하산. 계곡까지 내려가면 뭐라도 있을 것 같았다. 공터가 나타날 때마다 걸음을 멈췄지만 물이 너무 멀거나 없었다.

　계곡을 건너자마자 털썩 주저앉았다. 쉬는 동안 라전과 다와는 어디서 호두를 주워오더니 자기들끼리 까먹었다. 치사해서 나도 호두를 몇 개 주워서 주머니에 넣었다. 그나저나 이제 어떻게 해야 할지 모르겠다. 일단 이곳에 야영지는 없었다. 우리가 쉬고 있는 공터는 돌이 많았고, 계곡까지 내려가는 것도 위험했다. 다와는 여기서 아르미 캠프(군인 캠프로 네팔 사람들은 그렇게 불렀다)까지 가자고 했다. 이만큼 내려왔는데 다시 올라갈 생각을 하니 다리가 풀렸다. 우리는 자주 선택의 갈림길에 섰고 그때마다 계속 가는 걸로 결정했다. 아르미 캠프까지 가보기로 했다. 적어도 물은 있을 터였다. 나는 세월아 네월아, 호두를 주우며 걸었다. 캠프에 도착한 건 이미 어둑해진 뒤였다. 군인들이 알려준 공터에 텐트를 쳤다. 그들에게 왜 지도에 있는 야영지와 다른지 물었더니 원래 여기가 야영지란다.

줌라 가는 길

2천 미터대로 내려왔지만 역시나 추웠다. 자는 동안 몸의 한기가 가시지 않았다. 콧물이 줄줄 흘러서 코밑이 다 헐었다. 재채기도 연이어 터졌다. 겨울옷을 입어도 춥고, 걸어도 마찬가지였다. 몸살감기였다.

후리콧Hurikot 3,010m부터는 찻길을 따라 걸었다. 요즘 네팔은 이런 식으로 길이 뚫린 곳이 많았다. 비포장도로를 따라가면 길을 잃을 염려는 없었지만 지루했다. 사람이 많이 다니고 화장실 가기에도 마땅치 않았다. 계속해서 마을을 만났지만 산길보다 불편했다.

점심은 가이리가온Gairigaon 2,900m에서 먹었다. 사우니가 달밧을 준비하는 동안 다와가 고기를 썰었다. 선반 위에 오징어 튀김 같은 게 있어서 뭔지 물으니, 명절 음식이라며 내줬다. 밀가루 튀김 같은데 맛이 좋았다. 이 집은 구멍가게를 겸하고 있어서 수

가이리가온 마을을
가로지르며

시로 아이들이 사탕을 사러왔다. 나도 20개쯤 사서 포터들과 나눠 먹었다. 젊은 사우니는 라전을 뚫어지게 쳐다봤다. 라전이 붙임성 있는 성격이었으면 그 인물로 여러 여자 울렸을 거다. 그는 쭘세 사장의 처남이지만 그런 티를 전혀 내지 않았다. 일할 땐 사장과 직원의 관계라고 했다. 라전은 카트만두 외곽에서 형과 여동생과 살고 있었다. 포터를 하지 않을 때는 형과 함께 페인트 칠을 한다고 했다. 다와는 카트만두에서 친구들과 살면서 평소엔 공부를 한다고 했다. 그래서 이번 트레킹이 끝나면 학교로 돌아갈 거라고 했다.

　　마을을 지나는 동안 아이들이 인사를 했다. 그때마다 나는 '나

오징어 튀김 같은
네팔 명절 음식

마스테'로 화답했다. 가끔 어떤 녀석들은 휘파람을 불기도 했다.
우리나라나 네팔이나 중2는 무서웠다. 그런 애들한테는 아예 대
꾸조차 하지 않았다.

　감기가 제대로 걸린 모양이었다. 재채기가 멈추지 않았고 몸
여기저기가 쑤시고 아팠다. 감기약을 먹기 위해 아침을 억지로
떠 넣었다. 하지만 퍽퍽한 차파티(발효되지 않은 밀가루로 만든 납작한
빵)가 잘 넘어갈 리 없었다. 포터들은 차파티를 좋아하지 않는다
며 아침을 걸렀다.

　눈앞에 빤히 보이는 마을이 차우리콧Chaurikot 3,060m이었지만

한참 돌아서 갔다. 다와가 알아낸 정보에 의하면 초트라부터 지프가 다닌다고 했다. 걷는 동안 차를 탈까 말까 내내 고민했다. 마을과 마을로 이어진 길이라고 해서 여기가 산이라는 사실은 바뀌지 않았다. 감기약으로 몽롱한 몸을 끌고 혼자 올라가는데 누군가 바짝 따라왔다. 웬 할아버지가 이렇게 빠른가 했더니 할머니였다. 할머니는 나보다 작은 체구인데도 바람처럼 걸었다. 축지법을 쓰는 것처럼 총총총 앞서갔다. 그동안 내가 걸은 걸 생각하면 지금쯤 걷기 도사가 되어야 하는데, 여전히 걷는 건 힘들었다. 한참 뒤에서 아침을 먹고 있던 다와도 어느새 나를 앞섰다. 저 친구도 축지법을 쓰는 게 분명했다. 마우레 라그나Maure Lagna 3,894m는 고개 꼭대기로 마을이 있었다. 사방이 뻥 뚫려서 시원했지만, 양쪽으로는 낭떠러지 수준이었다. 물을 받으러 가려면 한참을 내려가야 했다. 이런 곳에서도 사람이 살았다.

초트라Chotra 3,380m까지는 고속도로나 다름없었다. 여기서부터 차가 다녔지만 최종 목적지인 줌라에서 불러야 했다. 거리가 얼마 되지도 않는데 너무 비쌌다. 차를 타고 가고 싶은 마음이 굴뚝이었지만 하루만 더 버텨보기로 했다. 우리는 초트라에서 좀 더 내려가 마니 사구Mani Sagu 2,820m까지 갔다. 다행히 로지가 있어서 허름한 방에라도 들 수 있었다. 이런 몸 상태로는 야영이 무리였다. 로지 부엌에선 인심 좋게 생긴 아주머니가 밥을 잔뜩 했다. 손님은 우리 말고도 네팔 사람 2명이 더 있었다. 아주

머니 음식 솜씨가 좋아서 모든 게 맛있었다. 정갈한 찬장을 둘러보다가 선반 위에 있는 고추장을 발견했다. 작년인가 한국인 6명이 다녀가면서 선물로 줬다고 했다.

줌라로 가는 길은 여러 동네에서 나온 사람들로 북적였다. 다들 짐을 한 보따리씩 지고 있어서 피난 가는 것 같았다. 점점 고도를 내리고 있어서 옷을 얇게 입었는데, 가는 길 내내 응달이었다. 빠르게 걷고 있는데도 몸이 으슬으슬했다. 나는 이렇게 추운데 다섯 살쯤 되는 꼬마 하나는 맨발에 슬리퍼만 신고 걸었다. 모자도 장갑도 없이 티셔츠 한 장만 걸치고 있었다.

줌라에 가까워질수록 많은 마을이 나타났다. 점심을 먹기 위해 고티차우르Gothichaur 2,650m의 한 식당에 들어갔다. 식당은 허름하다 못해 불결했다. 파리가 들끓었고, 오토바이가 지나갈 때마다 먼지가 그대로 내려앉았다. 늘어지게 자던 개는 설거지하고 남은, 여러 번 재탕해서 시궁창 물처럼 시커먼 물을 마셨다. 밥을 기다리는 동안 라전과 다와가 현지인들에게 정보를 확인했다. 이곳 남자는 줌라에서 비렌드라나가르Bhirendranagar는 하루에 못 간다고 했다. 이미 비행기 표를 예매했는데 하루에 못 간다니 머릿속이 하얘졌다. 쭘세 사장에게 연락해서 확인해 보니 포터들이 지명을 잘못 알고 있었다. 우리가 갈 곳은 '비'렌드라나가르였는데 '브'렌드라나가르라고 했던 것이다. 천만다행이었다.

목적지가 코앞이라고 생각하면 더 지루해지는 법이다. 쓰레기들이 펄펄 날리는 길을 따라 걸었다. 네팔은 산골이라도 쓰레기가 아무 데나 버려진 곳이 많았다. 대부분은 플라스틱과 비닐이었다. 우리나라도 그런 때가 있었겠지만 그 많은 쓰레기를 볼 때마다 걱정이 됐다.

드디어 줌라에 도착했다. 마을은 생각보다 컸다. 어지간한 것들이 다 있었다. 라전과 다와는 버스터미널부터 찾았다. 괜찮은 호텔이 있는지도 물었다. 터미널은 줌라 끝에 있었고 거기까지 꽤 걸어야 했다. 그리고 정말 괜찮은 호텔을 찾았다. 아직 짓는

중이었지만 방만 놓고 보자면 괜찮았다. 이불도 깨끗했고 뜨거운 물도 콸콸 쏟아졌다. 와이파이도 빵빵했다! 그렇게 오지를 찾아다니면서도 문명의 이기 앞에선 어쩔 수 없었다.

줌라

무례한 아이들

새벽 5시 반, 우리는 호텔에서 떨어진 공터까지 걸어갔다. 그곳엔 이미 출발하려는 차들로 가득했다. 사람들이 '대진 다이(대진형)'라고 부르는 사람이 일일이 자리를 배정해줬다. 승합차 한 줄에 성인 5명씩 앉혔다. 나는 외국인이라 앞자리를 배정받았지만 5명씩 껴서 앉기는 마찬가지였다. 바로 옆에 다와, 그 옆에 라전이 앉았다. 완전한 밀착이었다. 맨 뒤에는 십 대로 보이는 10명의 아이가 탔다. 어찌나 말이 많고 시끄러운지 예감이 좋지 않았다.

새벽부터 준비했는데 정작 버스가 출발한 건 7시가 다 되어서였다. 다른 차들도 서둘러 출발했고 경쟁하듯이 앞질러 갔다. 기사는 뚱한 표정으로 운전을 했다. 갑자기 '쿵' 하는 소리가 들리자 그는 차를 세웠고, 사람들은 우르르 내렸다. 창밖을 내다보니 할머니 한 분이 쓰러져 있었다. 기사는 할머니를 버스에 태우고, 5분쯤 달려 마을병원에 도착했다. 버스에선 나만 빼고 다 내렸다. 경찰 몇 명이 왔다. 기사는 여전히 뚱한 표정으로 병원 앞을 서성거렸다. 문제를 해결하고자 하는 의지가 없어 보였다. 이른 아침인데도 동네 사람들이 병원 앞에 잔뜩 모였다. 다행히 할머니는 크게 다친 것 같지 않았다. 그렇게 1시간을 병원에서 대기했다. 그사이 까불던 애들은 여기저기 흩어져서 밥을 먹었다. 나는 버스가 출발하지 않으면 어떡하나 걱정됐다. 그때 카리스마 '대진 다이'가 나타났다. 그는 경찰과 잠시 얘기를 나누더니 기사보고 출발하라고 했다. 흩어져 있던 사람들도 귀신같이 알고 버스에 탔다.

1시간 넘게 까먹었지만 출발할 수 있어서 다행이었다. 기사는 뚱한 표정에서 의기소침한 표정으로 바뀌었다. 운전도 천천히 했다. 이대로 잘 가나 싶더니 다시 차가 멈췄다. 우리 앞으로 차가 꽉꽉 막혔다. 기사도 내리고 사람들도 내렸다. 사람들은 유원지라도 온 것처럼 과일이나 간식을 사 먹었다. 앞에선 경찰이 오토바이로 길을 막아 놓았다. 교통사고 때문이라는데 양방향을 다 막았다. 이렇게 또 1시간을 잡아먹었다. 비렌드라나가르까지 얼마나 걸릴지 알 수 없었다.

뒷자리 날라리들은 이 작은 버스 안에서 처치 곤란한 존재였다. 떠드는 것도 모자라 떼창을 시작했고, 심지어 담배까지 피워댔다. 그 담배를 뒤에서부터 한 모금씩 빨고 앞으로 돌렸다. 작은 차 안은 순식간에 연기로 가득 찼다. 버스 안엔 아기 엄마와 갓난아기, 소녀 둘, 애 아빠도 있었다. 나이 지긋한 차장도 있었지만 누구도 날라리들한테 뭐라 하지 않았다. 아기 엄마는 창문을 열었고, 소녀들은 기침을 했다. 그래도 아랑곳하지 않았다. 그런데 이게 한 번이 아니었다. 가는 내내 몇 번이고 담배를 피웠다. 화가 단단히 나서 뒤돌아봤더니, 나더러 코리안이라며 자기들끼리 숙덕거렸다. 그 나이대 아이들의 반항 같은 말투였다. 기사나 차장, 애 아빠조차도 가만히 있는 게 이상했다. 나는 애먼 창문만 여닫으며 그들이 알아듣지 못하는 한국어로 투덜거렸다. 네팔에서 이렇게 형편없는 애들은 처음 봤다. 10명이 모여 있으

교통사고로 꽉 막힌
길

니 무서운 게 없어 보였다.

산을 몇 개나 넘었는지 모른다. 버스가 불쌍할 지경이었다. 가
도 가도 거리가 줄어들지 않았다. 우리와 같이 출발했던 버스들
은 보이지 않았다. 어둠이 깔리면서 버스는 더 속도가 느려졌다.
줌라에서 비렌드라나가르까지는 230킬로미터였지만 우린 15시
간에 걸쳐서 갔다. 보통은 12~13시간이라고 했는데 운이 좋지
않았다. 내내 앉아 있느라 엉덩이에 욕창 생기는 줄 알았다. 나
중에 다시 오더라도 버스는 사양하고 싶다.

밤 10시가 돼서야 도착했다. 버스는 우리를 허름한 호텔 앞에

버스가 다니는 길

내려줬다. 가족을 빼고는 모두 이 호텔로 들어갔다. 방은 불결했고, 곰팡이 가득한 화장실에선 지린내가 진동했다. 이불은 눅눅했고 진한 남자 화장품 냄새가 났다. 샤워하고 싶은 마음이 들지 않았다. 먼지투성이 옷을 그대로 입고 식당으로 내려갔다. 나와 얼굴이 마주친 날라리 하나가 반갑게 아는 체를 했다. 너무 괘씸해서 한번 쓱 쳐다보고 말았다.

카트만두로 돌아갈 땐 다 같이 비행기를 탔다. 차마 두 친구만 12시간이 걸린다는 야간버스로 보낼 수 없었다(보통 포터들은 버스로 이동한다). 트레킹도 무사히 끝냈고, 힘들기도 했다. 무엇보다 두 친구가 잘했으니 내가 주는 보너스였다.

Chapter 10

108호수를 찾아서

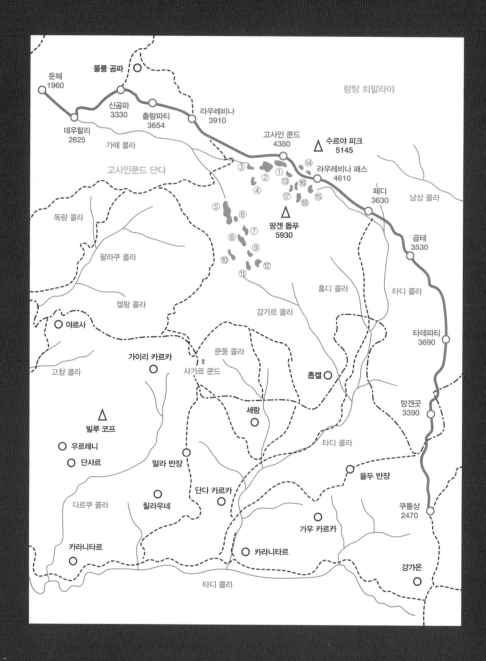

랑탕 국립공원Langtang National Park에는 고사인 쿤드Gosain Kund(쿤드는 신성한 호수라는 뜻)라는 유명한 호수가 있다. 힌두 신화에 의하면 이곳은 시바신이 세상을 구하다가 만들어진 곳이다. 고사인 쿤드는 힌두와 불교신자 모두에게 신성한 곳으로, 8월 만월 축제 기간에는 2만 5천 명에 달하는 순례자들이 찾는다. 그들은 약 일주일 동안 이곳의 신성한 호수를 순례하며, 네팔 각지에서 모인 무당들은 밤새 북 치고 노래하고 몽환상태에서 춤을 춘다.

고사인 쿤드 주변에는 108개의 호수가 있다고 알려져 있지만, 지도에 표시된 건 21곳뿐이다. 필자는 그중에서 18군데를 찾았다. 이곳은 호수뿐만 아니라 풍광이 좋은 언덕이나 고개가 가까이에 있다. 여유가 있다면 며칠 머물면서 명상하기에 좋다. 카트만두에서 가까운 곳이라 접근성이 좋고, 고사인 쿤드 주변 호수만 다녀온다면 일주일 정도라도 충분하다. 봄에는 호수가 얼어서 코발트 빛 호수를 볼 수 없으니, 10월이나 11월을 추천한다.

① 고사인 쿤드 Gosain Kund
② 바이랍 쿤드 Bhairab Kund
③ 사라스와티 쿤드 Saraswati Kund
④ 큐마초 쿤드 Kyumachho Kund
⑤ 라무 쿤드 Lamu Kund
⑥ 라니 쿤드 Rani Kund
⑦ 라자 쿤드 Raja Kund
⑧ 나우 쿤드 Nau Kund
⑨ 체라 쿤드 Chhera Kund
⑩ 에클레 쿤드 Ekle Kund
⑪ 쟈쿵출리 쿤드 Jyakungchuli Kund
⑫ 틴출리 쿤드 Tinchuli Kund
⑬ 두드 쿤드 Dudh Kund
⑭ 가네시 쿤드 Ganesh Kund
⑮ 수르야 쿤드 Surya Kund
⑯ 찬드라 쿤드 Chandra Kund
⑰ 라갓 쿤드 Ragat Kund
⑱ 아마 쿤드 Ama Kund

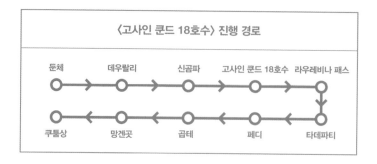

〈고사인 쿤드 18호수〉 진행 경로

둔체 → 데우랄리 → 신곰파 → 고사인 쿤드 18호수 → 라우레비나 패스

쿠툼상 ← 망겐곳 ← 곱테 ← 페디 ← 타데파티

길을 벗어나서

108호수 얘기를 들은 건 네팔에 사는 지인한테서다. 안나푸르나 나왈과 헬람부 부근 토굴에서 지내는 한국 스님이 계신데, 그 스님이 고사인 쿤드 108개 호수 중에서 60개가 넘는 호수를 찾았다고 했다(스님은 2018년 봄에 돌아가셨다). 그 얘기를 듣는데 이상하게 가슴이 뛰었다. 꼭 가봐야 할 것 같았다.

쯤세 사장이 9월부터 108개 호수를 아는 현지인을 물색했지만 끝내 찾지 못했다. 툴로 샤브르에 있는 사람이 안다고 했지만 말을 자주 바꿨다. 108개 전부를 알지도 못했다. 심지어 가이드

명목으로 하루에 40~50달러의 높은 인건비를 요구했다. 이 정도면 등반 전문 클라이밍 가이드 수준이었다. 108개를 다 찾지 못할 거라면 굳이 그런 사람은 필요 없었다. 나는 정말로 108호수가 있는지 궁금했을 뿐, 다 찾겠다는 욕심은 없었다. 찾아보는 데까지 찾다가 아니면 마는 거지.

이번 여정도 라전과 다와가 함께했다. 우리는 카트만두부터 8시간 버스를 타고 둔체Dhunche 1,960m에 내렸다. 둔체는 나에게 '지진의 추억'이 있는 곳이라 특별한 동네였다. 2015년 대지진 때 우리는 이 마을에 갇혔다. 길이 끊어졌고, 수시로 여진이 찾아왔다. 운동장 자갈밭 천막 아래서 등산화를 신은 채 자야 했다. 그리고 3일째 되는 날 30킬로미터 넘게 걸어서 탈출했다. 아직도 혼란스러웠던 그날이 생생한데 지금은 지진의 흔적이 거의 남지 않았다. 사람들은 살고자 하는 본능이 대단해서 어떤 재해도 결국은 극복해낸다.

전에는 로지에서 제공하는 이불을 건드리지도 않았는데 이제는 웬만하면 덮고 잔다. 그렇게 깔끔 떨더니 옷을 갈아입는 것도 침낭을 꺼내는 것도 귀찮아졌다. '나는 원래 이래, 나는 절대 그렇지 않아.' 그렇게 말하던 것들이 나이가 들면서, 상황에 따라 바뀌었다. 내가 고집하던 것들이 점점 무색해져 갔다.

저녁으로 달밧을 먹고 나자 라전이 과일을 내왔다. 오늘 무슨 날인가? 한 번도 이런 적이 없어서 뭐냐고 했더니 자기가 준비했단다. 뭐야, 이 감동적인 상황은. 사람은 큰 것보다 이런 작은 것에 더 감동받는다. 지난번 트레킹에서 라전이 가이드로서 부족한 부분을 쭘세 사장에게 얘기했더니 바꾸려고 애썼다. 이번 여정에서도 그는 가이드 겸 포터였고, 나는 손님 입장에서 그의 가이드 역할을 봐주기로 했다. 일종의 트레이닝인 셈이다.

둔체에서 신곰파Shingompa 3,330m로 가는 길은 내내 가파른 오르막길이다. 이곳을 내려온 게 2번인데 그때마다 올라갈 곳은 못 된다고 생각했다. 당연히 내가 여기로 올라갈 일도 없다고 생각했다. 그런데 이렇게 다시 왔다. 세상에 단정할 수 있는 일은 아무것도 없었다. 어떤 길이 유독 힘들거나 편한 건 길의 문제가 아니었다. 그 길을 걷는 내 마음의 문제였다. 처음에 왔을 땐 피곤이 겹겹이 누적되어 힘들었다. 이번엔 시작하는 날이라 날아갈 것처럼 가벼웠다. 같은 길이라도 내 상황에 따라 쉽거나 어려운 길이 되었다.

신곰파 어느 로지에 들었다. 손님은 나뿐이었다. 날이 추워서 따뜻한 똥바를 주문했다. 라전과 다와는 사람들에게 108호수에 대해 물었지만, 그다지 희망적이지 않았다. 아무리 현지인이라도 먹고사는 문제와 관련 없는 108호수를 찾아다니진 않았다.

포터들이 오기 전에 촐랑파티Cholangpati 3,654m에서 차를 마셨다. 로지 언니에게 짧은 네팔어로 말을 걸었더니 폭포수 같은 대답이 쏟아졌다. 나는 얼른 꼬리를 내리며 네팔 사람이 아니라

라우레비나에서
만난 구름바다

고 말했다. 뒤늦게 도착한 다와는 여기서도 108호수에 대해 물었다. 로지 언니가 알려준 전화번호로는 연락이 되지 않았다. 호수의 절반은 찾겠지 하는 희망이 점점 옅어져 갔다. 이곳에 오면 누구라도 알 것 같았는데 쉽지 않았다. 랑탕도 몇 년 사이 물가가 많이 올랐다. 점심 한 끼 주문하는 것도 신경이 쓰였다. 어떻게 우리나라보다 비쌀 수 있지? 가장 싼 볶음감자를 주문해 놓고 지도만 들여다봤다.

108호수를 찾아서

라우레비나Laurebina 3,910m 아래로 구름이 깔렸다. 아침에 출발했던 신곰파는 구름 아래 잠겨서 보이지 않았다. 올라갈수록 황홀한 구름바다가 펼쳐졌다. 세 번째 방문이지만 이런 풍경은 처음이었다. 히말라야는 같은 곳이라도 계절과 시간에 따라 다른 곳이 되었다.

네팔 히말라야 횡단 동쪽 구간을 마치고 약 80일 만에 이곳을 내려갈 때 그 허탈함은 이루 말할 수 없었다. 내가 가고자 했던 몇 군데는 실패했고, 포터 한 명은 사고를 당했다. 숱한 사건과 사고들은 내 마음을 피폐하게 만들었다. 무사해서 다행이라며 스스로 위로했지만 마음 안쪽엔 깊은 허탈감도 있었다. 하지만 세상 모든 불행을 짊어진 것 같은 때도, 너무 좋아서 운명인 것 같은 것도 시간이 지나면 잠잠해졌다. 좋은 것도 나쁜 것도 그렇게 모두 지나갔다. 어쩌면 정말 필요한 건 그 모든 것을 견뎌야 하는 시간인지도 몰랐다.

고사인 쿤드엔 로지마다 손님이 가득했다. 우리는 어쩔 수 없이 가장 허름한 로지에 짐을 풀었다. 스물한 살 밍마는 지도에 표시된 호수를 다 안다고 했다. 이미 108호수는 물 건너간 일이라 그것만이라도 찾기로 했다. 열흘 정도 머물면서 호수를 찾아볼 생각이었는데, 밍마는 이틀이면 된다고 했다. 아쉬웠지만 일단 그 친구를 고용했다. 지도를 보면 고사인 쿤드를 포함해서 총 21개의 쿤드가 있다. 고사인 쿤드 아래는 바이랍 쿤드Bhairab

Kund와 사라스와티 쿤드Saraswati Kund가 있다. 힌두 신화에 의하면, 이 세 호수는 시바신이 삼지창으로 찍을 때 생긴 것이다.

어느 신이 한 성자의 선물을 부주의하게 다루면서 저주를 받는다. 그로 인해 신들에게도 노화와 죽음이 찾아오게 된다. 불사약을 만들려면 메루산을 뽑아 바다를 휘저어야 하는데, 신들은 힘이 부족했다. 결국 그들은 악마 아수라와 협력한다. 메루산으로 바다를 휘젓자 수많은 생명이 죽고, 산은 불길에 휩싸여 모든 짐승을 태워버린다. 이때 바다에서 죽음의 독약인 깔라꾸타가 솟구친다. 신들이 기겁하여 도망갈 때 시바신만이 그 독을 입에 머금는다. 놀란 시바신의 아내 파르바티는 독약이 남편을 죽이지 못하도록 목을 붙잡는다. 비슈누신은 독이 세상을 파괴하지 못하도록 시바신의 입을 틀어막는다. 뜨거운 독을 참지 못한 시바신은 자신의 삼치창을 들고 히말라야 한 곳을 내리찍는다. 그러자 3개의 샘이 솟아나며 호수가 만들어진다. 시바신은 그중에서 가장 큰 호수로 들어가 불타는 목을 식힌다. 그곳이 고사인 쿤드다.

네 번째 호수 큐마초 쿤드Kyumacho Kund는 길을 벗어나서 안쪽으로 들어가야 했다. 이 호수는 다른 말로 안드라 쿤드Andra Kund, 네팔어로 안드라는 '장'이라는 뜻이다. 실제로 호수 주변에 장처럼 구불구불한 물길이 있었다. 큐마초 쿤드는 작고 얕아서 호수처럼 보이지는 않았지만 여름이면 수량이 제법 있을 듯

했다. 신성한 호수로 이어지는 길은 잘 닦인 계단이었다. 그만큼 순례자들이 즐겨 찾는 곳이라는 뜻이기도 했다. 돌길을 따라가는 길은 내내 가네시 히말과 마나슬루의 호위를 받았다. 걷다 보면 기대하지 않은 곳에서 뜻밖의 풍경을 만나기도 하는데 여기가 그랬다. 호수를 찾는 건 둘째 치더라도 풍경이 근사했다.

　계단을 내려서자마자 진녹색의 커다란 호수가 반겼다. 라무 쿤드Lamu Kund라 했다. 숨겨진 보물을 찾은 것처럼, 새로운 세상에 발을 들어 놓은 것처럼 설렜다. 많은 사람이 고사인 쿤드를

다녀가지만 2시간 거리에 이런 세상이 있는 줄은 모를 거다. 라무 쿤드 뒤로도 호수가 보였다. 주변에는 4천 미터대 돌산밖에 없었다. 어디에서도 물이 나올 곳이 없어 보였다. 시바신의 삼지창이 이곳에도 찍혀서 샘이 솟은 걸까. 라무 쿤드를 바라보며 우리는 여섯 번째 호수인 라니 쿤드Rani Kund에 짐을 내렸다. 이곳이 베이스캠프인 셈이었다. 호수 뒤로 가네시 히말과 마나슬루가 보이는 근사한 자리였다. 고사인 쿤드에서 멀지도 않으면서 이런 풍경을 볼 수 있는 곳이 있다니 놀라웠다.

점심을 먹고 나머지 호수를 찾으러 나섰다. 일곱 번째는 바로 앞에 있었다. 라자 쿤드Raja Kund였다. 라전, 다와, 밍마는 사진 찍는 걸 좋아했다. 녀석들도 아름다운 곳에서 시간을 보내는 게 좋은지 놀러 온 사람들처럼 사진을 찍었다. 다음 호수도 가까운 곳에 있었다. 여덟 번째와 아홉 번째인 나우 쿤드Nau Kund와 체라 쿤드Chhera Kund였다. 이 안에만 5개의 호수가 있었다. 나머지 호수들은 돌산 사이사이에 있었다. 열 번째 에클레 쿤드Ekle Kund 는 언덕에서 내려다보였다. 이 호수는 아래까지 내려가야 했지

나우 쿤드와 체라 쿤드

만 얼어 있어서 굳이 가지 않았다. 언덕을 더 올라가자 제법 큰 틴출리 쿤드Tinchuli Kund가 나타났다. 지도와 모양이 달랐지만 밍마가 그렇다고 하니 그런 줄로 알았다. 이곳은 물도 맑았고 야영하기에도 좋았다. 쟈쿵출리 쿤드Jyakungchuli Kund까지 가려면 산을 하나 넘어야 했지만, 우린 틴출리 쿤드 끝에서 보는 것으로 만족했다. 호수를 하나씩 돌아보기엔 너무 늦기도 했다. 한 가지 위안이라면 호수의 위치를 모두 정확히 파악했다는 점이다. 그것만으로도 큰 소득이었다. 그렇게 하루 만에 12개의 호수를 찾았다. 이 호수들은 모두 몰려 있었고 길도 좋아서 찾기에 무리가 없었다.

내가 108호수를 찾으러 간다고 했을 때 어떤 분이 그런 말씀을 하셨다. 마른 호수도 있을 텐데, 그런 것까지 찾는 게 무슨 의미가 있겠냐고. 맞는 말이다. 이름도 없고, 말라서 간신히 흔적만 있는, 너무 작아서 호수인지도 모를 것들을 모두 찾는다 한들 무슨 의미가 있을까 싶다. 어쩌면 108호수는 관념 속에만 존재하는 건지도 모른다는 생각이 들었다. 백팔번뇌처럼 상징적일 수도 있다. 어차피 다 찾을 수 없는 호수라면 지도에 있는 것 중에서 18개만 찾아보기로 했다. 108이라는 숫자에서 0을 뺀 18개만이라도. 그렇게 결정하고 나니 마음이 한결 가벼워졌다.

고사인 쿤드에서 다와를 보내고 라전과 둘이 라우레비나 패스Laurebina Pass 4,610m로 향했다. 이틀 동안 같이 다니기로 했던 밍

마도 인건비를 챙겨주고 보냈다. 라전이 설명을 들었으니 가는 동안 나머지 호수를 찾을 수 있을 듯했다. 걷고 또 걷다 보면 무덤덤하다가도, 어느 순간 온몸이 뻐근해질 때가 있다. 50일이 넘어가면 걸을수록 체력이 좋아지는 게 아니라, 피로가 누적됐다. 지금이 딱 그랬다. 올라가는 내내 다리가 뻐근해서 자주 쉬어야 했다. 짐이 한결 가벼워진 라전은 걸음도 가벼웠다. 늙은 디디는 헉헉대면서 올라가는데, 그는 날아서 갔다.

뒤돌아보니 고사인 쿤드 위로 두드 쿤드Dudh Kund가 보였다. 생각보다 가까운 곳에 있었지만 여기도 물이 말라서 호수처럼 보이지 않았다. 두드 쿤드에서 다른 호수들과 연결되는 길도 보였다. 언제고 고사인 쿤드에 다시 오게 된다면 저 길을 따라서 올라가 보고 싶었다. 3일 정도 머물면서 천천히 호수를 돌아보는 것도 좋을 듯했다.

가네시 쿤드Ganesh Kund는 길옆에 있어서 바로 찾았다. 가네시는 힌두교에서 유명한 신의 이름이다. 시바신의 아들로, 코끼리 머리를 가지고 있다. 가네시는 아름다운 힌두신 파르바티와 시바신 사이에서 태어난 아들이다. 하지만 그는 아버지 없이 자랐다. 어느 날 어머니가 목욕하고 있을 때 시바신이 찾아왔다. 가네시는 아버지인 줄 모르고 그를 막았고, 그는 아들인 줄 모르고 목을 쳤다. 나중에 크게 후회한 시바신이 가네시의 몸에 코끼리 머리를 붙여 주었다.

라우레비나 패스에 도착하자마자 짐을 내려놓고 능선 쪽으로
올라갔다. 밍마 말로는 여기서 4개의 호수가 모두 보인다고 했다.

"디디, 호수가 보여요!"

라전의 목소리가 얼마나 반가운지, 뛰다시피 해서 올라갔다.
그리고 눈앞에 펼쳐진 4개의 호수를 바라보았다. 라우레비나 패
스 옆으로는 수르야 쿤드Surya Kund, 능선 아래쪽으로는 아마 쿤
드Ama Kund, 라갓 쿤드Ragat Kund, 찬드라 쿤드Chandra Kund가 있

었다. 이렇게 해서 결국 18개를 채웠다. 사실 몇 개 더 찾을 수 있었지만 애쓰지 않았다. 호수로 가는 길을 모두 알았으니 그걸로 족했다.

오후가 되자 어김없이 구름바다가 만들어졌다. 11월이라서 그런지 매일 이런 현상이 반복됐다. 신기하게도 구름은 3천 500미터 이상은 올라오지 않았다. 덕분에 위에서는 구름바다를 보며 걸을 수 있었다. 페디Phedi 3,630m는 한 번 와 봤던 곳이라 익숙했다. 사람은 낯설고 편한 것보다 불편하고 익숙한 걸 선호한다던데, 내가 그 짝이었다. 더 좋은 방을 두고도 군이 작년에 머물렀던 방에 짐을 푼 걸 보면 그랬다. 이곳에서 보는 구름바다는 끝내줬다. 구름이라는 걸 알면서도 뛰어내리면 푹신할 것 같은 착각이 들었다. 이런 걸 볼 때마다 오래 살고 싶어진다. 오랫동안 히말라야를 걷고 싶어진다.

나 돌아갈래

내려가는 동안 만나는 돌탑마다 유심히 살폈다. 작년에 왔을 때 핀조가 어딘가에 돌탑을 쌓았는데, 다시 보고 싶었다. 그 아이가 돌탑을 쌓는 걸 보면서 내가 저걸 볼 날이 있을까 싶었는데 1년 만에 다시 왔다. 핀조는 히말라야 횡단할 때 70여 일을 같이

타데파티 패스에서
보이는 히말라야
산맥

다닌 포터였다. 늘 수줍고 말이 없던 아이였는데, 이 구간을 지날 때 처음으로 나한테 인사도 하고 말을 걸었다. 부지런하고 일도 잘하는 친구라 오래도록 기억에 남았다. 얼마 전에는 쭘세 사장을 통해서 연락을 해보기도 했지만, 끝내 소식을 듣지 못했다. 핀조가 쌓은 돌탑은 결국 찾지 못했다. 무너진 돌탑이 있어 되돌아가서 확인해보기도 했지만 그게 다였다.

1년 전에는 비가 와서 타데파티 패스Thadepati Pass 3,690m에서 아무것도 볼 수 없었다. 점심을 먹고 혹시나 해서 들러봤더니 히말라야산맥이 줄지어 있었다. 그랬구나, 여기서 이런 게 보였구나. 라전에게 짐을 내려놓으라고 하고 잠시 멈춰 서서 길게 늘어선 흰 산을 바라보았다. 나는 때때로 내가 전생에 네팔 어딘가에 살았던 게 아닐까 하는 생각을 한다. 그때 못한 수행을 지금에서야 하는 건 아닐까 하고. 네팔이 다 좋다고 말할 수는 없지만, 그럼에도 알 수 없는 이유로 편안했다. 어설픈 네팔 말이라도 한마디 하고 싶고, 너무 힘들어서 이제는 그만가야지 싶다가도 다시 찾을 수밖에 없는 곳이 되었다. 내가 하고 싶고, 해야 하는 일을 여기서 이어가는 거라고 생각한다. 그러다 어느 순간 발길을 끊게 된다면, 그 또한 자연스러운 인연일 것이다.

쉬지 않고 내려갔다. 이제는 정말로 내려갈 일만 남았다. 축축한 구름 사이를 걸으며 내년엔 어디로 갈지 궁리했다. 이미 정한 길이 있었지만 생각을 되새김질하는 게 좋았다.

망겐고트Mangengoth 3,390m에서 남은 신라면을 라전과 나눠 먹었다. 나는 라전의 눈썹을 볼 때마다 '앵그리 버드'가 생각났다.

"라전, 잘생긴 거 알아요?"

"네, 알아요."

"그런데 눈썹이 앵그리 버드 닮았어요."

라전은 쑥스러운지 자기 눈썹을 만졌다. 거짓말 좀 보태서 눈썹이 얼굴의 반이나 차지했다. 그래서 인상이 강해 보이지만 실제로는 조용하고 차분했다. 내가 라전과 한국어로 얘기하는 걸 들었는지 옆에 있던 네팔 친구가 말을 걸었다. 그는 EPS(EPS-TOPIK 한국어능력시험) 준비 중이라면서 그동안 배운 말을 써먹었다. 나 역시 그동안 배운 네팔어를 신나게 써먹었다. 이곳에 모인 다른 포터들도 '안녕하세요'나 '감사합니다' 정도는 알고 있었다. 네팔에 오는 한국인도 많았지만, 가장 큰 영향은 '코리안 드림'인 듯했다. 네팔 어디를 가도 한국을 모르는 곳은 거의 없었다. 마을에서 한두 명은 한국에서 일하고 있다는 얘기를 꼭 들었다.

원래 계획은 쿠툼상Kutumsang 2,470m을 지나서 순다리잘Sundarijal 1,460m까지 이틀을 더 내려가는 거였다. 막상 쿠툼상에 도착해서 마음에 점을 찍고 나자 그만 걷고 싶었다. 샤워를 하고, 맥주를 마시며 쉬고 싶었다. 그동안 많이 걸었으니 이제 그만 걸어도 될 것 같았다. 걷고 싶을 때 걷고, 걷기 싫으면 언제든 그만

둘 수 있다. 내가 걷는 이유는 궁금함 때문이고, 이제 모두 해소되었으니 돌아갈 때가 되었다. 라전에게 내일 여기서 버스를 타고 가자고 했다. 그러자 라전은 마지막이라며 석류를 내왔다. 그는 잊을 만하면 사과나 석류를 내와서 나를 놀라게 했다. 고마웠다. 저걸 손으로 다 까서 적절한 때 내주는 건 분명 정성이 필요한 일이니까.

아침 7시에 버스를 탔다. 출발지점이라 우리가 첫 손님이었다. 버스는 비포장도로를 널뛰기하면서 내려갔다. 굴곡진 곳에선 차를 돌리지 못해 애를 먹기도 했다. 버스가 마을을 지날 때마다 차

안은 승객으로 미어터졌다. 사람들은 자꾸 타는데 버스는 쉬지도 않고 뒤뚱뒤뚱 달리기만 했다. 먼지를 잔뜩 뒤집어쓰고 카트만두에 도착한 건 저녁이 다 되어서였다. 모처럼 쫌세 사장네 식구들을 불러서 삼겹살을 같이 먹었다. 누군가 예쁘면 밥이라도 한 끼 사주고 싶은 것이 인지상정이라, 그들에겐 그러고 싶었다.

계획했던 히말라야 트레킹은 모두 끝났다. 작년에는 전혀 순조롭지 않았지만, 올해는 수월한 편이었다. 히말라야 신이 그동안 고생했다면서 봐주신 모양이다. 집으로 돌아가는 날, 쫌세 사장을 비롯해서 인드라, 발, 라전, 다와가 공항까지 와서 나를 배웅해줬다. 악수를 하고 헤어지려는데, 각자 주머니에서 카타(축복을 의미하는 스카프)를 꺼냈다. 그러고는 한 명씩 내 목에 걸어주었다. 한꺼번에 5개의 카타를 받은 건 처음이었다. 괜히 눈물이 나오려고 해서 얼른 인사를 마치고 안으로 들어갔다. 네팔 트레킹은 한 번이면 될 줄 알았다. 두 번째 왔을 때도 그걸로 끝날 줄 알았다. 네팔 히말라야 횡단을 마쳤을 때도 이거면 충분하다고 생각했다. 그리고 올해 다시 5개월여를 걸으면서 확실하게 알았다. 적어도 나는 1년에 한 번은 네팔에 올 거라는 걸. 그게 내 운명이라는 걸.

내가 걷는 모든 길이
히말라야였으면

백수가 되면서부터 히말라야에 다니기 시작했으니, 2020년이면
고산 트레킹 역시 7년째가 된다. 어쩌다 보니 1년의 절반을 '히
말라야에서 걷는 사람'이 되었다. 히말라야와의 인연에 대해선
아직도 어리둥절하다. 나는 히말라야를 꿈꿨던 사람이 아니기에
더욱 그렇다.

2년 전, 히말라야 횡단을 하겠다고 했을 때 모 일간지 기자와
인터뷰를 했다. 그 일간지에서는 예전에 대 히말라야 횡단을 추
진하려고 했었기에, 누구보다 이 길에 대해 잘 알고 있었다. 기
자는 나에게 '대 히말라야 횡단 계획서'를 보내주었다. 약 5천 킬
로미터에 경비만도 엄청났고 많은 시간이 필요했다. 혼자서는

네팔만으로도 버거웠기에, 몇 개의 나라를 연이어 한다는 건 생각조차 할 수 없었다.

2018년 여름, 60일 일정으로 파키스탄 트레킹에 다녀온 후 문득 궁금해졌다. 대 히말라야 횡단 루트에서 파키스탄은 어디일까. 나는 기자가 보내준 계획서를 다시 펼쳤다. 이 무슨 운명인지, 내가 걸었던 그곳이 모두 포함되어 있었다. 게다가 원정 대원 중 고故 김창호 대장님 이름을 발견한 순간 뭔가 번쩍했다. 나는 이 모든 것이 연결되고 있음을 느꼈다. 기자가 내게 대 히말라야 횡단 계획서를 보내준 것, 그 안에 김창호 대장님의 이름이 있었던 것, 파키스탄에 다녀온 후 그분을 만난 것, 그분이 돌아가시고 우연히 구르자 히말이 보이는 곳을 걸었던 것.

나는 내가 할 일을 분명히 깨달았다. 네팔에 국한되었던 히말라야를 파키스탄, 인도, 부탄까지 확장했다. 5천 킬로미터에 달하는 그 길을 모두 이어보기로 했다. 걷고 또 걸어서 히말라야에서 1만 킬로미터를 걷고 싶은 소망이 생겼다. 지금까지 걸었던 것보다 더 많은 시간을 히말라야에서 보내는 일, 그리하여 내가 걷는 그곳이 모두 히말라야라면 얼마나 좋을까 생각했다.

네팔 히말라야 횡단 이후, 나는 매년 5~6개월씩 히말라야를 찾았다. 그렇게 히말라야에서만 6천 킬로미터 이상 걸었다. 한국어밖에 할 줄 모르는 내가, 내 능력으로는 할 수 없을 거라고 생각했던 일을 해냈다. 여러 나라에 걸친 히말라야를 걸었다. 스스로 기특하고 대견했다. 이번 가을에는 인도 국경을 넘어 육로로 네팔에 가는데, 고향집에 가는 것 같았다. 내겐 분명 낯선 지역이었는데도 괜히 기분이 좋아서 혼자 실실거렸다. 이러다 언젠가는 네팔에서 살 수도 있겠다는 생각이 들었다. 그곳에 살면서, 그들의 말을 배우고, 잠시나마 그곳 사람이 되어보는 일. 네팔의 오지를 다니면서 그들의 말로 대화하는 내 모습을 상상하면서, 멀지 않아 그리 될 것이라는 것을 어렴풋이 느꼈다.

문득 이런 생각이 들었다. 나는 왜 히말라야에서 걷기를 고집하는 걸까. 단순히 개인의 욕망을 위해서 그 많은 시간과 경비를 들이는 것일까. 낯선 사람들과의 갈등을 감수하면서, 고행이나 다름없는 이 여행이 단순히 즐거움만을 위한 것일까. 먼 과거로부터 이어진 어떤 과정의 연속이 아닐까. 어느 순간 나의 여행이, 단순한 걷기에서 뭔가 다른 것을 보고 있을지도 모른다는 생각이 들었다. 그래야만 하는 이유가 있지 않을까 하는. 나는 내가 히말라야 구석구석을 꽤 오랫동안 다닐 거라는 것을 이미 알고 있었던 것 같다. 이제 그것은 내 인생에서 중요한 사명이 되었고, 어쩌면 이번 생을 살고 있는 목적이 아닐까 싶기도 하다.

앞으로 나는 네팔과 함께 파키스탄, 인도, 부탄으로 이어지는 히말라야 이야기를 계속 써나갈 생각이다. 글쓰기는 걷기의 연장이고, 걷기의 마무리는 글쓰기라는 생각에서다.

끝으로 말없이 지켜봐주는 부모님과 동생들, 나의 히말라야 트레킹에 늘 힘차게 응원해주는 지인들과 SNS 친구들께 감사를 전한다. 네팔 트레킹에 대한 아이디어와 정보를 얻을 수 있었던 김영한 님 블로그에 무한한 감사를 드리며, 히말라야 트레킹에 대해 새로운 눈을 뜨게 해준 조미경 님께 늦은 인사를 전한다. 5개월간의 고단한 트레킹을 무사히 진행해준 네팔의 쭘세 사장과 함께 일하는 친구들에게도 고마움을 전하며 그들의 발전을 빈다. 이 책이 나올 수 있도록 힘써주신 도서출판 더숲 김기중 대표님, 다른 책에 비해 복잡한 영문 지명과 지도가 많아서 고생했을 편집부와 디자이너, 이 책이 태어날 수 있게 애써주신 모든 분께 감사드린다.

거칠부

직장인도 갈 수 있는
네팔 히말라야 오지 트레킹 코스

부록 1

1. 네팔에서 잘 알려지지 않은 곳 위주로 만든 일정이며, 특별 허가를 받아야 하는 구간이 다수 있습니다.
2. 아래 일정은 참고용이며, 반드시 현지 여행사에 가능한 일정인지 확인해야 합니다.
3. 트레킹을 계획할 때는 아래 일정에서 2~3일을 추가해야 합니다(이동 방향 및 방법에 따라 더 추가될 수 있음).
4. 국내선을 이용할 경우, 날씨에 따라 결항될 확률이 크므로 예비일이 필요합니다(특히 여름철).
5. *는 풍광이 좋은 곳이며 체력적·기술적 난이도는 ★로 표시했습니다(기준 ABC ★★ / EBC ★★★).

네팔 서부			
지역	일수	리미 밸리(5,001m) ★★★	숙박
극서부	1	카트만두 – 네팔간지: 국내선	호텔
	2	네팔간지 – 시미콧(2,985m)	로지
	3	시미콧 – 다라포리(2,300m) – 케르미(2,790m)	캠핑
	4	케르미 – 라마싱 카르카(3,355m) – 총사(4,000m)	캠핑
	5	총사 – 다람살라 – *냘루 라(5,001m) – 퐁카르 카르카 – *탈룽초 – 굼바에크(4,030m)	캠핑
	6	굼바에크 – 톨링(4,020m) – 장(3,930m) – 할지(3,720m)	캠핑
	7	할지 – 틸 – 차양 랑마(4,200m)	캠핑
	8	차양 랑마 – *라마카 라(4,300m) – 남카 – *마네페메(3,992m) – 힐사(3,600m) / 시미콧: 헬리콥터 20분	로지
	9	시미콧 – 네팔간지 – 카트만두: 국내선 2회	호텔
지역	일수	리미 밸리(5,001m) 확장 ★★★	숙박
극서부	1~8	상동	–
	9	힐사 – 톰콧(3,380m)	캠핑

지역	일수	리미 밸리(5,001m) ★★★	숙박
극서부	10	툼콧 – 케르미(2670m)	캠핑
	11	케르미 – 시미콧(2,985m)	로지
	12	시미콧 – 네팔간지 – 카트만두 : 국내선 2회	호텔

지역	일수	라라 호수(2,987m) ★★	숙박
극서부	1	카트만두 – 네팔간지: 국내선	호텔
	2	네팔간지 – 줌라(2,370m): 국내선	호텔
	3	줌라 – 체레 차우르(3,055m)	로지
	4	체레 차우르 – 찰라 차우르(2,980m)	로지
	5	찰라 차우르 – 신자 밸리(2,490m)	로지
	6	신자 밸리 – 고로 싱하(3,050m)	로지
	7	고로 싱하 – *라라 호수(3,010m)	로지
	8	라라 호수 휴식(호수 한바퀴 산책)	로지
	9	라라 호수 – 피나(2,440m)	로지
	10	피나 – 붐라(2,850m)	로지
	11	붐라 – 줌라(2,370m)	호텔
	12	줌라 – 네팔간지 – 카트만두: 국내선 2회	호텔

지역	일수	세이 폭순도 호수 ★★	숙박
하돌포	1	카트만두 – 네팔간지 : 국내선	호텔

지역	일수	세이 폭순도 호수 ★★	숙박
하돌포	2	네팔간지 – 주팔(2,475m): 국내선 / – 쳅카(2,720m)	로지
	3	쳅카 – *세이 폭순도 호수(링모 3,640m)	로지
	4	세이 폭순도 호수 휴식(호수 주변 트레킹)	로지
	5	세이 폭순도 호수 – 쳅카(2,720m)	로지
	6	쳅카 – 주팔(2,475m)	로지
	7	주팔 – 네팔간지 – 카트만두: 국내선 2회	호텔

지역	일수	카그마라 라(5,115m) ★★★	숙박
하돌포	1~2	상동	–
	3	쳅카 – 풍모(3,500m)	로지
	4	풍모 – 라사(4,060m)	캠핑
	5	라사 – *카그마라 라(5,115m) – 카그마라 페디(4,190m)	캠핑
	6	카그마라 페디 – 후리콧(3,010m) – 차우리콧(3,060m)	로지
	7	차우리콧 – 마우레 라그나(3,894m) – 초트라 – 마니 사구(2,820m)	로지
	8	마니 사구 – 구티차우르 라(2,995m) – 고티차우르(2,650m) – 줌라(2,540m)	호텔
	9	줌라 – 네팔간지 – 카트만두: 국내선 2회	호텔

지역	일수	하돌포 라운딩 ★★★	숙박
하돌포	1	카트만두 – 네팔간지: 국내선	–
	2	네팔간지 – 주팔(2,475m): 국내선 / 두나이(2,140m)	로지/캠핑

지역	일수	하돌포 라운딩 ★★★	숙박
하돌포	3	두나이 – 타라콧(2,540m)	캠핑
	4	타라콧 – 라이니(3,160m)	캠핑
	5	라이니 – 나왈빠니(3,545m)	캠핑
	6	나왈빠니 – 도타랍(3,944m)	캠핑
	7	도타랍 휴식	캠핑
	8	도타랍 – *누말라 하이캠프(4,800m)	캠핑
	9	누말라 하이캠프 – *누말라 리(5,309m) – 다니가르(4,512m)	캠핑
	10	다니가르 – *바갈라 라(5,169m) – *야크 카르카(3,860m)	캠핑
	11	야크 카르카 – *세이 폭순도 호수(링모 3,640m)	캠핑
	12	세이 폭순도 호수 – 쳅카(2,720m)	로지/캠핑
	13	쳅카 – 주팔(2,475m)	로지
	14	주팔 – 네팔간지 – 카트만두: 국내선 2회	호텔
지역	일수	잘자라 패스(3,414m) ★★	숙박
다울라기리	1	포카라 – 다르방(1,070m) : 차량	로지
	2	다르방 – 다라파니 – 시방 – 무나: 택시 1시간 30분 / 모레니(2,275m)	홈스테이
	3	모레니 – *잘자라 패스(3,414m) – 모레니(2,275m)	홈스테이
	4	모레니 – *다라파니 – *시방 – 다르방(1,070m)	로지
	5	다르방 – 포카라: 차량	호텔

지역	일수	잘자라 패스(3,414m) – 도르파탄 ★★	숙박
도르파탄	1~2	상동	–
	3	모레니 – *잘자라 패스(3,414m) – 첸퉁(2,945m)	홈스테이
	4	첸퉁 – 도르파탄(2,870m) – 수쿠르둥(2,045m)	로지
	5	수쿠르둥 – 부르티방	로지
	6	부르티방 – 포카라: 차량	호텔

지역	일수	잘자라 패스(3,414m) – 도르파탄 – 하돌포 ★★	숙박
도르파탄	1~3	상동	–
	4	첸퉁 – 도르파탄(2,870m)	로지
	5	도르파탄 – 쿠쿠르 데우랄리(3,100m) – *팔구네 패스(4,100m) – 탄쿠르	로지
	6	탄쿠르 – 카얌(3,000m) – 따또빠니(2,360m)	캠핑
	7	따또빠니 – 구이방(2,760m) – *둘레(3,410m)	로지/캠핑
	8	둘레 – 푸팔 페디(3,940m) – 푸르방(4,065m)	캠핑
	9	푸르방 – *장 라(4,519m) – 남도(2,326m)	로지
	10	남도 – 두나이(2,140m) – 주팔	로지
	11	주팔 – 네팔간지 – 카트만두: 국내선 2회	호텔

네팔 중부

지역	일수	코프라 단다(3,660m) – 모하레 단다(3,320m) ★★	숙박
안나푸르나	1	카트만두 – 포카라: 국내선 / 포카라 – 간드룩(1,940m): 차량	로지

지역	일수	코프라 단다(3,660m) – 모하레 단다(3,320m) ★★	숙박
안나푸르나	2	간두룩 – 타다빠니(2,630m)	로지
	3	타다빠니 – 도바토(3,492m)	로지
	4	도바토 – *물데 뷰 포인트(3,637m) – 도바토 – 단 카르카(3,026m)	로지
	5	단 카르카 – *코프라 단다(3,660m)	로지
	6	코프라 단다 – *뷰 포인트 – 팔라테(2,270m)	로지
	7	팔라테 – 나카코 비사우네(2,670m) – *풀바리 – *모하레 단다(3,320m)	로지
	8	모하레 단다 – *푼힐(3,193m) – 고레파니(2,860m) – 울레리(1,960m)	로지
	9	울레리 – 비레탄티(1,025m) – 포카라	호텔
	10	포카라 – 카트만두: 차량 및 국내선	호텔

지역	일수	루브라 패스(3,772m) ★	숙박
안나푸르나	1	포카라 – 좀솜: 차량	로지
	2	좀솜 – 까그베니(2,810m)	로지
	3	까그베니 – 자르콧(3,550m) – *묵티나트(3,760m)	로지
	4	묵티나트 – *루브라 패스(3,772m) – 루브라(2,790m) – 좀솜(2,720m)	로지
	5	좀솜 – 포카라 – 카트만두: 국내선 2회	호텔

지역	일수	캉 라(5,322m) – 토롱 라(5,415m) – 루브라 패스(3,772m) ★★★	숙박
안나푸르나	1	카트만두 – 포카라 – 코토(2,600m) : 차량	로지
	2	코토 – 메타(3,560m)	로지

지역	일수	캉 라(5,322m) – 토롱 라(5,415m) – 루브라 패스(3,772m) ★★★	숙박
안나푸르나	3	메타 – 체테 곰파 – 나르(4,110m)	로지
	4	나르 – 캉 라 페디(4,530m) – *캉 라(5,322m) – 나왈(3,660m)	로지
	5	나왈 – 브라카(3,439m) – 마낭(3,540m)	로지
	6	마낭 – 토롱 페디(4,450m) – 하이캠프(4,833m)	로지
	7	하이캠프 – 토롱 라(5,415m) – 묵티나트(3,760m)	로지
	8	묵티나트 – *루브라 패스(3,772m) – 좀솜(2,720m)	로지
	9	좀솜 – 포카라 – 카트만두: 국내선 2회	호텔

지역	일수	캉 라(5,322m) – 메소칸토 라(5,245m) ★★★★	숙박
안나푸르나	1~6	상동 (※메소칸토 라는 상황에 따라 로프 필요할 수 있음)	–
	7	마낭 – 캉사르 – 틸리초 베이스캠프(4,300m)	로지
	8	틸리초 베이스캠프 – *틸리초 – 틸리초 콜라 캠프(5,024m)	캠핑
	9	틸리초 콜라 캠프 – *메소칸토 라(5,245m) – 하이 카르카(4,560m)	캠핑
	10	하이 카르카 – 좀솜(2,720m)	로지
	11	좀솜 – 포카라 – 카트만두: 국내선 2회	호텔

지역	일수	푸(4,100m) – 나르(4,110m) ★★	숙박
안나푸르나	1~2	상동	–
	3	메타 – 캉(3,820m)	로지
	4	캉 – *푸(4,100m)	로지

지역	일수	푸(4,100m) – 나르(4,110m) ★★	숙박
안나푸르나	5	푸 – 캉 – 체테 곰파 – *나르(4,110m)	로지
	6	나르 – 메타 – 코토(2,600m)	로지
	7	코토 – 포카라 : 차량	호텔
	8	포카라 – 카트만두 : 차량 / 국내선	호텔

지역	일수	나문 라(4,850m) ★★★	숙박
안나푸르나	1	카트만두 – 포카라 – 시클레스(1,980m) : 차량	로지
	2	시클레스 – 타사 카르카(2,368m)	캠핑
	3	타사 카르카 – 다람살라(3,450m)	캠핑
	4	다람살라 – 코리(3,888m)	캠핑
	5	코리 – 툴로 레이크 – 팔네(4,212m)	캠핑
	6	팔네 – 투르추(4,035m)	캠핑
	7	투르추 – *나문 라(4,850m) – 단페 단다 캠프(4,280m)	캠핑
	8	단페 단다 캠프 – 티망(2,750m)	로지
	9	티망 – 포카라 – 카트만두 : 차량 및 국내선	호텔

지역	일수	춤밸리 – 무 곰파(3,700m) ★★	숙박
마나슬루	1	카트만두 – 아루갓 – 소티 콜라 : 차량	로지
	2	소티 콜라 – 마차 콜라(869m)	로지
	3	마차 콜라 – 코르라베시 – 따또빠니(990m) – 도반(1,070m) – 자갓(1,340m)	로지

지역	일수	춤밸리 − 무 곰파(3,700m) ★★	숙박
마나슬루	4	자갓 − 필름 − 감풀 − 록파(2,240m)	로지
	5	록파 − 춤링(2,386m) − 초캉 파로(3,031m)	로지
	6	초캉 파로 − 라마가온(3,302m) − 출레(3,347m) − 닐레(3,361m)	로지
	7	닐레 − *무 곰파(3,700m) − 닐레 − 라첸 곰파(3,240m) − 라마가온(3,302m)	로지
	8	라마가온 − 초캉파로 − 춤링(2,386m) − 록파(2,240m)	로지
	10	록파 − 도반(1,070m)	로지
	11	도반 − 마차 콜라 − 소티 콜라(700m)	로지
	12	소티 콜라 − 카트만두: 차량 / 국내선	호텔

지역	일수	가네시 히말 ★★	숙박
가네시	1	카트만두 − 샤브루베시(1,503m): 차량	로지
	2	샤브루베시 − 롱가 반쟝(2,187m) − 차우르하따르 − 가트랑(2,238m)	로지
	3	가트랑 − 파르바티 쿤드 − 쿠르푸단다 패스(3,710m) − 솜당(3,258m)	로지
	4	솜당 − *팡산 패스(3,830m) − 라와둥	홈스테이
	5	라와둥 − 티플링(1,890m) − 찰리스가온(1,920m)	홈스테이
	6	찰리스가온 − 보랑(1,560m) − 라파가온(1,850m)	홈스테이
	7	라파가온 − 망로 반쟝(2,936m) − 먍갈 반쟝(2,975m) − 야르사(1,877m)	홈스테이
	8	야르사 − 아르켓 바자르(620m)	로지
	9	아르켓 바자르 − 아루갓 − 카트만두: 차량	호텔

지역	일수	고사인 쿤드 18호수 ★★	숙박
랑탕	1	카트만두 – 둔체(2,030m) : 차량	로지
	2	둔체 – 신곰파(3,350m)	로지
	3	신곰파 – *고사인 쿤드(4,380m)	로지
	4	고사인 쿤드 – *11개 호수 – 고사인 쿤드	로지
	5	고사인 쿤드 – *7개 호수 – *라우레비나 패스(4,610m) – 페디(3,630m)	로지
	6	페디 – 곱테 – *타데파티(3,540m) – *망겐곳(3,220m)	로지
	7	망겐곳 – 쿠툼상(2,470m)	로지
	8	쿠툼상 – 카트만두: 차량	호텔

지역	일수	간자 라(5,130m) ★★★ (※계절에 따라 로프 필요할 수 있음)	숙박
랑탕	1	카트만두 – 타르케걍(2,740m) : 차량	로지
	2	타르케걍 – 페데 – 도르젤링 – 카르카	캠핑
	3	카르카 – 두두 – 둑파(4,040m) – 카르카	캠핑
	4	카르카 – 켈당(4,420m) – 길당푸 – 스텝	캠핑
	5	스텝 – *간자 라(5,130m) – *하이캠프(4,960m) – *베이스캠프	캠핑
	6	베이스캠프 – 걍진 곰파(3,830m)	로지
	7	걍진 곰파 – 라마 호텔(2,340m)	로지
	8	라마 호텔 – 샤부르베시(1,503m)	로지
	9	샤부르베시 – 카트만두: 차량	호텔

지역	일수	틸만 패스(5,308m) ★★★★	숙박
랑탕	1	카트만두 – 샤브루베시 : 차량	로지
	2	샤부르베시 – 뱀부 – 라마 호텔(2,340m)	로지
	3	라마 호텔 – 랑탕마을(3,430m)	로지
	4	랑탕마을 – 캉진 곰파(3,830m)	로지
	5	캉진 곰파 – 랑시사 카르카(4,285m)	캠핑
	6	랑시사 카르카 – 북쪽 하이캠프(4,867m)	캠핑
	7	북쪽 하이캠프 – *틸만 패스(5,308m) – 카르카	캠핑
	8	카르카 – 카르카	캠핑
	9	카르카 – *판츠 포카리(4,074m) – 나심파티(3,615m)	로지
	10	나심파티 – 데우랄리 – 보탕	로지
	11	보탕 – 카트만두 : 차량	호텔

네팔 동부

지역	일수	타시랍차 라 ★★★★★ (※로프 및 전문 가이드 필요함)	숙박
롤왈링	1	카트만두 – 루클라 : 국내선	로지
	2	루클라 – 팍딩(2,610m) – 몬조(2,835m) – 조르살레(2,740m)	로지
	3	조르살레 – 남체(3,440m)	로지
	4	남체 – 삼데 – 타메(3,820m)	로지
	5	타메 – *파르체무체 초(4,780m)	캠핑

지역	일수	타시랍차 라 ★★★★★	숙박
롤왈링	6	파르체무체 초 – *타시랍차 라(5,755m) – 빙하캠프(4,735m)	캠핑
	7	빙하캠프 – 초 롤파 – 나(4,180m) – 베딩	로지
	8	베딩 – 도캉(2,791m) – 시미가온(2,036m)	로지
	9	시미가온 – 공가르 – 카트만두: 차량	호텔

지역	일수	살파 라(3,350m) ★★	숙박
솔루 쿰부	1	카트만두 – 툼링타르(410m) – 세두와: 국내선 및 차량	로지
	2	세두와 – 물 가온 – 왈룽(910m) – 초양(890m)	홈스테이
	3	초양 – 푸쿠와 – 밤링(450m)	홈스테이
	4	밤링 – 쿨룽 – 조기다라 – 고테 바자르 – 도바네(975m)	로지
	5	도바네 – 살파 페디 – 자우 바리(2,300m)	로지
	6	자우 바리 – 구란세(2,920m) – 살파 라(3,350m) – 사남(2,800m) – 샤레(2,520m)	홈스테이
	7	샤레 – 구델(2,042m) – 붕(1,677m) – 키라울레(2,475m)	로지
	8	키라울레 – 수르케 라(3,085m) – 나르쿵 라(3,180m) – 팡곰(2,850m)	로지
	9	팡곰 – 카리 라(3,045m) – 파이야(2,730m) – 수르케(2,290m) – 루클라(2,840m)	로지
	10	루클라 – 카트만두: 국내선	호텔

지역	일수	몰룬 포카리(3,954m) ★★★	숙박
마칼루	1	카트만두 – 툼링타르(410m) – 눔(1,560m): 국내선 및 차량	로지
	2	눔 – 바룬 도반: 지프 6시간	로지

지역	일수	몰룬 포카리(3,954m) ★★★	숙박
	3	바룬 도반 – 하티야(1,560m)	로지
	4	하티야 – 홍곤(2,323m)	로지
	5	홍곤 – 카르카	캠핑
	6	카르카 – 바킴 카르카 – 몰룬 포카리(3,954m)	캠핑
	7	몰룬 포카리 – 둥게 카르카(3,590m)	캠핑
	8	둥게 카르카 – 사딤 카르카	캠핑
마칼루	9	사딤 카르카 – 케이브캠프(3,115m)	캠핑
	10	케이브캠프 – 깔로 포카리(4,100m)	캠핑
	11	깔로 포카리 – 카르카 – 양레 카르카(3,557m)	로지
	12	양레 카르카 – 도바테	로지
	13	도바테 – 꽁마 라 – 꽁마(3,500m)	로지
	14	꽁마 – 타시가온 – 세두와(1,500m)	로지
	15	세두와 – 눔 – 툼링타르(410m) : 도보 및 차량	로지
	16	툼링타르 – 카트만두 : 국내선	호텔

2018년 봄

지역	전체	구간	일정	숙박	시간	km	걸음 수
	Day 03	1	카트만두 – 포카라 : 버스 6시간 / ~ 시클레스 (1,980m) : 버스 3시간	호텔	–	–	–
	Day 04	2	시클레스 – 타사 카르카(2,368m)	캠핑	05:40	8.9	13,877
	Day 05	3	타사 카르카 – 싱겐게 다람살라(3,450m)	캠핑	07:30	6.3	8,779
	Day 06	4	싱겐게 다람살라 – 코리(3,888m)	캠핑	02:00	2.7	3,749
	Day 07	5	코리 – 톨로 레이크 – 팔네(4,212m)	캠핑	05:45	11.4	15,295
	Day 08	6	팔네 – 패스(4,300m) – 투르추(4,035m)	캠핑	09:00	11.9	16,542
	Day 09	7	투르추(휴식)	캠핑	–	–	–
	Day 10	8	투르추 – 찹단다(=타그링)	홈스테이	17:30	30.5	43,904
	Day 11	9	찹단다 – 상게(1,100m)	로지	01:00	3.7	5,824
안나푸르나 3패스	Day 12	10	상게 – 코토(2,600m) : 지프 3시간 30분	로지	–	–	–
	Day 13	11	코토 – 다람살라(3,230m) – 메타(3,560m)	로지	07:40	20.0	28,987
191,4km 277,268 걸음	Day 14	12	메타 – 체테 곰파(3,500m) – 나르(4,110m)	로지	04:00	9.0	12,540
	Day 15	13	나르 – 캉 라 페디(4,530m)	캠핑	02:50	6.3	8,747
	Day 16	14	캉 라 페디 – 캉 라(5,322m) – 나왈(3,660m)	로지	06:15	12.5	19,872
	Day 17	15	나왈 – 브라카(3,439m) – 마낭(3,540m)	로지	03:00	11.1	15,328
	Day 18	16	마낭 – 캉사르(3,734m) – 틸리초 베이스캠프 (4,150m)	로지	04:40	18.1	25,348
	Day 19	17	틸리초 베이스캠프 – 틸리초(4,920m) – 틸리초 콜라 캠프 (5,024m)	캠핑	04:45	8.1	11,106
	Day 20	18	틸리초 콜라 캠프 – 메소칸토 라(5,245m) – 하이 카르카 (4,560m)	캠핑	07:10	14.8	22,333
	Day 21	19	하이 카르카 – 좀솜(2,720m)	캠핑	03:50	16.3	25,037
	Day 22	20	좀솜 – 포카라(820m) : 지프 11시간	호텔	–	–	–
	Day 23	21	포카라 – 카트만두 : 버스 9시간	호텔	–	–	–

지역	전체	구간	일정	숙박	시간	km	걸음 수
	Day 27	1	카트만두 – 타르케걍(2,600m) : 버스 8시간 40분	로지	–	–	–
	Day 28	2	타르케걍 – 팡슐레 – 페데 – 도르젤링 – 카르카	캠핑	07:00	12.5	17,875
	Day 29	3	카르카 – 패스 – 두두 – 치리 곰파 – 둑파(4,040m) – 카르카	캠핑	05:30	9.6	13,431
	Day 30	4	카르카 – 켈당(4,420m) – 길당푸 – 스텝	캠핑	05:00	10.1	13,864
	Day 31	5	스텝 – 간자 라(5,130m) – 하이캠프(4,960m) – 베이스캠프	캠핑	10:00	7.4	10,190
간자 라 틸만 패스	Day 32	6	베이스캠프 – 캉진 곰파(3,830m)	로지	01:30	6.6	9,653
	Day 33	7	캉진 곰파(휴식)	로지	–	–	–
125.4km 180,699 걸음	Day 34	8	캉진 곰파 – 랑시사 카르카(4,285m)	캠핑	04:40	16.1	22,051
	Day 35	9	랑시사 카르카 – 북쪽 하이캠프(4,867m)	캠핑	05:30	7.7	10,672
	Day 36	10	북쪽 하이캠프(휴식)	캠핑	–	–	–
	Day 37	11	북쪽 하이캠프 – 틸만 패스(5,308m) – 카르카	캠핑	08:15	13.3	18,544
	Day 38	12	카르카	캠핑	06:10	11.3	16,021
	Day 39	13	카르카 – 판츠 포카리(4,070m) – 나심파티(3,615m)	로지	06:25	14.5	21,223
	Day 40	14	나심파티 – 데우랄리 – 보탕	로지	05:15	16.3	27,175
	Day 41	15	보탕 – 카트만두 : 버스 8시간	호텔	–	–	–
	Day 46	1	카트만두 – 툼링타르(410m) : 비행기 35분 / – 눔(1,560m) : 지프 3시간	로지	–	–	–
	Day 47	2	눔 – 바룬 도반(1,100m) : 지프 6시간	로지	–	–	–
몰룬 포카리	Day 48	3	바룬 도반 – 하티야(1,560m)	홈스테이	04:00	10.8	16,328
93.2km 134,063 걸음	Day 49	4	하티야 – 홍곤(2,323m)	로지	04:35	10.7	15,468
	Day 50	5	홍곤 – 카르카	캠핑	05:30	7.6	10,562
	Day 51	6	카르카 – 바킴 카르카(3,020m) – 몰룬 포카리(3,954m)	캠핑	05:30	10.1	13,858
	Day 52	7	몰룬 포카리 – 둥게 카르카(3,590m)	캠핑	07:40	11.7	16,732
	Day 53	8	둥게 카르카 – 사딤 카르카	캠핑	03:00	8.0	11,736

지역	전체	구간	일정	숙박	시간	km	걸음 수
몰룬 포카리	Day 54	9	사딤 카르카 – 케이브캠프(3,115m)	캠핑	04:40	8.7	12,157
	Day 55	10	케이브캠프 – 깔로 포카리(4,192m) – 카르카(4,097m)	캠핑	13:00	15.3	21,720
	Day 56	11	카르카 – 양레 카르카(3,557m)	로지	03:30	10.3	15,502
마칼루 3콜 69.2km 93,987 걸음	Day 57	1	양레 카르카 – 랑말레 카르카(4,410m)	로지	04:00	10.9	14,664
	Day 58	2	랑말레 카르카 – 마칼루 베이스캠프(4,870m)	로지	04:00	11.0	14,909
	Day 59	3	마칼루 베이스캠프(휴식)	로지	-	-	-
	Day 60	4	마칼루 베이스캠프 – 스위스 베이스캠프(5,150m)	캠핑	03:15	7.1	9,335
	Day 61	5	스위스 베이스캠프 – 세르파니 콜 베이스캠프(5,688m)	캠핑	04:30	3.4	4,488
	Day 62	6	세르파니 콜 베이스캠프 – 이스트 콜(6,180m) – 웨스트 콜(6,135m) – 바룬체 베이스캠프(5,435m)	캠핑	14:00	12.7	17,119
	Day 63	7	바룬체 베이스캠프 – 암푸랍차 베이스캠프(5,527m)	캠핑	04:10	10.1	13,496
	Day 64	8	암푸랍차 베이스캠프 – 암푸랍차 라(5,780m) – 추쿵(4,730m)	로지	08:00	14.1	19,976
	Day 65	9	추쿵(휴식)	로지	-	-	-
쿰부 2패스 1리 120km 173,622 걸음	Day 66	1	추쿵 – 로체 남벽 베이스캠프(5,100m 지점) – 추쿵(4,730m)	로지	03:00	9.2	12,733
	Day 67	2	추쿵 – 추쿵 리(5,550m) – 추쿵(4,730m)	로지	03:00	6.0	9,353
	Day 68	3	추쿵 – 콩마 라(5,540m) – 로부체(4,910m) – 종라(4,830m)	로지	08:25	20.2	28,229
	Day 69	4	종라 – 초 라(5,420m) – 고쿄(4,970m)	로지	07:00	15.2	22,031
	Day 70	5	고쿄(휴식)	로지	01:30	4.4	6,031
	Day 71	6	고쿄 – 토낙초 – 고줌바초(4,990m) – 토낙초(4,870m)	캠핑	05:25	13.2	17,825
	Day 72	7	토낙초 – 남체(3,440m)	로지	13:00	30.8	45,944
	Day 73	8	남체 – 루클라(2,840m)	로지	07:30	21.0	31,476
	Day 74	9	루클라 – 카트만두 : 비행기 1시간	호텔	-	-	-

2018년 가을

지역	전체	구간	일정	숙박	시간	km	걸음 수
	Day 03	1	카트만두 – 베시사하르 – 바훈단다(1,310m) : 지프 9시간	로지	–	–	–
	Day 04	2	바훈단다 – 상게(1,100m) / – 코토(2,600m) : 지프 2시간 30분	로지	01:30	6.0	10,021
	Day 05	3	코토 – 싱겐게 다람살라(3,230m)	캠핑	04:40	16.3	25,944
	Day 06	4	싱겐게 다람살라 – 메타(3,560m) – 체테 곰파 – 나르(4,110m)	로지	04:30	11.6	17,727
	Day 07	5	나르 – 춤체 카르카(4,280m) – 랍세 콜라 캠프(4,300m)	캠핑	05:50	13.6	21,770
	Day 08	6	랍세 콜라 캠프 – 콜라 캠프(4,747m)	캠핑	06:00	14.9	22,491
	Day 09	7	콜라 캠프 – 베이스캠프 – 테리 라(5,595m) – 하이캠프(5,028m)	캠핑	05:50	10.2	16,038
	Day 10	8	하이캠프 – 야크 콜라 캠프 – 사메나 콜라 캠프(4,300m)	캠핑	06:20	16.4	26,366
사리붕 라	Day 11	9	사메나 콜라 캠프 – 땅게(3,240m)	로지	08:35	20.5	32,136
테리 라	Day 12	10	땅게(휴식)	로지	–	–	–
240.8km	Day 13	11	땅게 – 데	로지	04:05	10.1	16,260
379,956 걸음	Day 14	12	데 – 야라(3,650m) – 루리 곰파 캠프	캠핑	04:20	11.8	17,966
	Day 15	13	루리 곰파 캠프 – 구마 탄티(4,718m)	캠핑	05:30	9.7	15,023
	Day 16	14	구마 탄티 – 큐무파니 패스(5,297m) – 바차 콜라 캠프	캠핑	03:00	6.4	10,870
	Day 17	15	바차 콜라 캠프 – 다모다르 패스(5,467m) – 다모다르 쿤드(4,890m)	캠핑	04:30	10.9	17,478
	Day 18	16	다모다르 쿤드 – 베이스캠프(5,200m)	캠핑	02:25	7.1	10,454
	Day 19	17	베이스캠프 – 캠프(5,500m) – 하이캠프(5,800m)	캠핑	05:30	7.3	10,773
	Day 20	18	하이캠프 – 사리붕 라(6,042m) – 브리쿠티 베이스캠프(4,957m)	캠핑	05:00	13.1	19,799
	Day 21	19	브리쿠티 베이스캠프 – 나고루 – 푸(4,100m)	캠핑	05:10	14.4	23,260
	Day 22	20	푸 – 캉(3,820m) – 챠코(3,720m) – 메타(3,560m)	로지	04:30	18.6	28,706
	Day 23	21	메타 – 코토(2,600m)	로지	04:30	15.4	26,624

지역	전체	구간	일정	숙박	시간	km	걸음 수
사리붕 라 테리 라	Day 24	22	코토 – 티망(2,750m)	로지	01:30	6.6	10,250
	Day 25	23	티망(휴식)	로지	–	–	–
나문 라 52.5km 89,090 걸음	Day 26	1	티망 – 단페 단다 캠프(4,280m)	캠핑	06:10	8.5	12,703
	Day 27	2	단페 단다 캠프 – 나문 라(4,850m) – 투르추(4,035m)	캠핑	05:00	9.7	16,376
	Day 28	3	투르추 – 푸르주데우탈리(4,385m) – 다람살라 – 카르카	캠핑	07:30	18.0	30,182
	Day 29	4	카르카 – 간 포카라 – 쿠디(790m) / – 베시사하르(760m) / 지프 30분	로지	05:40	16.4	29,829
	Day 30	5	베시사하르 – 포카라 : 버스 4시간 30분	호텔	–	–	–
잘자라 패스 도르파탄 127.6km 203,898 걸음	Day 33	1	포카라 – 다르방(1,070m) : 버스 8시간	로지	–	–	–
	Day 34	2	다르방 – 다라파니 – 시방 – 무나 : 택시 1시간 30분 / 모레니(2,275m)	캠핑	03:50	8.9	13,977
	Day 35	3	모레니 – 잘자라 패스(3,414m) – 첸퉁(2,945m) – 도르파탄(2,870m)	로지	09:00	27.8	41,738
	Day 36	4	도르파탄 – 쿠쿠르 데우랄리(3,000m) – 팔구네 패스(3,915m) – 탄쿠르(3,175m)	로지	07:00	18.6	29,259
	Day 37	5	탄쿠르 – 카얌(3,000m) – 따또빠니(2,360m)	캠핑	05:00	13.8	23,855
	Day 38	6	따또빠니 – 구이방(2,760m) – 둘레(3,410m) – 푸팔 페 디(3,940m)	천막숙소	08:00	19.3	30,729
	Day 39	7	푸팔 페디 – 푸르방(4,065m) – 장 라(4,535m) – 남도 (2,326m)	로지	10:00	24.3	41,366
	Day 40	8	남도 – 두나이(2,140m)	로지	04:00	15.0	22,974
	Day 41	9	두나이(휴식)	로지	–	–	–
카그마라 145.9km 227,028 걸음	Day 42	1	두나이 – 쳅카(2,720m)	로지	05:20	17.3	27,151
	Day 43	2	쳅카 – 풍모(3,500m)	로지	05:50	18.6	28,937
	Day 44	3	풍모 – 카그마라 하이캠프(4,550m)	캠핑	06:10	16.2	24,404
	Day 45	4	카그마라 하이캠프 – 카그마라 라(5,115m) – 토이줌 (2,920m)	캠핑	09:00	22.4	37,270

지역	전체	구간	일정	숙박	시간	km	걸음 수
카그마라	Day 46	5	토이줌 – 후리콧(3,010m) – 가이리가온(2,900m) – 토플랑 라(3,070m) – 차우리콧(3,060m)	로지	06:20	19.7	30,758
	Day 47	6	차우리콧 – 구티차우르 라(2,995m) – 초트라 – 마니 사구(2,820m)	로지	07:40	26.2	39,905
	Day 48	7	마니 사구 – 구티차우르 라(2,995m) – 고티차우르 (2,650m) – 줌라(2,540m)	호텔	07:00	25.5	38,603
	Day 49	8	줌라 – 비렌드라나가르 : 버스 15시간	호텔	–	–	–
	Day 50	9	비렌드라나가르 – 카트만두 : 비행기 1시간	호텔	–	–	–
고사인 쿤드 18호수 74.1km 120,077 걸음	Day 53	1	카트만두 – 둔체(1,960m) : 버스 7시간 30분	로지	–	–	–
	Day 54	2	둔체 – 신곰파(3,330m)	로지	04:30	9.9	15,635
	Day 55	3	신곰파 – 촐랑파티(3,654m) – 라우레비나(3,910m) – 고사인 쿤드(4,380m)	로지	04:00	11.3	17,067
	Day 56	4	고사인 쿤드 – 라니 쿤드(11호수)	캠핑	06:30	15.7	24,162
	Day 57	5	라니 쿤드 – 7호수 – 라우레비나 패스(4,610m) – 페디(3,630m)	로지	05:00	14.0	22,891
	Day 58	6	페디 – 곱테(3,530m) – 타데파티 패스(3,690m) – 망겐곳(3,390m)	로지	05:30	16.1	27,238
	Day 59	7	망겐곳 – 쿠톰상(2,470m)	로지	02:00	7.2	13,084
	Day 60	8	쿠톰상 – 카트만두	호텔	–	–	–

• 시간은 휴식 및 점심시간 제외임.
• 거리는 필자의 보폭 기준으로 측정되어 오차가 있을 수 있음.
• 지명 및 높이는 Himalya Map House에서 만든 GHT 시리즈 지도를 우선으로 함.
• 마칼루 지역 일부 패스는 독일 사이트 'The mountains of Himalaya'를 기준으로 함.
• GHT 지도에 없는 지명은 Nepal Map Publisher에서 만든 지도를 참고함.
• 지도에 표시되지 않은 지명은 현지인 발음에 따라 표기함.

참고자료

단행본

《가르왈 히말라야 2》 임현담 지음, 종이거울, 2005년.

《나는 계속 걷기로 했다》 거칠부 지음, 궁리, 2018년.

《네팔의 역사와 문화 산책》 김규현 지음, 글로벌콘텐츠, 2019년.

《필수 용어로 배우는 등산상식사전》 이용대 지음, 한국등산연구소 엮음, 해냄, 2010년.

《체육학 사전》 스포츠북스 체육학연구회 지음, 스포츠북스, 2012년.

《꿩 먹고 알 먹는 네팔어 첫걸음》 정인석 지음, 문예림, 2010년.

웹사이트

김영한 히말라야 트레킹 http://blog.daum.net/alpinet/

야크존 http://cafe.daum.net/yakzone

The mountains of Himalaya http://www.himalaya-info.org

월간조선: 한필석의 산 이야기 http://monthly.chosun.com/client/news/
viw.asp?ctcd=F&nNewsNumb=201901100057

경향신문: 함께 정상에 올랐지만… 이름 없는 그들, 셰르파 https://news.
v.daum.net/v/20181019191052777?d=y

네이버 지식백과: 그리스로마신화 인물백과(안성찬, 성현숙, 박규호, 이민수, 김
형민) https://terms.naver.com/entry.nhn?docId=3397899&cid=58
143&categoryId=58143